W0405163

Detlef Krischak

Brautmorde

Emscop-Verlag

Ein Emsland-Krimi

Der Roman

Die Bevölkerung im Emsland ist wegen des brutalen Mordes an einer frisch verheirateten Frau schwer erschüttert. Noch im Brautkleid wurde sie während ihrer Hochzeitsfeier entführt, bestialisch ermordet und ihre Leiche pervers zur Schau gestellt. Der Täter zieht eine Blutspur durch das Land, sucht nach weiteren Opfern. Was treibt ihn an? Ist er ein Monster oder ein Irrer?

Diese Fragen stellt sich Hauptkommissar Dennis Winkler vom Kriminal- und Ermittlungsdienst in Meppen. Es wird eine Mordkommission ›Braut‹ gebildet, die sich auf die Suche nach dem Brautmörder begibt. Durch Zufall erfährt der Kieler Hauptkommissar Ole Jensen, der sich mit seiner Kollegin Inga Johansen auf Urlaub im Emsland befindet, vom Brautmord. Er sieht Parallelen zu einem ungeklärten Mordfall in Kiel aus dem Jahr 2005 und beteiligt sich mit seinem Team ebenfalls an der Jagd.

1. Auflage: November 2012
© 2012 Detlef Krischak; www.detlef.krischak.de
Umschlaggestaltung, Illustration: Detlef Krischak
Verlag: Emscop-Verlag, Dieselstraße 4, 49809 Lingen
Lektorat: Jörg Querner, 75177 Pforzheim
Druck und Bindung: PRESSEL Digitaler Produktionsdruck, 73630 Remshalden
Printed in Germany
ISBN 978-3-9815653-0-0

Das Werk, einschließlich seiner Teile, ist urheberrechtlich geschützt. Jede Verwertung ist ohne Zustimmung des Verlages und des Autors unzulässig. Dies gilt insbesondere für die elektronische oder sonstige Vervielfältigung, Übersetzung, Verbreitung und öffentliche Zugänglichmachung.
Bibliografische Information der Deutschen Nationalbibliothek:
Die Deutsche Nationalbibliothek verzeichnet diese Publikation in der Deutschen Nationalbibliografie; detaillierte bibliografische Daten sind im Internet über www.dnb.d-nb.de abrufbar.

Für Ingrid,

Ina, Nadja, Felix

und deren Anhang.

Auch für alle Emsländer!

1

Der 8. Juni 2012 war ein heißer und schwüler Frühsommertag. Schon am frühen Morgen, nachdem sich der Dunst der Nacht aufgelöst hatte, zeigte das Thermometer 24 Grad; ungewöhnlich für die Jahreszeit. Nun, am Nachmittag, hatte das Quecksilber rekordverdächtige 36 Grad erreicht. Die ganze Woche schon brannte die Sonne von morgens bis abends erbarmungslos vom Himmel. Im Emsland war endlich der Sommer eingekehrt. Nur eine Woche vorher wurden die Geranien abgedeckt und die Heizungen in den Häusern wieder angestellt, weil es Nachtfröste gegeben hatte und die Menschen in ihren Betten froren. Dies war genauso ungewöhnlich wie die momentane Hitze. Das wechselhafte Wetter zerrte an den Nerven der Menschen und bei vielen von ihnen, besonders bei den älteren, spielte der Kreislauf verrückt.

In Lingen, der größten Stadt des Emslandes, forderte das Wetter drei Todesopfer. Ein Mann, der bereits drei Infarkte überlebt hatte, fiel vom Fahrrad und starb an seinem vierten Herzinfarkt, weil er wie ein Geistesgestörter eine Anhöhe hinaufgestrampelt war, obwohl ihm seine besorgte Frau davon abgeraten hatte. Er wurde nur fünfzig Jahre alt und bei der Anhöhe handelte es sich um einen Anstieg von gerade acht Prozent. Im Emsland gibt es keine Berge. Einmal ganz abgesehen vom Hümmling, der sich dreiundsiebzig Meter in die Höhe erhebt.

Die zweite Person, die ihr Leben lassen musste, war eine stark übergewichtige Frau, die, als sie auf dem Wochenmarkt Eier kaufen wollte, an einer Fußgängerampel von einem Linienbus überrollt wurde. Sie trat, ohne sich zu vergewissern, ob sie es durfte, bei Rot auf die Straße. Blöderweise übersah im gleichen Augenblick der ebenfalls dickliche Fahrer eines Busses die auf die Straße tretende Frau, weil er sich mit einem Taschentuch den Schweiß aus dem Gesicht wischte. Der Fahrer hatte erst kürzlich über die Agentur für Arbeit seinen Führerschein erworben. Er bemerkte ein ›Rumpeln‹, als er die Frau überfuhr. Nachdem er aus dem Bus ausgestiegen war, sah er das Malheur und fragte sich gleich mehrmals, ob er schuld an dem Unfall sei. Er schob es auf das Wetter und auf das ›unabwendbare Ereignis‹; von diesem hatte er in der Fahrschule gehört.

»Unabwendbare Ereignisse kommen ganz plötzlich und unerwartet, meistens sind sie unabwendbar«, hatte der Fahrlehrer im Unterricht erzählt und dabei auf ganz schlau gemacht, so empfand es der Busfahrer damals. Jetzt stand er neben dem Bus, erinnerte sich an die Worte des Fahrlehrers, kratzte sich am Kopf und blickte auf die Frau, die unter seinem Bus lag. Er überlegte, ob das Ereignis wirklich unabwendbar war, konnte sich aber nicht entscheiden.

Der dritte zu beklagende Todesfall ereignete sich am Donnerstag, es traf eine Frühschwimmerin. Im Linusbad in Lingen versank eine knapp Neunzigjährige im Springerbecken, nachdem sie ungeachtet der mahnenden Worte ihrer Mitfrühschwimmer, alle so um die Achtzig, nach einem gewagten Kopfsprung vom Fünfmeterbrett nicht mehr auftauchte. Die abrupte Abkühlung nach dem Eintauchen in das circa achtzehn Grad kalte Wasser ließ ihr Herz stillstehen. Der herangeeilte Bademeister holte die Dame vom Beckengrund, aber die Wiederbelebungsversuche blieben leider erfolglos. Eigentlich war es viel zu heiß zum Heiraten, trotzdem fand an diesem Tag eine kirchliche Hochzeit statt.

*

Die Heilige Messe in der Christus-König Kirche in Dalum, einem Ortsteil von Geeste, neigte sich dem Ende zu. Über eine Stunde dauerte die kirchliche Trauung bereits und die zahlreich erschienenen Hochzeitsgäste verspürten Hunger und Durst. Viele von ihnen, vorwiegend durstige Männer, blickten zum wiederholten Male provozierend auf ihre Armbanduhren, doch der Geistliche ließ sich nicht aus der Ruhe bringen. Bestimmt hatte er sich in seiner Sakristei an eiskaltem Weißwein, den er leider nicht während der Eucharistiefeier reichte, gestärkt. Nach einer ausgedehnten Predigt, in der er die Ehe aus Sicht der katholischen Kirche schilderte, sah der Priester nun selbst kurz auf seine Uhr und ließ seinen Blick nochmals über die versammelte Hochzeitsgesellschaft schweifen. Dann verließ er die kleine Kanzel und trat vor das Brautpaar, das vor dem Altar auf zwei Stühlen saß und mit hängenden Köpfen ungeduldig auf das Ende der Trauung wartete. Er gab ein Zeichen und das Brautpaar kniete sich vor ihm nieder.

»Nun gehet hin in Frieden und nehmet den Segen des allmächtigen Gottes entgegen«, sagte Pastor Heiner Terwegen andächtig zu den frisch Vermählten. Als ob er sie beschützen wollte, hielt er seine segnenden Hände über die Häupter des Paares, dann gab er ihnen durch Kopfnicken ein Zeichen zum Aufstehen. Der Braut fiel es nicht leicht, sich zu erheben, vermutlich waren in der unbequemen Körperhaltung ihre Beine eingeschlafen. Auch das pompöse Brautkleid behinderte sie. Der Frischvermählte hingegen kniete noch, blickte starr geradeaus Richtung Altar und machte keine Anstalten, seiner Angetrauten beim Aufstehen zu helfen. Böse Blicke seiner Frau und des Geistlichen missbilligten sein Verhalten. Der Bräutigam zuckte mit den Achseln, erhob sich mühselig und griff ihren rechten Arm. Dann schritten sie nebeneinander, er mit hängenden Schultern, sie glücklich lächelnd, durch den langen Mittelgang vorbei an den Hochzeitsgästen zum Ausgang. Die Braut hinkte leicht, sie zog ihr rechtes Bein etwas nach. Vor einigen Tagen hatte sie sich während der Arbeit auf dem Hofe ihres Gatten das Bein verletzt, als sie über eine achtlos zur Seite gelegte Mistgabel gestolpert war.

Der Orgelspieler, der die Trauung mit etlichen nicht richtig getroffenen Tönen musikalisch begleitet hatte, mühte sich redlich, aber doch vergebens, an dem Lied zum Hochzeitsausmarsch. Lobet den Herrn, sollte er spielen. Es klang aber wie: Endlich fertig, raus aus der Kirche! Mehrmals während der Messe, sobald er in die Tasten schlug, drehten die Hochzeitsgäste empört ihre Hälse Richtung Empore. Ihr Kopfschütteln deutete das Missfallen an dem Geklimper an. Die Stimmungskanone an der Orgel war ein guter Freund des Bräutigams und im normalen Leben Landwirt, der nebenbei Schifferklavier spielte. Mit der Orgel hatte er sich tags zuvor vertraut gemacht; eine halbe Stunde sollte reichen, meinte er. Wenn er sich da mal nicht getäuscht hatte? Der Bräutigam hatte ihn engagiert, um Geld zu sparen, beileibe nicht wegen seiner Spielkunst. Schon bevor das Brautpaar den Ausgang erreichte – er hatte das Tempo noch einmal erhöht – beendete er das Gespiel und griff hinter sich in eine Kühltasche. Seine dritte Flasche kaltes Krombacher leerte er in einem Zug. Orgelspielen macht durstig.

Hans Beckermeier, ein rotbackiger Hüne von fast zwei Metern Größe und Landwirt aus Überzeugung, sechsundvierzig Jahre alt und Erbe eines heruntergewirtschafteten Bauernhofes, war nun auch aus kirchlicher Sicht der rechtmäßige Ehemann der einunddreißigjährigen, zierlichen, aber kräftigen Dana Beckermeier,

Tochter eines wohlhabenden Geflügelmästers. Das gegenseitige Jawort vor dem Pastor, so sah es die Absprache vor, besiegelte den Vertrag, der den verschuldeten Bauernhof von Hans retten sollte. Werner Koch, der Vater der Braut, hatte den Pakt vorgeschlagen. Nun war er an der Reihe, diesen zu erfüllen. Gleich zu Beginn der nächsten Woche hatte er vor, den vereinbarten Betrag zu überweisen.

Nur, dazu sollte es nicht mehr kommen.

Eine zweispännige Kutsche stand bereit, das Brautpaar zur anschließenden Feier zu fahren. Als ob jemand ein Kommando gegeben oder gepfiffen hätte, drehten die beiden angespannten Pferde gleichzeitig ihre Köpfe in Richtung des Paares. Ein Pferd wieherte und scharrte mit dem rechten Vorderhuf, der andere Gaul bockte und äppelte. Der Kutscher beruhigte die Gäule, indem er mehrmals an den Zügeln zog und mit der Peitsche drohte. Hans, dem die große Hitze nichts auszumachen schien, drängte sich an seiner Frau vorbei und stieg zuerst in die Kutsche. Dana warf ihm wieder böse Blicke hinterher, raffte ihre lange Schleppe unter den Arm, bestieg die Kutsche und nahm neben ihrem Gatten Platz.

»Du könntest mir wenigstens beim Einsteigen helfen«, raunte sie ihm zu und zog ihren Schleier zurecht.

Er blickte sie missgelaunt an, das ganze Prozedere in der Kirche ging ihm auf den Geist. Lieber wäre er auf die Felder hinausgefahren und hätte sich um die Bewässerung der Maisfelder gekümmert oder Wiesen gemäht. Mit mürrischem Blick musterte er ihr Gesicht. Eine überdimensionale Nase und zwei eng zusammenstehende Augen, über denen buschige Augenbrauen rankten, zeichneten das markante Gesicht der Frau, die nun seine bessere Hälfte war. Er erinnerte sich an die vor wenigen Minuten vor dem Altar gehörten Sätze: »Was

Gott zusammenführt, soll der Mensch nicht trennen. In guten und in schlechten Tagen, bis der Tod euch scheidet«, diese Worte klangen noch in seinen Ohren. Aber versprochen ist versprochen und was per Handschlag besiegelt wurde, galt hier etwas. Er verwarf seine Gedanken und blickte zu den Gästen, die noch vor der Kirche standen und sich angeregt unterhielten oder rauchten. Der Orgelspieler hatte sich zu ihnen gesellt und eine Flasche Bier in der Hand. Er winkte freundlich und grinste.

Hans erwiderte den Gruß und seine Laune verbesserte sich etwas, als die Kutsche anruckte und Fahrt aufnahm. Der leichte Fahrtwind brachte etwas Abkühlung. Es ging zur Gaststätte ›Zum Moorblick‹, und er hatte sich fest vorgenommen, seinen Kummer zu ersaufen und sich seine Frau schön zu trinken.

»Musstest du so viele Leute einladen? Die Feier kostet mich ein Vermögen. Das Geld hätte ich auch in einen neuen Trecker stecken können. Alleine dein Kleid kostete zweitausend Euro«, meckerte er, obwohl er wusste, dass die Feier mit zum Vertrag gehörte, von Danas Vater ausgerichtet und bezahlt wurde. Er konnte sich aber nicht damit abfinden. Rausgeschmissenes Geld.

»Ich heirate nur einmal im Leben«, kam die kurze Antwort. Sie zog den Schleier zur Seite und lächelte ihn an; er aber nicht zurück, er liebte sie nicht wirklich.

»Mach mir bitte nicht die Leute madig und verdirb mir nicht die Feier. Morgen kann das normale Leben weitergehen, ich arbeite auf dem Hof mit und werde auch sonst deine liebe Frau sein, wie bisher«, murrte sie.

Er zog die Schultern hoch. »Wenn du meinst, dann bitte. Du weißt genau, wie ich die ganze Hochzeit sehe. Ich bin ehrlich, mir geht es nur um den Hof.«

Dana lächelte versonnen. Anscheinend ging es ihm auch ab und zu um etwas anderes, denn zweimal war er nach der anstrengenden Feldarbeit in ihr Bett gestiegen. Gleich beim ersten Mal, sie hatte ihn den ganzen Tag mit aufreizenden Bemerkungen heißgemacht und schon vor Monaten die Pille abgesetzt, traf er ins Schwarze. Er wusste nichts davon und sie wollte ihm bei passender Gelegenheit vom erwarteten Nachwuchs erzählen.

Nur wenige Minuten später stoppte die Kutsche vor der Kneipe. Viele Hochzeitsgäste hatten den schnelleren Weg genommen und das Brautpaar überholt, nun bildeten sie vor der Gaststätte ein Spalier. Über einen eilig ausgelegten roten Teppich, auf dem ein paar Flecken der letzten Feier zu erkennen waren, schritten sie unter großem Applaus zum vorbereiteten Festraum. Am Eingang des Saales angekommen, stellten sie sich auf, um die Gäste persönlich per Handschlag zu begrüßen. Er übernahm gerne die Rolle des Geldeinsammlers, denn es wurde eine Geldhochzeit gefeiert, wie es im Emsland so üblich war. Reichlich ›Flachgeschenke‹ wanderten in Hans´ Jackett, das sich langsam ausbeulte. Seine Stimmung verbesserte sich mit jedem Umschlag, den er erhielt. Dana hatte ihren Schleier über die Schultern gelegt, machte artig bei jedem eintretenden Gast einen kleinen Knicks, bedankte sich für die Glückwünsche und zeigte ein strahlendes Lächeln. In ihrem normalen Alltag auf dem Hof gab es nicht viel zu lachen, daher kostete sie diesen Tag besonders aus.

Beim anschließenden Sektempfang bildeten sich kleine Gruppen von Gleichgesinnten. So standen einige Schützenbrüder des ›1903 Dalum e.V.‹ mit ihrem Vorsitzenden zusammen, die Kegelbrüder des Clubs ›Voll daneben‹ kippten sich die Biere beidhändig hinunter und die Nachbarschaft, durchweg Landwirte, kümmerte sich um den Wachholder. Sekt trank kaum jemand, im

Saal wurde es lauter. Zahlreiche Gäste, darunter natürlich wieder die Landwirte, hatten sich vorgenommen, dem reichen Brautvater mal so richtig eins auszuwischen und beim Trinken und Essen alles zu geben. Ihr Stimmengewirr und das Gläserklingen beherrschten die Situation im Saal. Die zahlreichen Bedienungen konnten nur mit Mühe die vollen Tabletts heranschaffen und schwirrten wie emsige Bienen um die Gäste herum.

»Na, Hans, hast du das Schützenfest schon aus den Knochen?«, wollte Patrik Brinkhoff, der heftig schwitzende erste Vorsitzende des Schützenvereins wissen, der beidhändig Bier trinkend vor ihm stand. Trotz des heißen Wetters trug er einen Schützenhut mit weißer Feder und Salzrand. Auf seiner mit vielen Phantasieorden behangenen Schützenuniform waren noch die Überreste des letzten Schützenfestes zu erkennen. Das Revers und die viel zu kurz gebundene, grüne Krawatte zeigten reichlich Spuren einer hastig verschlungenen ›Mantaplatte‹, der Hauptmahlzeit eines Schützenbruders während der Festtage und besonders auf dem Nachhauseweg. Einseitige Ernährung machte so richtigen Schützenbrüdern nichts aus, wenn die fettigen Pommes und die Currywurst mit reichlich alkoholischen Getränken im Verdauungstrakt vermischt wurden.

»Ja, habe ich. Wir sollten aber im nächsten Jahr ein paar Änderungen am Festverlauf vornehmen, denn drei Tage Koma und wenig Schlaf zehren an den Kräften. Ich bin auch nicht mehr der Jüngste! Dann die Arbeit auf dem Hof, jetzt die Hochzeit. Es reicht mir, danke der Nachfrage!«, gab der neue Schützenkönig augenzwinkernd zurück und wischte sich mit dem Handrücken den Bierschaum von der Oberlippe. Hans hatte vor zwei Wochen in einem zähen und harten, aber zuvor abgesprochenen Kampf den Vogel von der Stange geschossen und war nun der amtierende Schützenkönig. Seine Braut war also auch Königin.

Als dann gegen neunzehn Uhr durch die munter aufspielende Musikband zu Tisch gebeten wurde, drängten sich die etwa einhundertachtzig geladenen Hochzeitsgäste zu den festgelegten Sitzplätzen. Kleine Namensschilder, die sehr gut mit der Tischdekoration harmonierten, wiesen ihnen den Weg. Am Ehrentisch der Brautleute saßen auf der rechten Seite die Brauteltern Werner und Waltraud Koch und links von ihnen hatten die Mutter des Bräutigams Mathilde Beckermeier und ihre Schwester Ilse Platz genommen.

Die allen Leuten im Saal gut bekannte und meistens wirres Zeug redende Mathilde erhob sich, rief laut in den Saal: »Gibt es hier heute Hühnersuppe?«, und klopfte mehrmals mit dem Löffel auf den Rand ihres Suppentellers.

Das Klopfgeräusch wurde von der Gesellschaft aufgenommen und erwidert. Nun klopften alle mit ihren Löffeln auf oder an ihre Teller. Das war das Zeichen für das Brautpaar, sich zu küssen. Dieses für den Bräutigam völlig überflüssige Ritual sollte noch einige Male während des Essens folgen. Dana blickte ihren Gatten in freudiger Erwartung an, der drehte sich zu ihr und gab ihr einen flüchtigen Kuss auf die hingehaltenen, schmalen Lippen. Das musste reichen, dachte er. Aber nicht mit uns, dachten die Gäste. Das Klopfen wurde lauter und intensiver. Schweren Herzens küsste er seine Dana nun etwas länger, bis das blöde Geklopfe aufhörte und die Suppenterrinen hereingetragen wurden.

Zum Leidwesen von Mathilde gab es die emsländische Hochzeitssuppe, eine kräftige Rindfleischsuppe mit Einlage, von der man sagt, dass sie auch bei Erkältungen Linderung verschafft. Keine Hühnersuppe. Mit musikalischer Untermalung durch die Band, die den Suppenmarsch zum dritten oder fünften Mal wie in einer Endlosschleife spielte, wurden die Terrinen bis auf den Boden geleert, und das bei der schwülen Hitze im Saal. Eine Hochzeit ist nun wirklich kein Kindergeburtstag!

Der Brautvater blickte über die Tischreihen, als die Endlosschleife unterbrochen wurde, und da sonst niemand Anstalten machte, etwas zu sagen, fand er es an der Zeit, mit der fälligen Rede zu beginnen. Er klopfte mit der Gabel laut vernehmbar an sein Glas und erhob sich. Die Gäste hoben die Köpfe und es wurde ruhig im Saal.

»Lieber Hans, liebe Dana, liebe Gäste«, begann Werner Koch und wandte seinen Blick von den Angesprochenen in den Saal. Er hatte sich zwar Notizen auf einem kleinen Zettel gemacht, aber nach den vielen Bierchen und drei Schnäpsen hatte er beschlossen, den Zettel in der Hosentasche zu lassen und frei zu reden. Das hätte er lieber sein lassen sollen, sagte er später zu seiner lieben Frau Waltraud.

»Wir haben uns heute hier versammelt, um die kirchliche Hochzeit unserer Dana mit ihrem Hans zu feiern. Herzlichen Glückwunsch, lieber Schwiegersohn, zu deiner Frau.«

Hans horchte auf und lehnte sich zurück. Seine von der schweren Feldarbeit gezeichneten Hände, fast so groß wie Klosettdeckel, ruhten auf dem Tisch. Am Ringfinger seiner rechten Hand glänzte der goldene Trauring, den ihm seine Dana nur mit großer Mühe während der Zeremonie überstreifen konnte. Der Redner gönnte sich während der kurz eingelegten Pause noch einen HKT.

»Ja, Dana, nun bist du auch endlich unter der Haube. War ja nicht so einfach, jemanden zu finden, der dich wollte, oder Waltraud?« Er blickte seine Frau an und kicherte, sie stieß ihm in die Seite, sollte wohl heißen: »Halt´ die Klappe!« Werner legte erneut eine kurze Gedankenpause ein und suchte nach Worten. Hans blickte verlegen auf seine Pranken.

»Auf jeden Topf passt ein Deckel, also seid auch ihr zwei jetzt ein Paar. Ich hoffe, dass es reichlich Enkelkinder gibt. Ihr könnt ja heute Nacht mit der Produktion anfangen. So hässlich ist Dana nun wirklich nicht. Das Geld überweise ich dir dann Montag. Prost, Hans!« Werner hielt das Weinglas hoch, kippte es auf Ex und setzte sich wieder. Waltraud, die Brautmutter, blickte mit starrem Blick geradeaus ins Leere.

Die Gäste im Saal steckten die Köpfe zusammen und tuschelten. Dana wurde puterrot im Gesicht und begann laut zu heulen, Hans schüttelte unentwegt den Kopf. Was sollte er sonst machen? Er hatte dem Vertrag zugestimmt. Die Band erfasste die Situation sofort richtig und begann, schnell nochmal den Suppenmarsch zu spielen. Hans bestellte sich einen Schnaps bei der Bedienung, die mit der Suppenterrine verschwinden wollte, und seine verwirrte Mutter rief hinter ihr her: »Habt ihr noch Hühnersuppe?« Die Band spielte weiter. Wenn Hans gewusst hätte, wo der Sicherungskasten hing, er hätte an der Hauptsicherung gedreht.

Nachdem der Wachholder in seiner Speiseröhre brannte und ihn etwas beruhigte, ging das Tellerklopfen wieder los. Dana schnäuzte in die Serviette und hielt ihren Kussmund Richtung Ehemann. Er küsste sie, bis das Geklopfe aufhörte. Eigentlich dauerte es ihm schon fast zu lange, aber er spielte mit. Dana sah ihn anschließend fordernd an, und da er keine Anstalten machte, auf die Schmachrede des Schwiegervaters zu antworten, fasste sie allen Mut zusammen und erhob sich. Sehr heftig schlug sie mehrmals an ihr Glas, bis es zersprang.

»Lieber Vater, danke für deine netten Worte. Obwohl du alles hier bezahlst, das sollte dir ja nicht allzu schwer fallen, liebe ich Werner und möchte ihm eine gute Ehefrau sein. Bei uns wird es anders laufen als bei euch beiden, darauf kannst du dich verlassen«, sagte sie mit ruhiger Stimme und drehte sich zu ihm hin. Der bereute seine Worte und sah betreten zu ihr hoch. Dana holte tief Luft.

»Die Produktion der Enkelkinder hat bereits begonnen, ich bin im vierten Monat schwanger!«

Im Saal herrschte plötzlich eine gespenstige Stille. Sogar die Band hörte auf zu spielen. Stromausfall? Viele Gäste blickten betroffen auf ihre angewärmten Teller, die bereits für den zweiten Gang serviert wurden. Andere sahen verlegen ihren Nachbarn an oder zur Decke. Hans lächelte vor sich hin und dachte an den neuen Hoferben. Nach einer Minute, die allen wie die Ewigkeit vorkam, erhob sich Pastor Heiner Terwegen, der ebenfalls eingeladen war und am Ehrentisch drei oder vier Teller Hochzeitssuppe zu sich genommen hatte. Er streckte die Arme weit von sich, als wenn er nochmals den Segen sprechen wollte.

»Liebe Leute, wir alle haben heute vor Gott einen heiligen Bund bezeugt. Lasset uns fröhlich sein und keine Zwietracht mehr säen. Wir wollen hier zusammen feiern und nun sind wir auch noch in freudiger Erwartung. Ein Grund mehr zu feiern. Amen«, rutschte es aus ihm aus reiner Gewohnheit heraus. Er blickte die Gäste erwartungsvoll an. Jemand begann zu klatschen und der Rest der Gesellschaft klopfte mit dem Besteck an die Teller.

Das Vier-Gänge-Menü endete gegen einundzwanzig Uhr. Im Saal hatte die Gesellschaft sich von den Plätzen erhoben und die Bedienungen Platz zum Tanzen geschaffen. Der obligatorische Ehrentanz des Brautpaares stand als Nächstes auf dem Programm und die Band stimmte den Wiener Walzer an. Hans ergriff die Hand seiner Dana und führte sie zur Mitte des Saales. Er nahm sie in den Arm und etwas übermotiviert – lag wohl am reichlichen Verzehr des Alkohols – tanzte er so heftig, dass ihr Schleier wehte. Er fühlte sich nun doch sehr angetan von der Feier, Dana lächelte ihn an und war glücklich. Sie wird auch immer schöner, dachte Hans. Anschließend traten die Trauzeugen Hans´ Bruder Wolfgang mit Gemahlin und Silvia, eine Freundin von Dana, mit Dietmar auf die Tanzfläche. Der Brautvater, der so frei und ohne jeden Zettel reden konnte, kam nicht mehr zum Tanzen. Der Geflügelmäster schlief am Tisch seinen Rausch aus und träumte höchstwahrscheinlich von Hühnern.

»Dana, komm mit, wir haben etwas Lustiges vor«, flüsterte der stark angeheiterte Alexander Fischer ihr ins Ohr. Er stand mit seinem Kumpel Markus Kirsch an der Sektbar am Rande des Saales. Dana lächelte, sie kannte die beiden und ahnte, was sie mit ihr anstellen wollten. Trotzdem fragte sie nach.

»Was habt ihr vor? Wollt ihr mich etwa entführen? Das ist doch ziemlich altmodisch.«

»Ist doch egal. Wir fahren durch die Gegend, ziehen durch die Kneipen und lassen dich von Hans auslösen. Wir werden eine Menge Spaß haben, das kannst du mir glauben. Deine Mutter weiß Bescheid, die kennt diesen Brauch und hat uns viel Vergnügen gewünscht«, erwiderte Markus und zog sie Richtung Ausgang. Hans, der mit dem immer noch beidhändig trinkenden Vorsitzenden des Schützenvereins an der Theke stand und über die Veränderungen im Verein diskutierte, sah die drei verschwinden und dachte sich nichts dabei.

Ein Mann, der schon über eine Stunde in der Gaststätte vor dem Tresen saß und den Ausgang des Saales beobachtete, sah die Entführer mit der Braut in ein Taxi einsteigen. Er bezahlte seinen Deckel, verließ die Kneipe und stieg in sein Auto. Nach dem Starten des Motors zog er sich Gummihandschuhe über seine Hände und folgte dem Taxi in sicherem Abstand.

2

Wirre Gedanken an seine lange zurückliegende Kindheit schossen ihm durch den Kopf. Er erinnerte sich an einen Kindergeburtstag, es musste sein achter oder neunter gewesen sein, so genau wusste er es nicht mehr. Aber an den Geburtstag erinnerte er sich, es war sein letzter, den er feiern durfte. Vater kam etwas früher aus dem Büro und brachte ein großes Paket mit. Schon im Hausflur geriet er mit Mutter aneinander, die ihm Vorhaltungen wegen des Geschenks machte. In Geldangelegenheiten hatte Vater kein Geschick, daher regelte Mutter auch das Finanzielle. Vater hatte nichts zu sagen und noch weniger zu lachen. Sie riss ihm das Paket aus den Händen und schlug ihm ins Gesicht.

»Das gibst du morgen zurück. Woher hast du das Geld? Musst du so teure Geschenke machen?«, hörte er die Mutter keifen. Vater versuchte zu lächeln, als er seinen Sohn in der Tür stehen sah, dann klatschte die nächste Backpfeife in sein Gesicht. Gegenwehr hatte Mutter nicht zu erwarten, er war noch zu klein und sein Vater war ein Waschlappen. So hatte ihn die Nachbarin einmal genannt, als er sie über den Gartenzaun belauscht hatte, während sie sich mit einer Freundin über seine Eltern unterhalten hatte. An ihr Lachen konnte er sich gut erinnern. Irgendwann wollte er es der Frau zeigen und heimzahlen.

Leises Wimmern und Stöhnen rissen ihn aus seiner Lethargie. Er benötigte einige Sekunden, um in die Realität zurückzukehren, und sah in den Innenspiegel. Schnell bog er nach rechts in einen kleinen Waldweg ab und stoppte den Wagen. Im Scheinwerferlicht tanzten Hunderte Mücken. Sein Blick ging starr geradeaus durch die Windschutzscheibe. So verharrte er eine Minute, plötzlich vernahm er wieder das Wimmern. Beunruhigt beobachtete er die Gegend um ihn herum, dann schaltete er das Licht aus, verließ den Kombi und öffnete den Kofferraum. Mit zittrigen Fingern zog er die mit Äther getränkte Watte aus der Plastiktüte und drückte sie auf ihre Nase. Sie wehrte sich verzweifelt, hatte aber keine Chance. Nach vier oder fünf Atemzügen wurde sie ruhig und ihr Körper erschlaffte. Im Dahindämmern starrte sie ihn mit weit aufgerissenen Augen flehend an und sackte dann in sich zusammen. Das Klebeband über ihrem Mund hatte er so befestigt, dass sie frei atmen konnte.

Wieder beruhigt schloss er die Heckklappe, blickte sich mehrmals um und wischte sich mit dem Ärmel seines Hemdes den Schweiß aus dem Gesicht. Schnell stieg er wieder auf den Fahrersitz, legte den Rückwärtsgang ein und fuhr aus dem Waldweg hinaus auf die Straße. Zügig, aber die Geschwindigkeitsbegrenzung beachtend, nahm er wieder Fahrt auf. Sein Ziel, der Speichersee in Geeste, war nicht mehr weit entfernt, er sah bereits die ersten Wegweiser und Hinweisschilder im aufgeblendeten Scheinwerferlicht. Nach fünf Minuten verlangsamte er, setzte den Blinker und bog nach links in die Biener Straße ein, die zur ›Deichkrone‹, einer Gaststätte der gehobenen Kategorie führte. Er überlegte kurz, ob er an seinem Plan festhalten sollte, ganz auf die Krone des Speichersees hinaufzufahren, da hörte er wieder Geräusche aus dem Kofferraum. Die Dosierung des Äthers war anscheinend zu gering.

»Verdammt, ist die schon wieder wach?«, zischte er. Sein aufsteigendes Verlangen nach Befriedigung, das er während der Fahrt unterdrückt hatte, ließ ihn nun den Plan ändern und er stellte den Wagen auf dem Parkplatz neben der Jugendherberge ab. Die Geräusche im

Kofferraum wurden lauter, sie trat mit den Füßen gegen die Heckklappe. Er musste etwas unternehmen.

»Gut, dann machen wir es hier und jetzt«, murmelte er und stieg aus. Er ging hinter den Wagen und öffnete ihn.

»Jetzt wollen wir Hochzeit feiern, komm«, kicherte er und zog sie aus dem Kofferraum. Er hielt sie an ihren auf dem Rücken gebundenen Armen fest, nahm noch einen Rucksack heraus, schulterte ihn und verschloss den Wagen. Dann schubste er sie in Richtung eines großen Baumes in circa zwanzig Metern Entfernung vor sich her. Sie stolperte, wollte sich von ihm losreißen. Er zog sie zu sich, führte seinen Mund an ihr Ohr.

»Bleib ruhig, Dana. Wir feiern gleich deine Hochzeit. Ich freue mich seit Wochen darauf«, hechelte er und leckte zweimal mit seiner Zunge an ihrer Wange. Mit eisernem Griff hielt sie fest, Flucht war unmöglich.

Sie dachte nicht mehr daran zu fliehen, vielmehr hatte sie sich damit abgefunden, dass er sie vergewaltigen wollte. Irgendjemand hatte ihr früher, als sie noch ein kleines, unschuldiges Mädchen war, erzählt, dass sie es über sich ergehen lassen sollte. Und reden sollte sie, ihn so vielleicht besänftigen, auf keinen Fall Angst zeigen. Sie erinnerte sich an die Ratschläge und hoffte, dass er ihr das Klebeband vom Mund entfernen würde, dann könnte sie reden. Den Gefallen würde er ihr tatsächlich erfüllen, nur wenige Minuten später.

Vor drei Tagen hatte er das Gelände erkundet. Die sternenklare Nacht und der Vollmond halfen ihm bei der Orientierung. Benebelt durch das Betäubungsmittel fiel ihr das Gehen schwer, sie stolperte. Leise kichernd zog er sie unbeirrt weiter. Sein Kichern machte sie fast wahnsinnig und ein eiskalter Schauer lief ihr über den Rücken. Dana spannte ihren Körper, blieb stehen, stampfte mit den Füßen auf den Boden, riss an der Handfessel.

»Hm, hm, hm«, schnaufte sie durch die Nase.

»Freust du dich?«, flüsterte er lüstern, als er sie ganz nah zu sich heranzog und an ihrem Ohr leckte. Sie roch seinen Atem. Ekel stieg in ihr hoch, sie antwortete mit heftigem Kopfschütteln, versuchte, sich von ihm freizumachen. Der Versuch war zwecklos. Vor einem Baum blieb er stehen. Er sprach leise und langsam.

»Hier ist es gut, genau richtig, setz dich auf den Boden und lehn dich mit dem Rücken an den Baum.« Er drückte sie nach unten. Willenlos tat sie, was er wollte. Mit zittrigen Händen löste er die Handfessel, zog ihre Arme schnell nach hinten um den Baum herum und fesselte sie. Sie stöhnte vor Schmerzen auf.

Breitbeinig stellte er sich vor sie hin und blickte auf sie herab, so hatte er es sich in seinen Träumen vorgestellt. Sie war ihm ausgeliefert. Langsam öffnete er den Rucksack und nahm einen kurzen Strick aus gewickeltem Hanf heraus, an deren Enden jeweils ein Holzstück angeknotet war. Er wippte seinen Strick in den Händen. Sie sah ängstlich zu ihm hoch, stöhnte und urinierte in Todesangst. Plötzlich wusste sie, dass er sie nicht vergewaltigen wollte. Ihr Tod stand kurz bevor, sie schloss ihre Augen und dachte an ihr kurzes Leben. Sollte es hier enden?

Er ahnte ihre Gedanken. Wie elektrisiert wandte er seinen Blick von dem Opfer ab und starrte auf sein Handwerkszeug: die Garotte. Er blickte zu ihr herunter, genau in ihre vor Panik geweiteten Augen, genoss ihre Todesangst. Er verharrte und lächelte. Sie atmete stoßweise ein und aus. Mit aller Kraft schüttelte sie heftig den Kopf, zog mit den Armen. Stechende Schmerzen in den Handgelenken ließen sie damit aufhören. Zwecklos. Er bückte sich zu ihr herunter und hielt mit beiden Händen ihren Kopf fest, küsste sie auf den zugeklebten Mund. Sie wehrte sich aus Leibeskräften, schlug mit den Beinen um sich, es war sinnlos.

»Den brauchst du jetzt nicht mehr«, flüsterte er ihr in das linke Ohr, als er den Schleier aus ihren Haaren löste. Genüsslich daran denkend, was er mit dem Schleier später noch vorhatte, verstaute er ihn in seinem Rucksack. Dann setzte er sich hinter den Baum, streckte seine Beine links und rechts an ihr vorbei, legte das Seil um ihren Hals und den Baumstamm, zog die Enden mit den Holzstücken nach hinten. Er überkreuzte das kurze Seil und zog es straffer. Langsam drehte er an den Holzstücken, die Schlinge zog sich enger zusammen. Sie schlug mit dem Kopf hin und her, zappelte mit den Beinen, vergebens. Er drehte weiter, genoss den Augenblick ihres nahenden Todes, wollte den so lange wie möglich hinauszögern. Da sie nun nicht mehr schreien konnte, riss er ihr das Klebeband vom Mund.

»Es ist gleich vorbei, bleib ruhig«, stöhnte er und bekam eine heftige Erektion. Sie wollte schreien, schlug heftig mit dem Rücken mehrmals gegen den Baum. Ihr Atem stockte, dann traten ihre Augen aus den Augenhöhlen. Noch knappe drei Minuten dauerte das Leben von Dana Beckermeier, bunte Bilder zogen an ihrem geistigen Auge vorbei. Sie spürte Bewegungen in ihrem Bauch und ihr letzter Gedanke galt dem ungeborenen Kind. Er fühlte und genoss es, wie das Leben aus ihr wich. Nach wenigen Minuten legte sich seine Erregung, er stöhnte und lockerte die Garotte.

Ihr Körper hockte zusammengesunken nach vorne gebeugt auf dem Boden. Er verstaute das Seil in seinem Rucksack, nahm eine Digitalkamera heraus und fotografierte die Leiche von allen Seiten. Wie im Rausch schoss er einige Fotos. Noch fünf Minuten genoss er den Anblick und blickte auf sein Werk hinab, saugte diesen

Anblick in sich auf. Nie würde er diesen Moment vergessen. Erleichtert bückte er sich wieder zu ihr hinunter, ergriff ihre rechte Hand und betrachtete sich den Ringfinger mit dem goldenen Ehering. Wut und Hass stiegen in ihm auf. Er griff in seine Jackentasche und zog einen Seitenschneider heraus. Nachdem er das Knacken des Knochens hörte und mühsam den Finger von der Hand abgetrennt hatte, verstaute er seine Trophäe in einem kleinen Plastikbeutel, ließ ihn im Rucksack verschwinden und erhob sich wieder. Seine Wut und sein Hass auf Frauen legten sich, als er zurück zu seinem Wagen ging. Er öffnete die Heckklappe, zog den Reißverschluss einer großen Tasche auf und entnahm ihr einen Taucheranzug. Ruhig und völlig entspannt zog er sich um. Dann ging er zurück zur Leiche, schulterte sie und schritt langsam den Weg zum Speichersee hoch.

3

Gegen neun Uhr am Samstagmorgen klingelte das Telefon in der Polizeistation in Geeste. Hans Beckermeier, der mit seinen Hochzeitsgästen die Nacht damit verbracht hatte, seine entführte Braut zu finden, war besorgt. Zunächst hatte er vermutet, dass Dana sich versteckt hielt, um ihm für sein Verhalten bei der Trauung eins auszuwischen. Als die Brautentführer ohne Dana zur Feier zurückgekehrt und die nächtliche Suche erfolglos geblieben waren, entschied er sich, die Polizei zu informieren.

»Polizei Geeste, Steinhorst am Apparat. Was kann ich für Sie tun?«

»Hans hier, hallo Daniel. Dana ist verschwunden. Ich möchte eine Vermisstenanzeige aufgeben. Sie wurde gestern während der Hochzeitsfeier entführt und ist nicht wieder aufgetaucht.«

»Was? Wie? Entführt?«

»Ja. Entführt. Nicht wie du jetzt denkst. Sie wurde von zwei Hochzeitsgästen abgeschleppt, die sind mit ihr durch die Kneipen gezogen. Du kennst das doch.«

»Ach so! Jetzt weiß ich, was du meinst. Das war also nur Spaß. Und wo ist Dana jetzt?«

»Das weiß ich nicht, deswegen rufe ich ja bei dir an. Wir müssen sie suchen. Bei ihren Eltern oder sonst bei Freunden ist sie auch nicht, sie ist verschwunden«, berichtete Hans in einer Tonlage, als ginge es um die Futterbestellung für seine Viecher. Steinhorst sah aus dem Fenster und schüttelte belustigt den Kopf.

»Ja, ist gut, Hans, ich habe verstanden. Wir kommen gleich bei dir vorbei, wir sind schon unterwegs«, gab er zurück und beendete das Gespräch.

»Erik, komm mit, wir müssen eine entführte Braut suchen«, sagte der Oberkommissar grinsend zu seinem

Kollegen, der sich gerade eine Tasse Kaffee einschenkte und frühstücken wollte. Daniel Steinhorst kannte das Brautpaar gut, er wusste auch von den Streitereien, die die beiden ständig hatten. Er vermutete, dass Dana sich irgendwo versteckt hielt und so ihrem Gatten einen Streich spielen wollte.

»Ist klar, Chef. Das wäre ja der erste schwere Entführungsfall hier in unserem Bereich. Da müssen wir natürlich sofort tätig werden«, erwiderte Erik lächelnd und trank gemütlich seinen Kaffee aus. Das Lachen sollte ihm schon bald vergehen!

»Nun komm, lass uns zum Beckermeierhof fahren und mit ihm sprechen. Er klang irgendwie beunruhigt. Vielleicht ist die entführte Braut ja auch schon wieder aufgetaucht, wenn wir dort sind.«

Nur kurze Zeit später sollten die beiden Polizisten erfahren, dass die Entführte gar nicht auftauchen konnte. Sie war an einem Stuhl festgebunden.

*

Am Speichersee trafen sich wie jeden Samstagmorgen einige Hobbytaucher des Tauchclubs Geeste. In mühevoller Arbeit hatten die Mitglieder des Clubs eine kleine Unterwasserwelt geschaffen, die weit über die Grenzen des Emslandes hinaus bekannt war und viele interessierte Taucher anlockte. Olaf Brantling, Tauchlehrer und Vorsitzender des TC-Geeste, hatte sich für diesen Morgen mit zwei Tauchschülern verabredet, die bei ihm praktischen Unterricht gebucht hatten und den Taucherschein erwerben wollten. Sie waren dabei, ihre Ausrüstung zu überprüfen und freuten sich auf den bevorstehenden, ersten gemeinsamen Tauchgang.

»Wir werden auf neunzig Grad langsam in Richtung Übungsplattform tauchen und auf eine Tiefe von sieben

Metern gehen. An der Plattform zeige ich euch, wie einfach es ist, mit einem Mundstück zu zweit abwechselnd zu atmen. Dann drehen wir nach Westen ab und schwimmen zur Badewanne. Die steht in zehn Meter Tiefe auf dem Grund und davor ist ein Gartenstuhl platziert«, erklärte Brantling seinen Schülern und zeigte ihnen auf einer Karte die Stationen.

»Alles soweit klar?« Die Schüler nickten.

»Dann geht es los, folgt mir!«

Sie watschelten in Schwimmflossen über den kleinen Sandstrand Richtung Wasser. Sobald sie abtauchten, löste sich die Anspannung bei den Schülern. Wie schwerelos glitten sie durch das Wasser. Über Zeichensprache führte der Tauchlehrer sie zur Übungsplattform. Die Sicht war gut, das Wasser ruhig. Es ging ein leichter Wellengang, der dort unten aber kaum zu spüren war. Die Rettungsübung mit dem gemeinsamen Atmen aus einer Flasche verlief gut, die Schüler lernten schnell und Brantling freute sich. Dann gab er die Richtung vor: Westen. Sie schwammen ruhig nebeneinander zur nächsten Station. Was sie nun erblickten, sollten sie ihr Leben lang niemals vergessen, die Bilder brannten sich auf die Hornhäute ihrer Augen.

Vor der Badewanne, die durch das gelbliche Wasser weiß durchschimmerte, stand der Gartenstuhl. Auf dem Gartenstuhl saß eine Frau im weißen Brautkleid. Ihr blondes Haar und ihr Kleid wehten ganz langsam in der leichten Strömung. Der rechte Arm der Frau wies nach oben, Richtung Wasseroberfläche. Es sah so aus, als wenn sie die Taucher begrüßen wollte und ihnen zuwinkte. An ihrer winkenden Hand fehlte der Ringfinger. Der linke Arm und ihre Beine waren am Stuhl angebundenen.

Die drei Taucher schwammen auf der Stelle in circa drei Metern Entfernung von der Leiche, blickten sich gegenseitig entsetzt an. Olaf Brantling zeigte Richtung Beckenrand und gab den beiden Schülern zu verstehen, dass sie auftauchen sollten. Er wollte näher an die Leiche herantauchen, um mit seiner Unterwasserkamera einige Fotos zu schießen. Er erreichte sie und erschrak zutiefst, als er die leeren Augenhöhlen der Leiche entdeckte. Aale, die im Speichersee auf Jagd gingen, hatten sich bereits bedient. Das Gesicht der Frau zeigte einige Spuren der hungrigen Tiere. Ihr rechter Arm wurde durch einen Stock, der mit Klebeband um ihren Oberkörper gebunden war, nach oben fixiert. Für Brantling wurde es zu viel, eilig fotografierte er die Leiche und tauchte auf.

»Wir müssen sofort die Polizei rufen«, stammelte er, als er auf die beiden am Sandstrand sitzenden Schüler traf. Sie blickten mit verheulten Gesichtern zu ihm hoch.

»Wer ist zu so einer Tat fähig?«, fragte Svantje Maier, eine Holländerin, die mit ihrem Freund Mark Ellersmear die Tauchstunden gebucht hatte. Olaf schüttelte seinen Kopf und schloss die Augen.

»Svantje, ich weiß es nicht. Ich bin völlig fertig von den Bildern. Das muss ein Monster gewesen sein, ein Tier, das ist unmenschlich. Kommt, wir gehen auf die Wiese da, ich rufe die Polizei«, antwortete er und schritt mit hängendem Kopf voraus.

Der Streifenwagen bog gerade in den Zufahrtsweg zum Beckermeierhof ein, als über Funk ein im Polizeikommissariat Meppen eingegangener Notruf an sie weitergeleitet wurde. Sie sollten zum Speichersee fahren, dort sei eine Frauenleiche gefunden worden. Daniel Steinhorst bremste hart ab, schaltete Blaulicht und Martinshorn ein, wendete das Polizeifahrzeug und raste zurück Richtung Geeste.

»Ruf bei Hans Beckermeier an und sag ihm, dass wir später kommen. Erzähl ihm nichts von der Frauenleiche. Wer weiß, wer die Frau ist?«, gab Daniel besorgt an Erik weiter. Der nickte zustimmend und telefonierte. Beide hofften, dass sie nicht die frischvermählte Dana aus dem Wasser ziehen mussten. Steinhorst hatte es bei der Bereitschaftspolizei schon einmal mit einer Wasserleiche zu tun gehabt, und er erinnerte sich mit Grauen an den aufgeblähten Körper, der an das Ufer der Ems getrieben war. Weil es sich damals um ein ertrunkenes Kind handelte, konnte er lange danach nicht schlafen.

Er verdrängte die Gedanken an das Kind und fuhr direkt auf die Deichkrone. Den Streifenwagen ließ er mit zuckendem Blaulicht auf dem schmalen Weg stehen, sperrte damit den Weg ab. Über Funk wurden sie zuvor etwas genauer eingewiesen. Sie sollten den Fundort der Leiche sichern und den Bereich großflächig absperren. Der Kriminal- und Ermittlungsdienst sei bereits informiert und ebenfalls unterwegs.

»Haben Sie uns gerufen?«, fragte Steinhorst den älteren Mann im Taucheranzug, der völlig verstört mit zwei weiteren Personen, ebenfalls in Taucheranzügen, auf einer Bank saß und sich mit ihnen angeregt unterhielt. Spaziergänger gingen vorbei und blickten sich neugierig um. Gab es hier etwas zu sehen? Weshalb ist die Polizei da? Ist jemand ertrunken, kann ja passieren, wenn man taucht, dachten sie und blieben stehen.

»Ja, habe ich. Ich bin Olaf Brantling vom Tauchclub Geeste«, gab er mit bebender Stimme zurück und erhob sich, »meine beiden Schüler waren ebenfalls dabei«, er wies in die Richtung der beiden jungen Leute. Die saßen jetzt stumm auf der Bank und blickten ins Leere, hingen ihren Gedanken nach.

»Wo ist denn die Leiche?« Steinhorst sah sich um, alles völlig normal hier, dachte er, nur eine Menge Leute. Dann verscheuchte er die Gaffer.

»Weitergehen! Hier gibt es nichts zu sehen. Gehen Sie bitte weiter«, wies er zwei ältere Damen an, die sich auf ihre Rollatoren stützten und das Gespräch des Polizisten mit dem Taucher interessiert verfolgten. Ihr Gehör war längst nicht so schlecht wie ihre Beine. Da der Polizist sie direkt ansprach und wegschicken wollte, regten sie sich auf.

»Na hören Sie mal, junger Mann. Dürfen wir hier nicht stehenbleiben und uns ausruhen? Das ist ja eine Unverschämtheit. Mein Mann war im ersten und im zweiten Krieg dabei. Als Witwe eines ...«, wollte sie sagen, da mischte Erik sich ein.

»Ich bitte Sie vielmals um Entschuldigung, gnädige Frau. Aber Sie stören eine polizeiliche Untersuchung. Gehen Sie bitte weiter.« Die älteren Damen sahen sich an, zuckten die Schultern und bewegten sich langsam vorwärts. Bei der Geschwindigkeit könnte ich an den Rollatoren die Räder wechseln, dachte Steinhorst, als der Tauchlehrer plötzlich auf seine Frage antwortete.

»Unter Wasser. Wir haben nichts verändert, wegen der Spuren. Ich habe ein paar Fotos gemacht, hier.« Brantling reichte ihm seine Digitalkamera. Steinhorst stockte der Atem, als er sich das Bild der Frau im Display näher ansah. Kein Zweifel: Die Frau unter Wasser war Dana Beckermeier.

»Verdammt!«, fluchte er und kratzte sich an der Stirn, »die Frau suchen wir. Was sind das denn für Bilder? So etwas habe ich noch nicht gesehen. Ich muss die Kamera beschlagnahmen, Sie bekommen Sie später zurück.«

»Alles absperren!«, rief er seinem Kollegen zu, der sich bereits das rotweiße Absperrband aus dem Kofferraum des Polizeiwagens geholt hatte und es quer über den Weg spannte. Zwischenzeitlich hatte sich wieder eine große Traube an neugierigen Zuschauern gebildet, die als Spaziergänger den See umrundeten. Sie alle nahmen es locker, nicht so wie die älteren Damen, als ihnen Daniel Steinhorst den Weg versperrte und sie zum Umkehren aufforderte.

»Hier gibt es nichts zu sehen, Leute. Kehren Sie bitte um und halten Sie die Zufahrtsstraße frei.«

»Hey, Sie da. Sie meine ich auch«, rief er einem Passanten zu, der das Absperrband angehoben hatte und darunter her ging.

»Guten Morgen, Jensen mein Name, Ole Jensen. Ich bin von der Kripo Kiel«, antwortete der neugierige Mann und zeigte seinen Dienstausweis.

»Trotzdem. Verlassen Sie bitte die Absperrung. Die Kripo aus Kiel ist hier wohl eher nicht zuständig«, sagte Steinhorst und nickte mit dem Kopf Richtung Absperrband. Jensen ließ sich nicht abschütteln, blieb stehen.

»Ist gut, Daniel. Ich kenne Jensen. Hallo, Ole, was machst du denn hier?« Dennis Winkler, Kriminalhauptkommissar vom KED Meppen, war eingetroffen und begrüßte Jensen per Handschlag. Winkler, ein großgewachsener, schlanker und sportlicher Typ mit kurzen blonden Haaren war 45 Jahre alt und wohnte in Lingen. Von seiner Frau, einer Grundschullehrerin, hatte er sich vor drei Jahren scheiden lassen. Sie hatten zwei Töchter, die ältere studierte in Hannover Medizin und die jüngere, eine Dauerstudentin der Informatik, lebte bei ihrem Freund in London. Dennis und seine Exfrau Marianne, die er liebevoll ›Marie‹ nannte, trafen sich hin und wieder zum gemeinsamen geschlechtlichen Verkehr. Sie taten dies aus reiner Gewohnheit, in letzter Zeit immer häufiger und ließen sich auch nicht davon abbringen. Zum »Poppen«, so bezeichnete seine Ex ihren Verkehr, brauchten sie sich keinen neuen Partner suchen.

»Hallo Dennis, ich mache hier Urlaub. Ich bin spazieren gegangen, da sah ich die vielen Gaffer und die Polizeiabsperrung. Wie ich von den Leuten hörte, soll hier eine Wasserleiche gefunden worden sein. Aus reiner Routine und kriminalistischem Interesse wollte ich nur wissen, was hier los ist.«

»Daniel, das ist Hauptkommissar Ole Jensen aus Kiel, wir haben zusammen einige Seminare besucht. Das ist Daniel Steinhorst, er leitet die Dienststelle Geeste«, stellte er seinen Kollegen vor. Der grüßte, indem er zwei Finger an seine blaue Polizeimütze hielt.

»Hier, schaut euch mal die Fotos von der Leiche an. Sie wurden durch die Taucher gemacht. Ich kenne die Frau, es ist Dana Beckermeier, sie hat gestern kirchlich geheiratet«, erwiderte Steinhorst, gab Jensen die Hand und reichte die Kamera an Winkler weiter. Winkler und Jensen sahen sich die Fotos an und schüttelten ihre Köpfe. So etwas hatten sie in ihren vielen Dienstjahren noch nicht gesehen. Winkler zog sein Smartphone aus der Jackentasche und wählte die Nummer der Staatsanwaltschaft Osnabrück.

»Lindner«, meldete sich der zuständige Staatsanwalt nach nur wenigen Sekunden, »wo brennt es?«

»Hauptkommissar Winkler vom KED Meppen, Sie müssen kommen, Herr Lindner. Wir haben hier am Speichersee in Geeste einen grausigen Leichenfund.« Winkler unterrichtete ihn kurz über den bisherigen Sachstand und schilderte ihm seine ersten Eindrücke.

»Mein Kollege Thomas Bötcher wird Sie einweisen. Wann können Sie hier sein?« Er sah auf seine Uhr.

»Ich denke, in einer guten Stunde«, gab Mark Lindner zur Antwort und ließ sich die genaue Adresse geben.

»Daniel, fordere die Polizeitaucher aus Oldenburg an. Wir müssen da Unterwasserprofis ranlassen. Und noch etwas, die Leiche muss ja irgendwie in das Wasser gekommen sein«, sagte er und blickte suchend zum Sandstrand.

»Haben Sie Schleifspuren gefunden?«, richtete er seine Frage nun an Erik Eckelhoff, der mit den Absperrungen fertig war und sich neben sie gesellte.

»Ich habe nichts Auffälliges gesehen, auch keine Schleifspuren. Möglicherweise hat der Mörder, falls es ein Mann war, die Leiche getragen. Es könnten Fußabdrücke im Sand zu finden sein, die müssten doch tiefer sein als die anderen, oder? Außerdem wird er ja wohl Schwimmflossen getragen haben«, erwiderte er und sah sich am Strand um.

»Guter Hinweis, Sie sollten bei der Kripo anfangen. Ihre Spürnase könnte ich gebrauchen. Wenn Bötcher mit der Spurensichtung beginnt, erzählen Sie ihm von ihrem Verdacht. Er wird sich darum kümmern«, lobte Winkler den jungen Schutzpolizisten, »wer hat die Fotos gemacht?«

»Der Taucher dort. Sein Name ist Olaf Brantling. Er hat hier Tauchstunden gegeben. Er und seine Schüler sitzen völlig fertig da hinten auf der Bank.«

»Gut. Nehmen Sie die Personalien auf.«

»Nun zu dir, Ole. Was treibt dich denn ins Emsland? Erzähl, soviel Zeit muss sein«, wollte Winkler wissen und grinste den Kieler Kommissar schief von der Seite an, »Jensen im Emsland, das ist ja mal was ganz Neues. Sonst schippert der doch mit seinem Boot auf der Ostsee herum.«

»Ich bin mit meiner Kollegin und Verlobten Inga Johansen schon eine Woche in Schloss-Dankern. Wir wollten uns mal richtig erholen, die Adresse habe ich von einem Kollegen. Morgen fahren wir zurück nach Kiel. Das nur so nebenbei«, antwortete der Kollege von der Küste und kratzte sich am unrasierten Dreitagebart. Winkler schüttelte erstaunt seinen Kopf.

»Du bist mit einer Kollegin verlobt? So etwas gibt es bei uns nicht. Die Polizeiführung sieht das überhaupt nicht gerne und würde einen der Verlobten versetzen, darauf kannst du einen lassen«, gab er zurück. Jensen lächelte und zuckte die Achseln. Er sah nochmal auf das Display der Kamera, zoomte ein Bild größer, denn ihm war etwas aufgefallen.

»Schau mal. Ihr wurde der Ringfinger abgeschnitten.« Er reichte die Kamera an ihn weiter.

»Wir hatten vor sieben Jahren einen Mordfall in Kiel, eine Prostituierte wurde gefesselt an einem Baum aufgefunden, auch ihr wurde der Ringfinger abgetrennt. Irgendwie erinnere ich mich jetzt an den Fall, wo ich dieses Bild der Frau unter Wasser sehe. Außerdem wurde eure Leiche auf perverse Art und Weise zur Schau gestellt, wie in unserem Fall, und der Ringfinger fehlt ihr auch. Unser Mord wurde bisher nicht aufgeklärt, aber jetzt kommen diese Gedanken von damals plötzlich wieder in mein Bewusstsein. Ich habe da so ein komisches Gefühl.« Jensen kratzte sich diesmal an seinem Riechorgan.

»Meinst du, da gibt es Zusammenhänge und einen Mörder für beide Opfer? Kiel ist weit weg. Aber möglich ist alles. Gib mir deine Telefonnummer, sobald ich mehr weiß, informiere ich dich.«

Winkler verabschiedete sich und Jensen ging, über den Fall grübelnd, zu seinem Wagen. Sein Volvo stand auf dem Parkplatz der Jugendherberge, direkt in der

Nähe eines großen Baumes. Er blieb stehen und betrachtete sich die Eiche genauer. Er hatte eine Vorliebe für deutsche Eichen und konnte nicht ahnen, dass hier vor nur wenigen Stunden ein irrer Fetischist zwei Leben beendet hatte. Eins davon war ungeboren.

Gegen Mittag trafen die Polizeitaucher aus Oldenburg ein. Winkler wies sie kurz ein und zeigte ihnen die Fotos der Leiche. Olaf Brantling unterhielt sich mit Kommissar Gerald Derner, der die Oldenburger Tauchgruppe leitete, und gab ihm spezielle Hinweise zur Unterwasserwelt. Derner nickte mehrmals, gab seinem Kollegen ein Zeichen und die beiden Polizeitaucher verschwanden im Wasser.

Winkler nahm Daniel Steinhorst als Begleitung mit, der Hans Beckermeier und Frau gut kannte. Es erschien ihm so einfacher, die schlechten Nachrichten zu überbringen. Sie fuhren die von einigen Biogasanlagen gesäumte Landstraße nach Dalum und erreichten den Bauernhof gegen dreizehn Uhr. Winkler erschrak, als plötzlich eine ältere Frau über den Hofplatz rannte und fast vor seinen Wagen lief. Er legte eine Vollbremsung hin und kam knapp vor der Frau zum Halten. Die schaute ihn verwirrt an und schüttelte den Kopf. Dennis sah an ihr herunter und erblickte in ihrer rechten Hand ein geschlachtetes Huhn, das sie an den Beinen festhielt und damit drohend herumwedelte. Hühnerblut spritzte auf die Kühlerhaube. Mit der linken Hand trug sie eine langstielige Axt.

»Das ist die verwirrte Mathilde, die Mutter von Hans, sie lebt hier auf dem Hof und bringt alles durcheinander. Sie hat ein lebenslanges Wohnrecht und in ein Heim geht sie nicht. Sie möchte ständig Hühnersuppe für ihren Mann kochen. Der ist aber schon ein paar Jahre tot. Wenn es über sie kommt, geht sie in den Stall und schlachtet ein Huhn«, klärte Daniel seinen staunenden Kollegen auf.

»Aha, sind noch Hühner da?«, gab Dennis belustigt zurück und beobachtete, wie die Frau mit dem Huhn im Haus verschwand. Die Axt warf sie zuvor gekonnt im hohen Bogen in die angrenzende Scheune. Die Polizisten staunten.

»Guter Wurf! Hans sorgt für Nachschub und seine Gefriertruhe ist gut gefüllt. Er verteilt auch mal Hühner an Bekannte und Verwandte. Ich esse hin und wieder auch mal Hühnersuppe«, erwiderte er grinsend.

Ein großer Traktor fuhr mit lautem Getöse auf den Hof und hielt vor den Polizisten, die neben ihrem Wagen standen. Hans Beckermeier, der Treckerfahrer, hatte eine Pause eingelegt und wollte zu Mittag essen. Er verließ das monströse Gefährt und trat zu den Polizisten.

»Habt ihr sie endlich gefunden? Wo hat sie sich versteckt?«, fragte er und reichte beiden seine harte, überdimensionale Hand zur Begrüßung. Die Polizisten legten eine Trauermine auf.

»Ja, wir haben sie gefunden. Du musst jetzt stark sein, Hans. Es ist was Schlimmes passiert«, Steinhorst machte eine kurze Pause, ließ das Gesagte wirken, »sie ist tot.«

»Unfall?«, fragte er zurück und versteckte seine Hände in den Hosentaschen.

»Nein, sie wurde ermordet«, erwiderte Winkler.

»Ermordet? Wer hat das getan?«, fragte er in einer Art und Weise, als wenn er sich nach dem Weg erkundigen wollte. Winkler zeigte sich erstaunt über die Reaktion seines Gegenübers und zog die Augenbrauen hoch.

»Das wissen wir nicht, sie wird gerade aus dem Speichersee geborgen. Ihre Frau war auf einem Stuhl unter Wasser angebunden.« Die weiteren Einzelheiten sollte er erst später gesagt bekommen.

»Können wir reingehen? Ich habe einige Fragen zur gestrigen Hochzeitsfeier.«

»Natürlich, ich gehe vor.«

Sie setzten sich in der großen Diele an einen schönen, alten Bauerntisch aus Eiche, der in der Mitte des Raumes stand. Von ihm aus konnte man auch in die Küche sehen, in der die verwirrte Mathilde saß und das Huhn rupfte. Federn flogen wie wild durch die Gegend, weil sie mit viel Kraft dem Tier das Gefieder ausriss. Sie blickte auf, sah ihren Sohn und die Gäste an. Mit verklärtem Gesichtsausdruck begann sie zu brabbeln: »Heute gibt es Hühnersuppe, wenn Heinz vom Feld zurückkommt. Was ist mit den Engländern? Stehen sie vor Bremen?«

»Mama, dein Mann ist seit fünf Jahren tot und der Krieg ist lange vorbei, das weißt du doch. Verhalte dich ruhig und koche deine Suppe. Wir haben hier was zu bereden.«

»Was ist? Die Engländer kommen?«, gab sie zurück und blickte suchend aus dem Küchenfenster.

»Mama, bitte. Rupf das Huhn und schweig.«

Sie warf ihm einen finsteren Blick zu und brabbelte weiter vor sich hin, sah dabei mehrmals aus dem Küchenfenster.

»Lassen Sie sich von ihr nicht stören. Was wollen Sie wissen?«

»Erzählen Sie uns, wann Ihre Frau gestern von der Feier verschwunden ist. Sie sagten doch heute Morgen der Polizei, dass Ihre Frau entführt wurde. Wie ist das abgelaufen?« Winkler lehnte sich im Stuhl zurück, Steinhorst schielte Richtung Küche.

»Ich habe gesehen, wie sie den Saal verließen.«

»Wann war das und wer ist gegangen?«

»Das muss so ungefähr halb zehn gewesen sein. Dana ist mit Markus Kirsch und Alexander Fischer, das waren die Brautentführer, abgehauen. Die beiden hatten sie in ihre Mitte genommen und sind lachend aus dem Saal gegangen, dann in ein Taxi gestiegen und von Kneipe zu Kneipe gezogen. Sie warteten wohl darauf, dass ich ihnen folgen und die Zeche bezahlen würde. Das konnten sie aber vergessen, darauf hatte ich keinen Bock. Außerdem sollen sie selbst bezahlen, was sie trinken«, erzählte Beckermeier und legte seine von der Arbeit gezeichneten Hände auf den Holztisch. Winkler warf einen Blick auf die beachtlichen Pranken.

»Wo sind die drei gewesen?«

»Zuerst im ›Dalumer Hof‹, dann waren sie ›Beim Heinz‹. Ungefähr um halb elf kamen Kirsch und Fischer zurück zur Hochzeitsfeier. Ohne Dana. Sie erzählten, dass sie nicht von der Toilette zurückkehrte und dass sie die ganze Kneipe abgesucht hätten. Sie nahmen an, dass Dana selbst zurück zur Feier gefahren oder zu Fuß gegangen sei. Es sind ja nur ein paar Kilometer«, antwortete der Mann mit den Riesenhänden.

»Wie konnten die so etwas glauben? Dana geht doch nicht zu Fuß«, fragte Steinhorst erstaunt.

»Die waren total voll. Da denkt man anders.«

»Was passierte dann?«, fragte Winkler.

»Wir haben eine Suchaktion gestartet. Da aber auch die anderen Gäste, so wie ich, ziemlich voll waren, brachte dies nichts. Alle liefen verwirrt durch die Gegend. Ich habe die Leute dann nach Hause geschickt, bin hierhin gefahren und habe Dana auf dem Hof gesucht. Gegen drei Uhr bin ich ins Bett, ich dachte, vielleicht will sie mir eins auswischen und ist bei Freunden untergekommen«, antwortete Hans.

»Wir brauchen die Adressen der Entführer. Daniel, schreib mal mit.«

»Wie geht es denn jetzt weiter? Ich muss gleich wieder auf´s Feld«, wollte Hans wissen und blickte auf seine Armbanduhr. Winkler staunte über die Abgebrühtheit des Hofbesitzers. Die Reaktion auf die Todesnachricht fand er sehr sonderbar, fast schon bedenklich. Der trauert überhaupt nicht und nimmt das so locker.

»Nachdem Ihre Frau geborgen wurde, wird ihre Leiche zum Institut für Rechtsmedizin nach Oldenburg gebracht. Sie wird dort obduziert. Sie muss dann später von Ihnen offiziell identifiziert werden. Das machen wir nach der Obduktion, wenn die Leiche durch einen Bestatter abgeholt werden kann. Wir gehen zweifelsfrei davon aus, dass es sich um Ihre Frau handelt, weil mein Kollege sie erkannt hat. Das reicht uns vorerst.«

»Gut, dann kann ich ja wieder arbeiten gehen«, erwiderte der vielbeschäftigte Landwirt mit den großen Händen und erhob sich. Winkler und Steinhorst taten das Gleiche. Sie warfen noch einmal einen Blick in die Küche und sahen, wie das nackte Huhn auf dem Küchentisch liegend auf seine Zubereitung wartete. Die verwirrte Frau stierte aus dem Fenster.

»Mann, der war ja gut gefasst, als wir ihm den Tod seiner Frau mitteilten, er sah das ziemlich locker. Die Hochzeit war doch erst gestern. Sein Verhalten macht ihn fast verdächtig«, sagte Winkler verwundert, als sie vom Hof fuhren.

»Der ist so und es war keine Liebeshochzeit. Hans Beckermeier hat sie geheiratet, um an die Aussteuer zu kommen. Er erhält zweihunderttausend Euro als Mitgift vom Schwiegervater.« Winkler sah erstaunt zu Steinhorst rüber und zog die Augenbrauen zusammen.

»Das ist also mehr ein zweckgebundenes Bündnis gewesen, keine Liebeshochzeit, oder?«

»Kann man so sehen. Der Beckermeierhof ist hoch verschuldet, mit dem Geld des Schwiegervaters wollte Hans den Hof wieder auf Vordermann bringen. Er war wieder kreditwürdig.«

»Warum ist er so hoch verschuldet?«

»Als Hans den Hof zweitausendsechs von seinem Vater erbte, ging es bereits abwärts. Viehzucht lohnte sich nicht. Da baute der Vater eine Biogasanlage und auf seinen Feldern Mais an. Es ging nur langsam voran. Die Kredite waren teuer, der Strom billig«, erzählte Steinhorst, »dann starb der Vater von Hans, er hieß Heinz, an Herzinfarkt und hinterließ neben seiner verwirrten Frau auch noch den verschuldeten Hof. Heinz und Werner, das ist der Brautvater, kannten sich. Werner ist Geflügelmäster und schwerreich. Er wollte seine, ich sag mal nicht so hübsche Tochter unterbringen, und sie machten das Geschäft mit der Hochzeit. Das ist in groben Zügen alles, was man wissen muss, um die Zusammenhänge zu erkennen«, beendete Steinhorst seine Ausführungen. Fünf Minuten später erreichten sie die Polizeistation Geeste.

»Danke für die Informationen. Ich fahre zu den Brautentführern, dann nach Meppen. Wir bleiben in Kontakt.«

Winkler dachte während der gesamten Fahrt über das Verhalten von Hans Beckermeier nach. Da heiratet der Mann eine Frau aus Geldmangel, die wird nur einen Tag später ermordet aufgefunden und der Witwer fährt mit seinem Trecker auf den Acker. Was es alles gibt? Noch eine andere Tatsache spukte in seinem Kopf herum: die hohe Mitgift. Das Navi ließ ihn links abbiegen und dann halten. Er verließ den Wagen, ging auf das recht neue Einfamilienhaus zu und klingelte mehrmals an der Haustür, bis ein völlig angetrunkener junger Mann, so Anfang dreißig, die Tür einen kleinen Spalt öffnete.

»Ja, was ist?«, krächzte eine Stimme durch den Türspalt. Winkler drückte die Tür nach innen, sie öffnete sich nun ganz. Er hielt dem Mann mit der kaum verstehbaren Stimme seinen Dienstausweis unter die Nase.

»Guten Tag. Mein Name ist Dennis Winkler, Kriminalpolizei. Sind Sie Markus Kirsch?«

»Ja. Ich habe aber wenig Zeit. Was gibt es denn? Ich möchte zurück ins Bett.« Kirsch hatte wohl keine Lust auf Konversation. Schon gar nicht in seinem Zustand. Die ganze Nacht hatte er mit seinem Kumpel Alexander gesoffen und außerdem ging es erst auf Nachmittag zu. Er steckte sich umständlich das Hemd in seine schwarze Anzughose. Seinen Hosenstall ließ er offen.

»Es ist wichtig, Herr Kirsch. Es geht um den Mord an Dana Beckermeier. Darf ich reinkommen? Ich habe einige Fragen an Sie.«

»Was? Dana ist tot?«, gab er krächzend zurück, zog seine Mundwinkel nach unten, kratzte sich zuerst am Kopf, dann am Sack und ließ den Kommissar eintreten. Winkler stockte fast der Atem, als ihm die abgestandene und verrauchte Luft in einem Schwall entgegenschlug. Der sollte seinen Hosenstall zu- und das Fenster aufmachen, schoss es ihm spontan in den Kopf.

»Kommen Sie mit ins Wohnzimmer. Ist aber noch nicht aufgeräumt. Alexander war bis vor einer Stunde hier, wir haben die ganze Nacht und den Vormittag einen getrunken.«

»Herr Kirsch, wie ist der gestrige Abend abgelaufen? Vielleicht erinnern Sie sich. Ich will nur etwas über die Entführung wissen, den Rest kenne ich bereits.« Winkler trat in das Zimmer, stolperte über ein Paar Schuhe und setzte sich auf einen klapprigen Stuhl. Auf dem Tisch standen eine Menge leere Schnaps- und Bierflaschen. Das Leergut auf dem Tisch und in der Kiste darunter machte Eindruck auf ihn. Falls die das alles getrunken haben, müssten sein Gegenüber mit der offenen Hose und der andere Säufer eigentlich klinisch tot sein. Winkler wunderte sich wieder einmal über die Trinkfestigkeit der Emsländer und schüttelte seinen Kopf. Der Trinker kratzte sich noch einige Male am Hinterkopf und griff in den Kasten unter dem Tisch. ›Plopp!‹ Er setzte an und zog die Flasche halbleer.

»Wir sind von der Feier mit einem Taxi losgezogen, zum ›Dalumer Hof‹. Dort haben wir zwei oder drei Bier getrunken und aufschreiben lassen. Dann waren wir ›Beim Heinz‹, haben auch so ungefähr zwei Bier getrunken und dann haben wir Dana verloren«, erinnerte sich der trinkfeste Emsländer und setzte die Flasche erneut an. Er trank den Rest gierig in einem Zug aus.

»Man soll damit weitermachen, womit man aufgehört hat.« Er rülpste laut und stellte die leere Flasche auf den Tisch.

»Wie kann man eine Braut verlieren?«

»Sie ging zur Toilette und kam nicht zurück.«

»Aha. Haben Sie Dana Beckermeier gesucht? Hat sie eine Nachricht hinterlassen? Es gibt doch solche Spielchen«, fragte Winkler und sah in die wässrigen Augen seines Gegenübers. Der rülpste nochmals, diesmal mit vorgehaltener Hand. Winkler hatte sich eigentlich klare Antworten erhofft, nach seiner Einschätzung sollten die wohl nicht mehr kommen. Kirsch versuchte sich zu erinnern und kratzte sich diesmal zwischen den Beinen. Seine Kratzerei führte Winkler auf die unzureichende Hygiene im Genitalbereich zurück. Duschen und Seife sollen da hilfreich sein, grübelte Winkler weiter und beobachtete ihn interessiert und amüsiert.

»Tschuldigung, tut mir leid. Mein Magen. Nein, sie hat keine Nachricht hinterlassen, sie war plötzlich weg. Von den Toiletten geht ein Ausgang in den Hinterhof, dort war sie aber auch nicht. Wir dachten, sie ist dort raus und hat sich versteckt. War aber nicht so. Das Taxi stand noch vor der Kneipe, mit dem sind wir zurück zur Feier. Der Fahrer achtete besonders auf den Straßenrand, wir nahmen an, dass wir sie treffen. Dana hätte ja auch zu Fuß unterwegs sein können. Das ist alles«, lallte er und öffnete sich eine weitere Bierflasche. Zusätzlich griff er sich einen Kümmerling. Winkler vermutete wegen seines Magens. Der Kümmerling wurde von ihm gierig ausgetrunken und nach allgemeinem Brauch auf dem Tisch abgelegt, nicht gestellt. Die Flasche Bier trank er diesmal ohne abzusetzen aus. Winkler staunte Bauklötze.

»Ist Ihnen sonst noch etwas aufgefallen?«, fragte er und stellte erneut fest, dass keine große Trauer wegen der ermordeten Braut bei Kirsch aufkam. Hat der überhaupt begriffen, was passiert ist? Kirsch war mittlerweile wieder völlig betrunken und begann zu lallen, er fasste unter den Tisch und griff zur nächsten Bierflasche. Mit geübtem Griff öffnete er die Flasche mit dem Feuerzeug. Zum dritten Mal machte es ›Plopp!‹

»Nee, ups, mir ist nichts aufgefallen.«

»Herr Kirsch, hier ist meine Karte. Am Montag um neun Uhr erwarte ich Sie und Ihren Kumpel Alexander Fischer im Polizeikommissariat in Meppen. Gehen Sie ins Bett und schlafen Sie Ihren Rausch aus. Erscheinen Sie bitte nüchtern und geduscht, Ihr Kumpel auch«, gab er die Vorladung weiter. Kopfschüttelnd verließ er das Haus und machte sich auf den Weg zurück nach Meppen.

4

Dass ihn das Töten einer Frau so befriedigte, hatte er nicht für möglich gehalten. Lange hatte er gezögert, sich dann doch entschlossen, seine Spiele mit einem Menschen zu treiben und nach der richtigen Frau für sein Vorhaben gesucht: eine Braut. Wie in Trance erinnerte er sich an die Szene, als er sie umschlungen hatte und ihr den Strick um den Hals legte, sie ihren letzten Atemzug aushauchte. Mehrmals liefen die Bilder während der Fahrt durch das Emsland wie ein Film vor seinen Augen ab. Er verfuhr sich einige Male und fand erst über Umwege den Weg zurück.

Zu Hause angekommen verstaute er die Taucherausrüstung in der Garage in einer Holzkiste. Leise verschloss er das Garagentor, wollte so wenig Lärm wie möglich verursachen. Mit dem Rucksack in der Hand stand er kurze Zeit später vor der Eingangstür des kleinen Einfamilienhauses und suchte den Haustürschlüssel. Als er ihn endlich an seinem Schlüsselbund gefunden hatte und ihn in das Schloss steckte, ging im Flur das Licht an. Er stöhnte vor sich hin und straffte seinen Körper. Nur ruhig bleiben! Er betrat den Flur, zog den Kopf ein.

»Wo kommst du so spät her? Habe ich dir nicht gesagt, dass du dich melden sollst, wenn es später wird? Wie siehst du wieder aus? Komm rein, was sollen die Nachbarn denken, wenn du so spät nach Hause kommst?«, meckerte die ältere Frau, die im Morgenmantel ihren Sohn überrumpelte und in den Flur zog.

»Ich war noch kurz aus, Mama«, gab er zurück.

»Ab nach oben. Was hast du in dem Rucksack?«

»Nichts, Mama. Arbeitssachen, sonst nichts. Mach doch nicht immer so ein Theater. Ich bin alt genug«, antwortete er unterwürfig.

»Ich habe dir schon so oft gesagt, dass ich das nicht möchte. Wenn dein Vater das hier mitbekäme«, sie begann fürchterlich zu heulen, »er würde sich im Grabe umdrehen.«

»Papa ist tot, Mama«, erwiderte er und stieg die Treppe zur oberen Wohnung hoch, »geh schlafen«.

Als er endlich in seinem Zimmer stand, lehnte er sich von innen mit dem Rücken an die geschlossene Tür, schaute zur Decke und stöhnte.

»Wann hört das endlich auf?«, raunte er, »ich bin jetzt achtunddreißig Jahre alt, zum Teufel mit der Frau.« Er verharrte noch einige Minuten so, verriegelte dann die Tür. Die Bilder der winselnden Braut schossen wieder in seinen Kopf. Plötzlich verspürte er wieder die unstillbare Lust in sich aufsteigen, er brauchte ein Ventil. Schnell öffnete er das Geheimfach unterhalb des Fensters im Dachausbau. Dazu musste er nur das Bild abnehmen und an einem kleinen Hebel drehen. Sein Versteck hatte die Größe von zwei Metern Breite und einem Meter Tiefe und Höhe. Ausreichend groß und gut getarnt. Mutter würde es nie entdecken. Die aufblasbare Puppe, die schon einige Jahre als stumme Gespielin für seine Spielchen herhalten musste und deutliche Abnutzungsspuren aufwies, stierte ihn mit den aufgemalten Augen an. Bis gestern genügte sie ihm für sein Spiel. Heute Nacht sollte es das letzte Mal mit ihr sein. Er zog sie aus seinem Versteck und setzte sie auf einen Stuhl. Hastig und ungeduldig befestigte er den Schleier an der Perücke, trat zurück und bewunderte sein Werk.

»So ist es gut«, flüsterte er und trat hinter sie. Das Seil mit den hölzernen Enden lag in seiner Hand. Er legte es um ihren zerknitterten Hals, überkreuzte es und begann, an den Holzenden zu drehen. Ganz langsam, bis er dachte, es ist genug. Obwohl er nur wenige Stunden zuvor die wahre Erlösung verspürt hatte, erregte ihn das Spiel mit der Puppe. Er genoss das wohlige Gefühl einige Minuten, dann verstaute er seine Gespielin im Versteck, stellte das Glas mit dem abgetrennten Finger zu dem anderen, zog sich aus und legte sich ins Bett.

5

Schon auf der Rückfahrt von Haren nach Kiel und während des gesamten Sonntags grübelte Ole Jensen über den ungeklärten Mordfall an der Polin Irina Jerkova im August 2005. Inga Johansen, seine Verlobte und Kollegin, ebenso Kriminalhauptkommissarin, konnte sich nicht in den Fall einbringen und ihm Fragen dazu beantworten. Sie war damals noch bei der Sitte in Kiel und sie hatten sich kaum gekannt. Inga war vor einer Woche 38 Jahre alt geworden, trug kurzes, mittelblondes Haar und hatte eine durchtrainierte, sportliche Figur. Überwiegend traf man sie in knallengen Jeans an, in denen bei einer Körperlänge von 1,55 Metern zwei wunderschöne Beine steckten. Nicht nur deshalb mochte Jensen sie.

»Die Sache mit der vorgefundenen Leiche, die Art, wie der Mörder sie zur Schau stellte, geht mir nicht mehr aus dem Sinn. Auch ihr wurde der Ringfinger abgetrennt, genau so wie bei der Braut, die in Geeste unter Wasser ausgestellt wurde. Ja, ausgestellt ist der richtige Ausdruck. Ich werde morgen den Fall Jerkova wieder aufnehmen«, sagte Jensen, als er vor seiner Wohnung in Kiel den Wagen stoppte.

»Du kannst mich in den Fall einweisen, vielleicht entdecke ich etwas, was dir damals nicht aufgefallen ist.«

»Möglicherweise ist uns etwas entgangen, es war mein erster Mordfall und ich noch Anfänger. Mein Ehrgeiz steigt von Stunde zu Stunde, ich will den Fall endlich erfolgreich beenden.«

Pünktlich um acht Uhr am Montagmorgen betrat er im Kieler Polizeipräsidium das Zimmer von Ulrike Meinders, die sich von der Telefonistin zur Kriminalistin hochermittelt hatte. Sie organisierte den Tagesablauf in der Kieler Mordkommission und kümmerte sich auch um die Kanarienvögel Hansi und Max. Hansi gehörte ihr, Max trällerte im Käfig ihres Chefs.

»Guten Morgen, Ulrike, wir sind aus dem Urlaub zurück. Bevor wir uns zusammensetzen, besorge mir bitte die Akte von Irina Jerkova, einem Mordopfer aus dem Jahr zweitausendfünf«, begrüßte er seine Hilfsermittlerin und ging in sein Büro. Max trällerte zur Begrüßung ein Lied und hüpfte wie wild auf seiner Stange herum.

»Moin, Chef. Na, wie war es im Emsland? Viele Kühe gesehen?«, platzte Martin Erpenbach herein. Erpenbach war dreiunddreißig Jahre alt, fast zwei Meter hoch und trug schulterlange, blonde Haare. Seine sportliche Figur und seine körperliche Fitness fielen nicht nur Inga und Ulrike auf, er war bei einigen weiblichen Mitarbeitern im Polizeipräsidium als »Gigolo« verschrien. Mit seinem jugendlichen Lächeln hatte er so manche Kollegin schwachgemacht. Von irgendwelchen Affären war allerdings bisher nichts bekannt geworden. Hinter vorgehaltener Hand sagten sie über ihn: »Hunde, die bellen, beißen nicht!« Im vorletzten Fall, als sie gleich vier Morde aufzuklären hatten, rettete er Ole das Leben, seitdem gehörte er zum Team.

»Moin, Martin. Ja, haben wir. Kühe ohne Ende. Aber auch eine Leiche, ich erzähle dir gleich mehr darüber, wenn Ulrike zurück ist. Inga macht uns Kaffee, ich habe eine interessante Geschichte zu erzählen, es gibt Sachen, du glaubst es nicht«, spannte Jensen ihn auf die Folter. Martin zog erstaunt die Augenbrauen hoch und setzte sich auf das Sofa in der Ecke des Raumes. Seine Füße legte er auf den kleinen Tisch davor. Jensen setzte sich zu ihm und nun lagen vier Füße auf dem dadurch zerkratzten Möbelstück.

»Hallo, Inga. Schön dich zu sehen. Du siehst richtig erholt aus«, schmeichelte Martin.

»Moin, ihr beiden. Hier ist Kaffee, bedient euch«, antwortete sie und goss jedem eine Tasse voll. Nachdem sie sich in einen Sessel fallen ließ, legte sie ebenfalls ihre Füße auf den Tisch. Sie blickten alle in die Runde und lachten sich an.

»Was ist denn hier los?«, fragte die eintretende Ulrike Meinders mit hochrotem Kopf. Die zwanzig Meter zum Aktenarchiv hatte sie wohl im Laufschritt genommen. Bei ihrem Körpergewicht von einhundertfünfzig Kilo sicherlich eine sportliche Herausforderung.

»Hier ist die Akte, Ole«, schnaufte sie und setzte sich in den noch freien Sessel, in den sie so gerade hineinpasste. Jensen setzte sich aufrecht hin und legte die Akte auf seinen Schoß, dann blickte er in die Runde und begann vom Fall der Irina Jerkova zu erzählen.

»Sieben Jahre ist es jetzt fast her«, er klappte den Aktendeckel auf und las das Datum ab, »am zwölften August zweitausendfünf fanden Spaziergänger eine Frauenleiche im Kieler Forst. Die Leiche war sehr stark verwest, weil sie seit einigen Tagen bei großer Hitze an einem Baum angebunden im Freien saß. Die Frau wurde mit einem Gürtel oder einem Seil stranguliert und ihr Ringfinger der rechten Hand abgetrennt. Dr. Kronen meinte, mit einem Seitenschneider, oder so. Durch eine Gesichtsreproduktion konnte die Frau dann als Irina Jerkova, einer polnischen Prostituierten, identifiziert werden. Wir vermuteten damals, dass der Mörder aus dem Rotlichtmilieu stammte oder ein Freier war, weil sie ja als Prostituierte gearbeitet hatte. Vorwiegend in ihrem eigenen Wohnwagen, in dem sie ihre Freier bediente. Über acht Monate verfolgten wir zahlreiche Hinweise und Spuren. Nichts, wir standen immer noch am Anfang«, berichtete er und trank einen Schluck Kaffee.

»Warum erzählst du gerade heute von dem Fall? Gibt es neue Spuren?«, wollte Erpenbach wissen. Seine Tasse hatte er bereits geräuschvoll leergeschlürft.

»Ja, die gibt es. In Geeste, das liegt im Emsland in der Nähe von Lingen, wurde in einem künstlich angelegten See von Tauchern eine Leiche unter Wasser entdeckt. Der See ist ein Speichersee mit Kühlwasser des Kernkraftwerkes Lingen, das nur so am Rande. Ist jetzt auch egal. Die Frau, die am gleichen Tag, an dem sie ermordet wurde, kirchlich geheiratet hatte, wurde im Brautkleid auf einem Stuhl in zehn Meter Tiefe aufgefunden. Auch sie wurde erwürgt und, jetzt kommt es, ihr wurde der Ringfinger der rechten Hand entfernt. Ihre Leiche wurde genau wie die der Prostituierten zur Schau gestellt, nur eben unter Wasser.«

»Es gibt Dinge, die sind einfach unglaublich«, sagte Ulrike und versuchte ihre Beine übereinanderzulegen. Das gelang ihr wegen ihrer Körperfülle und der Sitzhaltung nicht so ganz. Jensen ließ Fotos von der Leiche und des Fundortes herumgehen. Inga schüttelte den Kopf.

»Das ist so pervers. Schon schlimm genug, dass er die Frau umgebracht hat, weshalb stellt er sie dann noch zur Schau?«

»Ich denke, er wollte Aufmerksamkeit bekommen, sich an der Reaktion der Öffentlichkeit berauschen. Es reicht ihm wohl, über sich in der Zeitung zu lesen. Wieso sollte er aber vor sieben Jahren hier in Kiel gemordet haben? Kiel ist so weit von Geeste entfernt«, gab Martin Erpenbach zu bedenken.

»Denkbar ist alles, vielleicht war er hier in Urlaub, so wie wir im Emsland«, sagte Inga, »wie gehen wir weiter vor?«, fragte sie dann.

»Wir müssen auf die ersten Ermittlungsergebnisse vom Kollegen Winkler warten. Inga und Martin, ihr arbeitet die Akte durch und verschafft euch einen Überblick. Ulrike, suche bitte nach ähnlichen Fällen in der Datenbank. Ich setzte mich um neun Uhr mit Winkler in Meppen per Videoschaltung live in Verbindung«, erteilte Jensen seine Aufträge.

*

Lutz Merger, Polizeioberrat in Meppen und Leiter des Kommissariates hatte seine Leute am Montagmorgen gegen acht Uhr versammelt. Er war auch für den Kriminal- und Ermittlungsdienst zuständig und hatte beschlossen, die Mordkommission ›Braut‹ zu berufen. Staatsanwalt Mark Lindner, gerade zweiunddreißig Jahre alt geworden, war eilig aus Osnabrück angereist, um an der Besprechung teilzunehmen. Es war sein erster großer Fall und er wollte seines Bestes geben.

»Guten Morgen«, begrüßte Merger die Versammlung und blickte ernst in die Runde, »ich möchte zuerst Staatsanwalt Mark Lindner vorstellen, er ist für unseren Fall zuständig und hat auch die Obduktion der Leiche angeordnet.« Die Kollegen drehten ihren Kopf zum Staatsanwalt, der nickte freundlich zurück.

»Wir bilden eine Mordkommission, Dennis Winkler wird ihr Leiter. Wir nennen die Kommission ›Braut‹, dazu stoßen Thomas Bötcher und Petra Vogt.« Die Kollegen kannten sich schon einige Jahre und hatten bereits öfter im Team zusammengearbeitet.

Bötcher war Kriminaloberkommissar, hatte dunkelbraune Haare, war schlank und gutaussehend und hatte erst vor wenigen Tagen heftig seinen sechsunddreißigsten Geburtstag gefeiert. Zu der Party hatte er unter anderem viele Kollegen eingeladen und aus der geplanten Gartenparty mit Grillen wurde später, eigentlich am frühen Morgen, eine ›Altensause‹ im Joker. Winkler hatte noch mit dem Kopf geschüttelt und vom Kindergarten gesprochen, als Petra Vogt gegen zwei Uhr vorschlug, in die ›Disse‹ zu fahren. »Da sind nur Blagen, hallo, was sollen wir da?«, hatte er moniert. Genauso traf es dann auch später ein, als sie den dunklen Schuppen in Lingens Westen betraten: »Jetzt kommen die schon zum Sterben hier hin«, begrüßten sie ein paar Rotzlöffel an der Theke. Selbst im ›Jolli-Joker‹, der Disco für die reifere Jugend, wurden sie blöde angemacht. Darüber grübelte Bötcher gerade und darüber, dass ihn seine Freundin Meike vor drei Wochen verlassen hatte, als Merger weitererzählte.

Er fasste die Ereignisse in Geeste zusammen und berichtete fassungslos von dem Fund der toten Frau. Die Meppener Tagespost hatte bereits umfassend und aufreißerisch über den Fund der Wasserleiche geschrieben, mehr wussten die Kommissare Bötcher und Vogt auch nicht. Der Oberrat sah Winkler an, dann Daniel Steinhorst.

»Dennis und Daniel werden uns gleich in die Ermittlungen einweisen und einen ersten Überblick geben. Ich wurde vor einer halben Stunde von Hauptkommissar Ole Jensen angerufen, er berichtete von einem ähnlich gelagerten Mordfall in Kiel. Ich habe ihm versprochen, dass er an unserer Besprechung per Videoschaltung teilnehmen kann, um den aktuellen Stand zu erfahren. Frau Blum, schalten Sie bitte die Kamera und den Fernseher ein«, gab er die Anweisung. Frau Blum, die Sekretärin von Merger, stand bereits am Flachbildmonitor, richtete die Kamera auf Winkler und brachte per Knopfdruck die Liveschaltung in Gang. Ole Jensen kam ins Bild, Ulrike rückte in seinem Büro die Kamera zurecht. Er winkte in die Kamera.

»Guten Morgen aus Kiel. Können Sie mich sehen und hören?« Alle Anwesenden drehten ihren Kopf Richtung Monitor.

»Moin, nach Kiel. Alles klar, Ole, wir hören und sehen dich. Wie ist unsere Übertragung?«, erwiderte Winkler.

»Sehr gut. Ich bin bereit.«

»Nochmal schöne Grüße an Oberrat Buchner«, gab Merger aus dem Hintergrund von sich und Winkler ein Zeichen, dass er beginnen solle.

»Wie wir alle wissen, gibt es im Leben Dinge, die unglaublich, ja unfassbar sind. Bisher haben wir nur aus Romanen oder Filmen solch grausame Morde erlebt. Jetzt ist es Realität. In Geeste wurde von Tauchern eine Frauenleiche unter Wasser gefunden. Bei der Ermordeten handelt es sich um Dana Beckermeier aus Dalum. Sie hatte an dem Tag ihres Todes kirchlich geheiratet. Es gibt also einen Menschen, ich gehe davon aus, dass es sich um einen Mann handelt, der eine Braut im Brautkleid von der Hochzeitsfeier entführt und bestialisch umbringt, ihr den Ringfinger mit Ring von der Hand abtrennt und die Leiche dann unter Wasser zur Schau stellt«, berichtete er, »Frau Blum zeigen Sie uns bitte die Fotos vom Fundort.«

Die Bilder, von Polizeitauchern aufgenommen, erschienen auf dem Monitor. Das erste Foto zeigte die Leiche in der Vorderansicht. Im gelblichen Wasser saß die Braut im Brautkleid auf einem Gartenstuhl, der aus den siebziger Jahren stammen musste, denn er hatte geflochtene Kunststoffbänder als Sitzfläche und Rückenlehne. Die Füße der Leiche waren links und rechts an den Stuhlbeinen mit Kabelbindern angebunden. Das nächste Foto folgte, es zeigte die Hand mit dem abgetrennten Ringfinger, der rechte Arm wurde durch einen Stock nach oben gehalten. Die Polizisten in Meppen konnten es nicht fassen, und richteten ihre Blicke während der Bildervorführung mehrmals vom Monitor weg in Richtung eines Kollegen. In ihren Augen lasen sie das blanke Entsetzen. Bei der Porträtaufnahme des Gesichtes der Frau mit den leeren Augenhöhlen und den Bissspuren schüttelten sie ihre Köpfe.

»Frau Blum, das reicht«, sagte Winkler und wartete kurze Zeit mit der Weiterführung seines Vortrages. Er ließ die gesehenen Bilder wirken. Jensen erschien wieder auf dem Bildschirm, auch er zeigte sich erschüttert.

»Wir haben hier ähnliche Bilder, dazu später vielleicht mehr«, kommentierte er das Gesehene.

»Ich fasse kurz den bisherigen Stand der Ermittlungen zusammen. Dana Beckermeier wurde von Markus Kirsch und Alexander Fischer gegen Viertel vor zehn am Freitagabend entführt. Das ist ein Spiel, das eigentlich selten gemacht wird, aber so war es eben. Die drei sind durch die Dalumer Kneipen gezogen und erwarteten, dass der Bräutigam sie verfolgt und die Zeche bezahlt. In der zweiten Kneipe verschwand Frau Beckermeier, aus Spaß wurde Ernst. Sie wurde wahrscheinlich von ihrem Mörder im Vorraum der Toilette überwältigt und mitgenommen. Wie das passieren konnte, müssen wir noch klären. Dann wird es wohl so gewesen sein, dass er mit ihr zum Speichersee gefahren ist, hat sie dort erdrosselt und unter Wasser gebracht. Die Vernehmung von Markus Kirsch hat nichts ergeben, den traf ich gestern volltrunken an. Beide, er und Alexander Fischer, warten auf ihre Vernehmung, sie sitzen bei uns im Warteraum.«

»Wurde die Leiche schon obduziert? Wie wurde ihr der Finger abgetrennt? Bei unserer Leiche hat der Täter es mit einer Zange oder einem Seitenschneider gemacht, nicht mit einem Messer«, fragte Jensen.

»Die Rechtsmediziner in Oldenburg werden heute die Leiche untersuchen. Ich werde danach fragen«, gab Winkler zurück.

»Ich habe den Sonntag damit verbracht, mir immer wieder folgende Fragen zu stellen. Erstens: Wir suchen einen Taucher, der sich im Speichersee auskennt. Wer war das? Zweitens: Kommt er aus der Umgebung? Ja, er hatte Ortskenntnisse. Drittens: Hat er die Braut gekannt? Ja, er kannte sie oder er hat sie ausspioniert. Viertens: Was treibt ihn an? Ist er verrückt? Was will er mit der Zurschaustellung der Leiche erreichen? Die Frage muss uns ein Psychologe beantworten.« Winkler setzte sich und blickte in die Runde.

»Es könnte ein Zusammenhang beider Mordfälle geben. Der abgetrennte Finger bei unserer Leiche und das Ausstellen der toten Frau lassen diese Vermutung zu. Es wäre denkbar, dass der Täter den Finger als Trophäe mitgenommen hat. Warum auch immer, es gibt so Perverse. Vielleicht hat er sich bei uns in Kiel herumgetrieben und Irina Jerkova wurde ein Zufallsopfer. Möglicherweise war er ein Freier von ihr, hat sie dann ermordet. Das ist aber schon sieben Jahre her. Wir nehmen die Ermittlungen neu auf und bleiben in Kontakt. Gibt es sonst noch Fragen?«, wollte Jensen wissen.

»Nein, ich rufe dich an. Bis später«, verabschiedete Winkler seinen Kollegen und gab Frau Blum ein Zeichen. Sie stellte die Kamera und den Fernseher aus.

Winkler sah seinen Freund Thomas Bötcher an, der gleich wusste, was er von ihm wollte, denn er hatte die beiden vorgeladenen jungen Männer bereits im Warteraum gesehen.

»Ja, ich vernehme die beiden Brautentführer.«

»Gut, quetsch die aus.«

»Petra, du fährst zu den Brauteltern, kläre bitte die Zusammenhänge der Hochzeit. Ich will alles wissen, warum zahlt der Vater der Braut zweihunderttausend Euro Mitgift? Das ist eine Menge Geld, gibt es da Motive? Du weißt Bescheid, das volle Programm. Daniel, kannst du mir bitte eine Liste der Taucher aus dem Tauchclub Geeste besorgen? Frag auch nach Gasttauchern. Nimm deinen Kollegen mit, der will doch zur Kripo.« Steinhorst nickte, er hatte verstanden. Das gesamte Team schwärmte aus, das irre Monster aus dem Emsland zu suchen.

Mark Lindner hatte genug Informationen, um sie der Öffentlichkeit mitteilen zu können. Seinen Notizblock hatte er mit den Ermittlungsergebnissen und eigenen Eindrücken vollgekritzelt. Am Abend stand eine Pressekonferenz auf seinem Plan, zu der sich nicht nur die Vertreter der schreibenden Kunst, sondern auch ein Aufnahmeteam von NDR-Aktuell angekündigt hatte. Endlich tat sich hier die erhoffte Möglichkeit auf, die Karriereleiter hinaufzuklettern. Aber: Wer hoch steigt, kann tief fallen!

6

Petra Vogt, seit drei Jahren gehörte sie mittlerweile dem KED in Meppen an, stieg in ihren grünen Opel Astra, den sie für wenig Geld von ihrem Bruder übernommen hatte, und wartete darauf, dass der Karren endlich ansprang. Nach dem vierten Startversuch erlöste sie das altersschwache Gefährt mit unrundem Motorengeräusch. Sie musste sich dringend nach einem neuen fahrbaren Untersatz umsehen, beschloss sie, als sie die B70 in Richtung Groß Fullen überquerte.

Nach sehr gutem Abschluss der Polizeiakademie in Hannover fand sie in Meppen ihre zweite Anstellung, zuvor ermittelte sie erfolgreich in der Landeshauptstadt. Sie war vierunddreißig Jahre alt, eins achtzig groß, trug kurze, braune Haare und stählte ihren Körper mit intensivem Kraftsport. Ihre breiten Schultern waren das Ergebnis Hunderter Stunden ›Eisenbiegens‹ in einem Meppener Fitness-Studio. Petra lebte alleine in einem Zweizimmerappartement unweit des Meppener Altstadtviertels. Jeden Morgen, soweit das Wetter und ihre Zeit es ermöglichten, schwamm sie in der Ems, vorzugsweise stromaufwärts. Anschließend joggte sie im Badeanzug zu ihrer Wohnung zurück, was bei so manchem Meppener heftiges Kopfschütteln verursachte. Das hinderte sie aber nicht an ihren sportlichen Betätigungen.

Sie rümpfte die Nase, nachdem ihr der scharfe Geruch nach Hühnermist entgegenschlug, als sie ihren grünen Astra auf die Zufahrt zum Hof des Hähnchenmastbetriebes Koch lenkte. Sie stand neben ihrem Gefährt und blickte zu den drei Mastställen, aus deren Dachentlüftungen riesige Gebläse die Luft mit den Ausdünstungen der Hühner bliesen. Das pfeifende Geräusch der Lüfter war fast unerträglich, daher drehte sie sich weg und machte sich zügig auf den Weg zum Büro, das sich gegenüber der Ställe in einem Wohnhaus befand.

»Guten Morgen, ich bin Petra Vogt von der Kripo Meppen. Ich möchte zu Herrn Koch«, sprach sie eine junge Frau an, die Kaugummi kauend vor einem großen Wandregal stand und sich einen Aktenordner herauszog. Die Frau drehte sich in Zeitlupe zu ihr hin.

»Moin, der Herr Koch ist im Stall drei, da klappt irgendetwas mit der Belüftung nicht. Soll ich ihn rufen? Sind Sie wegen Dana gekommen, schrecklich, oder?«, sagte sie und blies mit dem Kaugummi eine Blase.

»Das wäre sehr nett, ja, ich bin wegen des Mordes an Dana Beckermeier hier«, erwiderte die Kommissarin und sah sich im Büro um. Was ihr gleich ins Auge fiel, waren die zahlreichen Fotos von Hühnern und eine Menge Urkunden an der Wand.

»Das sind Auszeichnungen des Verbandes, wir stehen ganz oben«, erklärte die junge Frau, lies die Blase platzen und nahm ein schnurloses Telefon in die Hand.

»Werner, die Polizei ist da, kannst du bitte nach vorne kommen?«

Petra Vogt blickte aus dem Fenster zum Stall Nummer drei. Dort öffnete sich eine Tür, durch die ein älterer Mann in weißer Schutzbekleidung und mit einer Maske im Gesicht den Stall verließ. Der Mann blieb stehen, zog sich die Kapuze vom Kopf und die Maske vom Gesicht, dann kam er Richtung Büro. Draußen zog er seine Schutzbekleidung ganz aus, warf sie in eine blaue Tonne und trat ein.

»Guten Morgen, ich bin Werner Koch«, sagte er und brachte einen Schwall Gestank nach Hühnermist mit in den Raum.

»Ich bin Petra Vogt und aus Meppen gekommen, um mich mit Ihnen wegen Ihrer Tochter zu unterhalten.

Können wir in Ihr Büro?«, antwortete sie und gab ihm die Hand. Erstaunt über ihren festen Händedruck führte er sie in einen Nebenraum.

»Bitte nehmen Sie doch Platz, Frau Vogt. Möchten Sie etwas trinken? Kaffee oder Tee?«

»Nein, vielen Dank.« Schmeckt bestimmt nach Hühnermist, vermutete sie.

»Herr Koch, herzliches Beileid wegen Ihrer Tochter Dana. Wir sind alle entsetzt über diese grausame Tat und stellen uns eine Menge Fragen. Zunächst möchte ich etwas über die Hochzeit Ihrer Tochter wissen. Uns ist bekannt, dass Sie eine große Mitgift an Hans Beckermeier zahlen«, sagte sie und fiel gleich mit der Tür ins Haus. Ihr Gegenüber lehnte sich im Bürostuhl zurück und wurde grau im Gesicht.

»Wollte, junge Frau. Ich wollte zahlen, eigentlich heute noch, aber das Geld kann er sich nun abschminken, Dana ist tot«, erwiderte er und blickte aus dem Fenster, »das hat sich jetzt erledigt.« Petra hakte nach.

»Könnten Sie sich vorstellen, dass Herr Beckermeier etwas mit dem Mord an Ihrer Tochter zu tun hat? Vielleicht reichte ihm das versprochene Geld?«

»Der Vertrag sah vor, dass er nichts bekommen sollte, falls Dana etwas zustößt. Also warum sollte er sie dann umbringen?«, erwiderte Koch.

»Ihre Tochter wurde nicht wegen des Geldes umgebracht. Es gab da doch keine Forderungen, oder?«

»Nein, die gab es nicht.«

»Herr Koch, reden wir nicht weiter über die Mitgift. Wir gehen davon aus, dass Ihre Tochter nicht zufällig Opfer wurde, sondern von dem Täter ausspioniert wurde. Er muss einiges über sie gewusst haben. Gab es in der Vergangenheit Erpressungsversuche oder sonstige Auffälligkeiten?«

»Dana war bis vor drei Jahren mit einem Typen aus Lingen zusammen. Ein ganz übler Bursche, der, nachdem sie sich trennten, Telefonterror betrieben hat. Erst als ich ihm mit der Polizei drohte, ließ er von ihr ab. Ich weiß nicht, was sie an ihm damals fand«, erzählte Koch und blickte auf seine Armbanduhr.

»Wie hieß der Mann?«

»Elfers, Horst Elfers. Schauen Sie mal in ihren Computer, ich bin sicher, da finden Sie was über ihn. Der ist bestimmt polizeilich erfasst.« Der Hähnchenmaster sah wieder auf seine Uhr.

»Ich sehe, dass sie wenig Zeit haben, bin auch gleich wieder weg. Haben Sie Fotos aus der Zeit, als Ihre Tochter mit ihm zusammen war? Gibt es vielleicht Briefe?«

»Sie können oben im Zimmer von Dana nachsehen, da sind noch einige alte Sachen. Nehmen Sie mit, was Sie brauchen können. Meine Frau ist oben, sie zeigt Ihnen alles und wird Ihre Fragen beantworten«, sagte er und stand auf, »ich muss in den Stall, die Lüftung macht Probleme.«

Petra Vogt gab ihm einen festen Händedruck und begab sich in die Oberwohnung, dort klopfte sie an die Tür, die von seiner Frau in schwarzer Trauerbekleidung mit verheulten, roten Augen geöffnet wurde.

»Kommen Sie rein, ich habe Sie bereits erwartet«, begrüßte sie Waltraud Koch mit weinerlicher Stimme.

»Frau Koch, war Dana Ihr einziges Kind?«

»Ja, ich hatte eine Fehlgeburt, dann kam Dana.«

»Könnte ich mal in das Zimmer Ihrer Tochter?«

»Ja, natürlich, kommen Sie mit«, gab sie zurück.

Das Zimmer von Dana Beckermeier war komfortabel eingerichtet. Geld spielte wohl keine Rolle. Petra Vogt blickte sich um und dachte an ihr Zweizimmerappartement in Meppen mit den Möbeln von IKEA. Sie öffnete die Schublade des Schreibtisches und fand dort einen Stapel Briefe.

»Darf ich die lesen?«

»Ja, ich bin im Wohnzimmer, lassen Sie sich nicht stören«, antwortete die Frau und verschwand. Petra setzte sich auf das Bett, nahm einen Brief und begann zu lesen. Er wurde am 6. August 2008 von Horst Elfers geschrieben und war mit Rechtschreibfehlern gespickt. Petra schmunzelte. Elfers beteuerte ihr seine Liebe und schrieb, dass er ohne sie nicht mehr leben könnte. Nachdem sie drei weitere Briefe gleichen Inhalts gelesen hatte, griff sie sich den letzten Brief. Er wurde im Mai 2009 geschrieben. Darin machte Elfers ihr heftige Vorwürfe und warf ihr Untreue vor. Er drohte ihr Prügel an und schrieb, dass er sie umbringen wollte, falls sie sich nicht wieder mit ihm treffen würde.

»Na, sieh mal einer an«, murmelte Petra leise vor sich hin und verstaute den Brief in ihrer Jackentasche. Sie sprach noch kurz mit der trauernden Frau Koch, gab ihr eine Visitenkarte und machte sich anschließend auf den Weg zurück nach Meppen.

Am Nachmittag gegen sechzehn Uhr traf sich die Kommission ›Braut‹, um ihre Ermittlungsergebnisse zu besprechen. Dennis Winkler kam rechtzeitig aus Oldenburg zurück und hatte den vorläufigen Obduktionsbericht vor sich liegen, als Daniel Steinhorst den Besprechungsraum betrat. Thomas Bötcher blätterte in den Vernehmungsprotokollen der beiden Brautentführer.

»Daniel, was ergab der Besuch beim Tauchclub?«, begann Winkler mit der Besprechung.

»Ich habe eine Liste mit zwanzig Tauchern, alle sind Clubmitglieder. Zwölf haben wir bereits überprüft, sie haben für den Samstag ein Alibi, an den anderen sind wir dran. Es ist aber kaum vorstellbar, dass einer der

Clubtaucher der Mörder war. Die meisten der Leute kenne ich, denen ist so etwas nicht zuzutrauen. Gasttaucher gab es vier, die Leute überprüfen wir auch. Ansonsten ist dort im Club niemandem etwas aufgefallen und Gerätschaften wurden keine ausgeliehen«, berichtete Steinhorst.

»Gut, Daniel, bleib dran. Was gab es bei dir, haben unsere Vögel gesungen?«, fragte Winkler seinen Kollegen Bötcher. Der schüttelte den Kopf.

»Die bleiben bei der Version, die wir schon kennen, es tut den beiden außerordentlich leid, dass sie Dana verloren haben. Es sind zwei anständige Kerle, noch nie bei uns in Erscheinung getreten. Ich habe sie nach Hause geschickt.«

»Petra, was sagen die Eltern der Braut?«

»Die Frau kämpft hart am Verlust ihrer Tochter, es war ihr einziges Kind. Der Vater hat viel um die Ohren und er kümmert sich um seine Hähnchenmast. Die Mitgift wird er nicht bezahlen, es hätte sich erledigt, sagte er. Außerdem gab es eine Klausel im Vertrag, die die Zahlung ausschloss, falls Dana etwas zustoßen würde. Ich habe in Danas Zimmer einen interessanten Brief gefunden, hört mal zu, ich lese daraus vor«, antwortete sie und las den Passus mit der Morddrohung vor.

»Wir sollten dem Herrn Elfers einen Besuch abstatten, hast du etwas über ihn rausbekommen?«, fragte Winkler erstaunt über die Neuigkeiten.

»Der saß wegen versuchten Totschlags für ein Jahr in Lingen ein. Außerdem ist er noch zweimal wegen Körperverletzung vor den Kadi gezerrt worden. Der hat einiges auf dem Kerbholz. Ich weiß gar nicht, wie der an Dana herangekommen ist. Fast zwei Jahre waren die beiden ein Paar und sie trennten sich, weil er sie bedrohte«, sagte Petra in die Runde und fragte Kollege Steinhorst.

»Steht der zufällig auf der Liste der Taucher?« Steinhorst schaute nach, schüttelte den Kopf.

»Leider nicht. Wäre auch zu einfach gewesen.«

Winkler fasste den vorläufigen Obduktionsbericht kurz zusammen. Dana war bereits erdrosselt, als der Mörder ihr den Ringfinger abtrennte und sie unter Wasser gebracht wurde.

»Der Täter muss sie sitzend erdrosselt haben, auf ihrem Brautkleid fanden sie Spuren von Moos und Waldboden. Wahrscheinlich, so zeigen es die Würgemale vorne und hinten am Hals, wurde sie mit einer Art ›Garotte‹ umgebracht. Der Finger wurde mit einem stumpfen Gegenstand abgekniffen, genau wie bei der Leiche in Kiel. Zumindest da haben wir Gemeinsamkeiten. Dana war im vierten Monat schwanger. Fremde DNA-Spuren gab es keine an der Leiche und die Staatsanwaltschaft hat sie freigegeben. Ich werde morgen die Eltern benachrichtigen.« Winkler blickte müde in die Runde, niemand hatte noch eine Wortmeldung, also konnte der Feierabend eingeläutet werden.

Dennis Winkler hatte sich vorgenommen, den Abend mit seiner Exfrau und einer Flasche Rotwein zu verbringen. Das letzte Treffen lag bereits zwei Wochen zurück und so wie er seine Ex kannte, war außer Wein trinken auch Körperkontakt angesagt. Als er sein Haus im Gauerbach, einem Wohnpark in der näheren Umgebung von Lingen, im Ortsteil Laxten gelegen, betrat, wurde er bereits von ihr erwartet.

»Hallo, Dennis«, hauchte sie ihm ins Ohr, nachdem er seine Schlüssel und das Handy auf der Fensterbank im Flur abgelegt hatte, »ich freue mich auf dich, komm!« Sie zog ihn ins Wohnzimmer und drückte ihn auf das Sofa. Innerhalb einer Minute lagen sie splitternackt auf dem Teppich und trieben es, als wenn sie kurz vor ihrer Hochzeit stünden. Sex mit der Ex, so nannte Dennis diese Treffen. Er drehte sich zu ihrem Gesicht und gab Marianne einen kurzen Kuss auf den Mund.

»Wir sind ja wie die Tiere.«

»Was ist so schlimm daran, Tiere denken nicht, sie tun es einfach und fertig.« Marianne schlüpfte in ihre Klamotten und trabte in die Küche. Mit einer Flasche Rotwein kehrte sie zurück.

»Erst poppen, dann trocken«, lachte sie und nahm zwei Gläser aus der Vitrine. Winkler grinste sie achselzuckend an, er kannte ihren Humor.

»Sprichst du auch so mit deinen Schülern?«

»Die sind doch erst acht Jahre, ich bitte dich!«

Winkler, bereits wieder angezogen, setzte sich auf das Sofa und griff zur Fernbedienung.

»Komm, setz dich. Gleich wird die Pressekonferenz wegen des Brautmordes im Fernsehen übertragen. Ich bin gespannt, was der Staatsanwalt von sich gibt«, sagte er und zappte auf NDR Niedersachsen. Anschließend nippte er am Glas Rotwein. Der Moderator auf NDR berichtete erschüttert von der getöteten Frau im Brautkleid, dann gab er weiter nach Osnabrück. Dort war die Kamera auf den Staatsanwalt Mark Lindner gerichtet, die sein Gesicht im Vollbild auf die Mattscheibe brachte. Der Reporter vor Ort hatte seine Anmoderation beendet, einen kurzen Einspieler vom Speichersee gezeigt und gab das Wort an Lindner weiter.

»Die Staatsanwaltschaft Osnabrück ist schwer erschüttert. Auch die Menschen im Emsland, insbesondere in Dalum und Umgebung können es nicht fassen, was passiert ist. Ein Irrer, anders kann es nicht sein, hat eine Frau umgebracht und die Leiche unter Wasser ausgestellt. Bisher gehen wir davon aus, dass der Mord zu einer Serie gehört, denn in Kiel gab es einen gleichgelagerten Fall«, erzählte Lindner und fasste sich mehrmals wichtig an seine Nase. Winkler traute seinen Ohren nicht, wurde sauer.

»Sag mal, hat der sie nicht alle? Was redet der Idiot da für eine Scheiße? Serienmord? Der hetzt uns die gesamte Journaille auf den Hals. Die sind uns eh auf den Fersen. In Meppen ist der Bär los und am Speichersee quatschen sie die Leute an.«

»Haben Sie bereits eine Spur? Wie gehen Sie jetzt weiter vor?«, fragte der Fernsehreporter.

»Wir folgen einer heißen Spur, die nach Lingen führt. Dort gibt es einen Verdächtigen, mehr kann ich Ihnen leider nicht sagen«, gab er zurück und fasste sich wieder an die Nase.

»Scheiße, ich fasse es nicht. Wer hat ihm bloß gesteckt, dass wir jemanden verdächtigen, der aus Lingen kommt?«, regte Dennis sich auf und leerte sein Weinglas in einem Zug.

»Bleib ruhig, was soll er denn sonst erzählen? Die Leute wollen das doch hören, sie sind doch so erpicht auf grausame Geschichten. Ein Mord dieser Güte hier im Emsland, wo sonst nicht viel passiert, das haut sie alle um«, sagte Marianne und goss ihrem Ex das Glas wieder voll. Das restliche Gelaber des Staatsanwaltes und des eifrigen Reporters bekam er nicht mehr mit, weil er den Fernseher ausschaltete.

»Lass uns auf die Terrasse gehen, ich schmeiß den Grill an, für heute habe ich die Schnauze voll, schläfst du hier?«

»Gerne, wenn ich darf?«

»Du darfst! Lass uns was trinken!«

7

Auch Oberstaatsanwälte sehen fern! Am frühen Morgen hatte das vorabendliche Interview von Marc Lindner den leitenden Oberstaatsanwalt in Osnabrück dazu veranlasst, eine neue Aufgabe für den jungen Kollegen zu suchen. Er fand auch eine. Lindner konnte ab sofort alte Akten aufarbeiten. Um neun Uhr klingelte in Meppen das Telefon. Winkler saß mit leichten Kopfschmerzen vor seinem Notebook und bearbeitete die Reiskostenabrechnung für Oldenburg.

»KED Meppen, Winkler«, meldete er sich.

»Oberstaatsanwalt Huber hier. Guten Morgen, Herr Winkler. Ich wollte Ihnen nur kurz persönlich mitteilen, dass ab sofort Staatsanwältin Tanja Grote für Ihren Brautmord zuständig ist. Sie wird morgen Nachmittag zu Ihnen nach Meppen kommen, hätten Sie Zeit, sie in den Fall einzuweisen?«, klang eine sonore Stimme aus dem Hörer.

»Kein Problem, mache ich. Gestern auch Fernsehen geschaut? Hier in Meppen ist die Hölle los. Zwei Schutzpolizisten stehen vor unserer Wache und halten die Reporter auf Abstand. Es steht sogar ein Übertragungswagen von RTL vor der Tür. So etwas, wie es hier geschehen ist, spricht sich rum, zieht die an wie die Schmeißfliegen«, erwiderte er.

»Tut mir leid, der Kollege muss noch lernen. Er fängt ganz unten und von vorne an. Frau Grote wird die Sache anders angehen, das kann ich Ihnen versprechen. Also, bis später.« Er hatte aufgelegt.

Winkler stand auf und riskierte einen Blick durch das Fenster auf die versammelte Presse. Verdammte Hacke, wie kommen wir hier nur weg? Hinterausgang war die Lösung.

»Petra«, rief er über den Flur, »komm, wir fahren nach Lingen und besuchen Elfers.«

»Wir müssen unbemerkt verschwinden, sonst folgen die uns und Elfers erscheint im Fernsehen. Noch schlimmer wäre ein Aufruf bei facebook, denk mal an die Geschichte in Emden. Das brauchen wir hier nicht«, sagte Petra Vogt, als sie ihre Jacke überzog und die Pistole in ihr Holster steckte.

Nachdem sie durch die Hintertür auf den Polizeihof traten, blitzten schon die ersten Fotoapparate. Journalisten sind nicht blöd! Winkler öffnete die Tür seines BMW und setzte sich in das Auto. Petra Vogt nahm neben ihm Platz. Die Türen ließen sich schlecht schließen, Füße und Hände der schreibenden Kunst hingen dazwischen. Geistesgegenwärtig zog Winkler am Scheibenwischerhebel und reichlich Spritzwasser mit Reinigungsmittel sorgte bei den Schreiberlingen für Abkühlung.

»Wir müssen dann mal los. Hier bitte!«, sagte er durchs geöffnete Fenster und reichte einem verdutzten Fotografen ein Tempotaschentuch. Der hatte es bitter nötig.

Sie fuhren von Meppen zuerst auf die B70 Richtung Haren. In Haren bog Winkler links ab, beobachtete die ganze Zeit den nachfolgenden Verkehr. Nichts Auffälliges. Er fuhr über Emmeln, dann weiter Richtung A31 zur Emslandautobahn. Dort bog er auf die A31 Richtung Lingen und gab Gas. Sein BMW erreichte schnell die Zweihundert. Nach fünfzehn Minuten verließ er die Autobahn an der Abfahrt Lohne und erreichte Lingen mit gemächlichem Tempo nach einer halben Stunde. Petra Vogt drehte sich mehrfach um. Kein Verfolger weit und breit.

»Elfers wohnt in Damaschke, fahr über die Umgehung«, empfahl sie ihrem Chef den kleinen Umweg.

Nach drei Minuten bogen sie in den Grenzweg ab und hatten ihr Ziel erreicht.

»Danke für die Rundfahrt durchs Emsland«, sagte sie, als sie an der Haustür klingelte. Elfers wohnte in einem Mehrfamilienhaus im zweiten Stock. Nach dem dritten Klingeln traten beide einen Schritt zurück und blickten an der Hausfassade hoch. Dort oben, neben einer überdimensionalen Satellitenschüssel, öffnete sich ein Fenster, aus dem jemand auf sie herabblickte und wegscheuchende Bewegungen mit seinen tätowierten Unterarmen machte.

»Hausierer? Haut ab, ich brauche nichts!«

»Kripo Meppen. Herr Elfers? Sie sollten besser die Tür öffnen, sonst hole ich den Schlüsseldienst«, rief Winkler zu ihm hoch. Nur zwanzig Sekunden später summte der Türöffner.

»Na also, geht doch«, kam es über Petras Lippen, während sie einen Stock höher gingen.

Ein Mann in Jogginghose und ärmellosem T-Shirt stand im Türrahmen der Wohnungstür. Seine bemalten Arme hielt er gekreuzt vor seiner behaarten Brust, die aus dem Shirt herausragte. Um seinen dicken Hals baumelte eine Goldkette. Petra erkannte sofort, dass hier nicht nur ›Eisenbiegen‹, sondern auch reichlich Proteine dafür verantwortlich waren, dem Kerl eine Ähnlichkeit von Poppey oder Meister Propper zu geben. Aus dem glattrasierten Schädel des Schmalspur-Boddybuilders glotzten sie zwei kleine Äuglein provozierend an.

»Was liegt an, was wollt ihr?«, blaffte der Kerl und seine Schweinsäuglein sahen beide Polizisten gleichzeitig an. Winkler bemerkte seinen Silberblick.

»Ich bin Hauptkommissar Winkler von der Kripo Meppen, das ist meine Kollegin Petra Vogt. Sind Sie Horst Elfers?« Petra wagte einen Blick durch die geöffnete Wohnungstür, aus der seltsame Gerüche in das

Treppenhaus strömten. Der Eisenbieger bewegte sich zur Mitte des Türrahmens und stellte sich breitbeinig in den Weg.

»Ja, der bin ich. Was wollt ihr von mir?«, bellte er zurück. Wie auf Kommando schlich ein Hund, der einen Maulkorb trug, auf kurzen Beinen um die Füße seines Herrchens, die in Birkenstocksandalen steckten. Dicke Zehen mit langen Fußnägeln, genauso speckig wie die Ohren des Ekelpaketes, ragten hervor. Der Hund, Rasse wahrscheinlich sehr gefährlich und bissig - natürlich ohne Wesensprüfung - lugte mit schrägem Blick zu den Kommissaren hoch. Seine Augen ähnelten denen des Herrchens.

»Kennen Sie Dana Beckermeier? Nein, Koch. Sie wohnte in Groß Fullen«, fragte Winkler und ließ den Hund nicht aus den Augen. Der Maulkorb war ihm nicht ganz geheuer. Vielleicht war der nur locker befestigt.

»Ja, die kenne ich. Was ist mit der?«

»Lesen Sie keine Zeitung?«, wollte Petra wissen und dachte sich gleich, dass die Frage überflüssig war. So einer wie der liest keine Zeitung.

»Sie ist tot.«

»Und?«, antwortete Elfers, »aus, Paddy!«, befahl er seinem Köter, der an Petras Beinen schnüffelte.

»Ist das alles, was Sie dazu sagen können? Und?«, fragte Petra Vogt. Der Kerl nervte sie allmählich.

»Können wir nicht in Ihre Wohnung gehen?«

»Nein, können wir nicht. Sonst noch was?«, gab er zurück und ließ seine Muskeln spielen. Vielmehr, er pumpte sich auf. Die beiden Polizisten zeigten sich davon unbeeindruckt. Petra war sich sicher, dass sie den Kerl in zehn Sekunden auf dem Boden hätte. Sie wartete nur darauf, dass er sich dazu entschloss, ihr einen Anlass zu geben.

»Herr Elfers, wo waren Sie am Samstagabend? Also vor drei Tagen«, wollte Winkler wissen.

»Hier zu Hause. Wo sonst?«

»Kann das jemand bezeugen?«

»Nein, ich war alleine. War´s das jetzt?« Er drehte sich ab und wollte in der Wohnung verschwinden. »Scheißbullen!«, sagte er im Wegdrehen und stieß die Kommissarin mit seiner bemalten Pranke zur Seite. Petra war auf diese Reaktion vorbereitet, ihr Körper gespannt. Sie benötigte nur zwei Sekunden, da lag der Mann auf dem Boden. Der Hund mit Maulkorb verschwand jaulend im Flur.

»Jetzt pass mal auf, du Proteinfresser. Wage es nicht noch einmal, mich anzufassen. Innerhalb einer Stunde sitzt du wieder dort, wo sie dich gut kennen, nämlich in Lingen zwei, Außenstelle Damaschke. Ist nicht weit von hier. Du meldest dich morgen um neun Uhr pünktlich bei uns in Meppen, das ist eine polizeiliche Vorladung. Erscheinst du nicht, schicke ich eine Streife«, flüsterte sie leise in sein speckiges Ohr. Sie zog etwas energischer an seinem auf den Rücken gebogenen Arm und drückte mit dem Knie in sein Kreuz. Der Mann war erledigt und stöhnte.

»Ja, ist gut! Ah, tut das weh! Lassen Sie mich los!«, schrie er unter Schmerzen. Sie ließ ihn los, er rappelte sich schwerfällig hoch. Petra hatte ihre Körperspannung gehalten, hätte ihn sofort wieder zu Boden gebracht, wenn er darum gebettelt hätte. Tat er aber nicht. Schwer beeindruckt, die Luft hatte er wieder aus seinen Muskeln gelassen, zog er seine Jogginghose zurecht. Seine schwere Goldkette lag auf dem Boden. Er bückte sich danach und hob sie auf.

»Ich bin pünktlich da, Sie können sich darauf verlassen«, sagte er mit schmerzverzerrtem Gesicht und rieb an seinem bemalten Arm herum.

»Herr Elfers, Sie haben kein Alibi für den letzten Samstag. Überlegen Sie sich bis morgen, ob es nicht doch Zeugen gibt, die bestätigen können, wo Sie sich aufgehalten haben. Wir sehen uns.« Winkler reichte ihm seine Visitenkarte. Auf direktem Weg fuhren sie zurück nach Meppen.

8

Sein Tag verlief anstrengend. Schuld daran waren die Kataloge des Otto-Versandes. Paletten voller Kataloge wurden geliefert, warteten auf Verteilung. Hinten im DHL-Bully befanden sich noch mindestens vierzig Exemplare, überschlug er im Kopf, die er ausliefern musste. Er steckte sich eine Zigarette an und blickte angestrengt auf die Straße. Auch das heftig inhalierte Nikotin hielt ihn nicht wach. Seine Augenlider waren schwer wie Blei und das Herunterlassen des Fensters auf der Fahrerseite erfrischte ihn nur kurz. Er schnippte die Kippe aus dem Fenster und lenkte den Bully auf einen Parkplatz. Er brauchte eine Pause. Er stieg aus dem Wagen, streckte sich mehrmals und ging pissen.

Zurück in seinem Wagen drehte er die Rückenlehne des Fahrersitzes herunter und schloss die Augen. Sofort fiel er in einen Dämmerzustand, halb wach, halb schlafend. Er döste. Seinen Gedanken ließ er freien Lauf, das machte er oft so, wenn er Entspannung brauchte. Gestern, so erinnerte er sich, war ein schöner Tag. Mutter hatte ihn in Ruhe gelassen, den ganzen Abend, das blöde Weibsstück! Die Lieferung an seine Postfachadresse kam pünktlich. Das unscheinbare Paket aus Flensburg nahm er zuerst mit auf seine Tour, nach Feierabend verstaute er es im Kofferraum des Kombis. Während der ganzen Auslieferungstour zuvor lag es im Bully. Mehrmals hatte er das Paket geöffnet und hineingeschaut. Er war versucht, sie herauszunehmen, beherrschte sich aber. Abends hatte er das Paket, unbemerkt von Mama, der alten Hexe, mit in sein Zimmer genommen. Langsam, fast ehrfürchtig öffnete er es und nahm sie ganz heraus. Chantal, stand auf der Verpackung. Er hauchte ihr Leben ein, indem er sie aufblies. Langsam erreichte sie ihre ganze Größe, fast überragte sie ihn. Die Perücke aus künstlichem Haar passte gut zum Schleier. Er drückte mit den Fingern an Chantal herum, sie gab noch nach, war zu schlaff, also blies er weiter Luft in sie hinein.

»So ist es gut, Chantal«, flüsterte er. Dann leckte er mit seiner Zunge an der Stelle, wo das Ohr aufgemalt war. Der Stuhl stand bereit, er setzte Chantal darauf ab, band sie an den Stuhlbeinen fest, dann erst öffnete er das Versteck und nahm den Schleier heraus. Er schloss seine Augen und führte ihn zur Nase, schnupperte daran, ihr Geruch war immer noch wahrnehmbar.

Nun tue es, zeig es ihr!, flüsterte die Stimme in seinem Hinterkopf. *Zeig ihr, wer du bist!*

Seine Erregung stieg, als er Chantal den Schleier aufsetzte. Er blickte nach rechts in das geöffnete Versteck. Die so oft von ihm benutzte Kollegin von Chantal, der er gestern wie im Wahn einen Finger abgeschnitten hatte, und die ihm einige Jahre für seine Spielchen zur Verfügung stand, glotzte ihn an. Er richtete seinen Blick wieder auf Chantal und begann das Spiel, als sich die Stimme in seinem Kopf wieder meldete.

»Hallo, können Sie mir helfen? Ich habe einen Platten«, riss ihn jemand aus seinen Erinnerungen, der an die Scheibe seines Wagens klopfte. Er erschrak, benötigte fast eine Minute, um aus seinen Träumen in die Realität zurückzukehren.

»Ja, äh, was ist?«, stammelte er.

»Ich brauche Hilfe, mein rechtes Vorderrad ist platt und ich habe kein Werkzeug dabei«, sagte ein älterer Herr, der seinen Mercedes hinter seinem Bully abgestellt hatte.

»Natürlich, warten Sie, ich komme«, antwortete er und stieg aus, ging Richtung Heckklappe.

»Ich will Sie nicht bei Ihrer Pause stören, ich bin schon seit einer halben Stunde hier und wollte ihren Schlaf nicht stören, aber jetzt muss ich weiter«, entschuldigte sich der alte Mann, der ihm nach hinten folgte. Er räumte die Kataloge zur Seite und nahm den Wagenheber heraus.

»Haben Sie einen Radmutternschlüssel?«, fragte er freundlich den älteren Mann.

»Nein, tut mir leid«, gab der zurück.

»Gut, ich habe einen, gehen Sie zur Seite, ich mach das schon«, antwortete er und begann, den Reifen mit dem Ersatzrad auszutauschen. Nach zehn Minuten war die Sache erledigt und der Reisende, der sich als Franz Junker vorstellte, konnte weiterfahren.

»Das war aber sehr nett von Ihnen. Vielen Dank, das haben Sie sich redlich verdient, Herr …?«, bedankte sich der ältere Mann und suchte auf der Postuniform ein Namensschild. Er sah kein Schild, es war ihm auch egal, Hauptsache ihm wurde geholfen.

»Freimann, ich heiße Friedhelm Freiman«, kam die schnelle Antwort. Den Namen hatte er morgens zufällig auf einer Katalogadresse gelesen.

»Hier nehmen Sie, Herr Freimann.« Er drückte ihm einen Fünfzig-Euro-Schein in die Hand, stieg winkend in seinen Wagen und fuhr davon.

Er winkte zurück, stieg in den Bully, steckte sich eine Zigarette an und nahm den Stapel Briefe aus dem Handschuhfach. Diese Briefe würden ihren Adressaten nie erreichen, ihm aber vielleicht das nächste Opfer verraten. Er öffnete einen nach dem anderen, überflog kurz den Inhalt, für ihn alles uninteressante Einladungen. Das, was er suchte, war nicht dabei, daher stieg er aus und verbrannte sie.

Nachdem er die Kataloge ausgeteilt hatte und gegen Abend seinen Ausgangspunkt erreichte, suchte er die

Postverteilerstelle für Briefe auf. Er blickte sich um, niemand war zu sehen. Schnell griff er in das Fach, nahm einige Briefe heraus und ließ sie in seiner Aktentasche verschwinden.

Am späten Abend, Mutter schlief bereits, setzte er sich auf sein Bett und öffnete die neuen Briefe. Gleich beim zweiten starrte er wie elektrisiert auf die Einladung. Bingo! Er beschloss, gleich am nächsten Tag den Ort der Hochzeitsfeier auszuspähen.

9

Eine unruhige Nacht mit wirren Träumen lag hinter Winkler, als ihn das Vibrieren seines Handys aus dem Tiefschlaf riss. Er öffnete die Augen und drehte den Kopf wie in Zeitlupe Richtung Nachttisch. Drei Sekunden später war das Handy ausgeschaltet und flog in hohem Bogen Richtung Tür. Er verkroch sich wieder unter der Bettdecke, drehte dabei den Kopf auf die andere Seite und riskierte einen Blick in das Gesicht seiner Ex. Sie war bereits wach und strahlte ihn an.

»Moin. Gut geschlafen?«

»Na ja, war schon mal besser. Ich habe von toten Bräuten geträumt«, antwortete er schläfrig und gähnte laut. Dabei lugte er mit einem Auge aus dem Schlafzimmerfenster, das andere Auge hielt er vorsichtshalber geschlossen.

»Scheißwetter! Emsländischer Sommer, Wind und Regen. Komm rüber, Marie«, gab er stöhnend von sich, wühlte mit den Händen im Nachbarbett und zog seine Ex näher zu sich heran.

»Dennis, lass das!«, gab sie zurück, setzte sich hoch und stopfte das Kopfkissen in ihren Nacken, »ich muss gleich zur Schule, es wird Zeit aufzustehen. Wir können aber noch etwas reden.«

Er drehte sich mühsam und umständlich auf den Rücken und sah zur Schlafzimmerdecke. Reden? Eigentlich hatte er an einen Quickie gedacht.

»Heute kommt die neue Staatsanwältin nach Meppen. Ich soll sie in den Fall einweisen. Ihr Name ist Grote, Tanja Grote. Sie muss neu sein, denn der Name sagt mir nichts«, erzählte er, dann quälte er sich aus dem Bett und bückte sich nach dem Handy. Genug geredet. Marianne schlug die Bettdecke zurück und begann mit komischen Verrenkungen ihrer Beine. In letzter Zeit machte sie dies öfter, Winkler hätte lieber zwischen ihnen gelegen.

»Mir aber. Ich kenne Tanja, wir haben in Lingen zusammen Abitur gemacht. Lass dich überraschen«, stöhnte sie und streckte ein Bein hoch. Dann einen Arm. Abwechselnd tat sie das nun mit der Gegenseite und brachte ihren Kreislauf auf Drehzahl. Winkler blickte amüsiert zu ihr hinüber.

»Vorsicht mit den alten Knochen!«, gab er grinsend von sich und ging unter die Dusche. Das gemeinsame Frühstück fiel knapp aus, Winkler war ein Morgenmuffel und auf weitere Gespräche mit seiner Exfrau fehlte ihm heute die Lust. Außerdem hatten sie gestern Abend genug geredet, fand er. Sie hatte ihm mitgeteilt, dass sie in den Sommerferien alleine auf Sylt zwei Wochen abschalten wollte. Sie brauchte Luftveränderung und Ruhe, auch von ihm. Mal sehen, wie lange sie das durchhält, grübelte Winkler, als er sich an das abendliche Gespräch erinnerte und seinen VW-Passat in der Einfahrt vor seinem Haus öffnete.

»Na, Dennis, gehst du wieder Mörder fangen?«, rief ihm sein Nachbar, ein pensionierter Bundeswehroffizier, zu. Er war gerade dabei, bei dem Mistwetter die Rosen im Vorgarten zu beschneiden. Schlechtes Wetter kannte der Offizier nicht, nur schlechte Kleidung.

»Ja, muss ich. Augen auf bei der Berufswahl«, erwiderte er knapp und etwas zu maulig. Der Offizier außer Diensten zuckte mit den Achseln und drehte sich von ihm weg. Was meint er denn damit, grübelte er versonnen und widmete sich wieder seinem Hobby.

Winkler hatte eine Tasse dampfenden Kaffee in der Hand und stand in seinem Büro vor einer Pinnwand. Während er schluckweise trank, sammelte er seine Gedanken und konzentrierte sich. Dann heftete er das Foto der Braut unter Wasser an die Wand. Lange sah er auf das Bild. Er stellte die leere Tasse neben sich auf dem Boden ab, griff sich den Edding und begann seine Gedanken auf´s Papier zu bringen.

1. *Motiv des Mörders?*
2. *Woher kennt er das Opfer?*
3. *Wieso trennt er ihr den Finger ab?*
4. *Was hat er weiter vor?*

Als er über Punkt fünf nachdachte, trat eine Person in sein Büro, die sich mit einem Räuspern bemerkbar machte. Winkler drehte sich Richtung Tür und staunte mit offenem Mund. Er betrachtete die Erscheinung an den Füßen beginnend bis zum Kopf. An drei Stellen verharrte sein Blick: Beine, Brust, Lippen.

»Guten Morgen, ich bin Tanja Grote. Mein Chef hat mich ja bereits angekündigt. Sind Sie Dennis Winkler?«, fragte sie mit einer Stimme, die ihn frösteln ließ. Mit der Stimme könnte sie richtig Geld verdienen, egal ob bei der Telefonseelsorge oder bei einem Anbieter für Spaß der besonderen Art. Er verdrängte diese Gedanken aus seinem Hirn und schaltete von Mann auf Polizist.

»Ja, der bin ich«, gab er zurück und trat auf sie zu, reichte ihr die Hand mit dem Eddig. Sie lachte und nahm seine linke Hand zur Begrüßung, dabei schielte sie zur Pinnwand. Winkler, in einer Wolke edelster Gerüche aus dem Orient – oder sonst wo her – eingenebelt, folgte ihrem Blick.

»Sie können Ihren Mund wieder schließen, Herr Winkler. Erstens: Rache. Zweitens: Ausspioniert.« Sie machte eine kurze Pause, legte einen Finger an die Nase und sagte: »Drittens: Hass auf glückliche Frauen. Viertens: Weitermorden«, gab sie die Antworten auf seine Fragen, die sie abgelesen hatte. Ihre Blicke trafen sich wieder. Sie völlig entspannt und locker, er wie ein

Schuljunge, der gepetzt hatte und in der großen Pause von der Lehrerin gemaßregelt wurde.

»Guten Morgen und herzlich willkommen, setzen Sie sich doch«, säuselte er und wies zu einer kleinen Sitzecke, »möchte Sie etwas trinken?«

»Ein Kaffee wäre nett, danke!« Frau Grote bewegte sich zum angewiesenen Platz, er konnte nicht anders und verfolgte sie mit gierigen Blicken. Er kannte die Frau genau eine Minute, bereits jetzt raubte sie ihm den Verstand.

»Bin gleich zurück.« Er verschwand im Nebenraum und kehrte mit einem Tablett und zwei Tassen Kaffee darauf zurück. Umständlich stellte er das Tablett auf dem Tisch ab und setzte sich ihr gegenüber hin. Eigentlich müsste er das, was er sah, bei der Staatsanwaltschaft wegen Erregung öffentlichen Ärgernisses anzeigen, dachte er, als die Beine der Frau seinen Blick kreuzten. Er gönnte sich nun eine halbe Minute, sie genauer anzusehen. Sie gab ihm die Zeit, die er brauchte. Sie kannte ihre Wirkung auf Männer und genoss es. Winkler war ihr auf Anhieb sympathisch.

In den spitzen Schlangenlederschuhen von Gucci, mit Absätzen von mindestens zwölf Zentimetern Länge, steckten formvollendete, sonnenverwöhnte Beine. Waffenscheinpflichtig!, meldete das geschulte Polizeiauge an sein Hirn. Sie trug einen knielangen Lederrock, den ein Krokogürtel am Herunterrutschen über die schmale Taille hinderte – schade, meldete sein Hirn weiter. Unter der Lederjacke des gleichen Herstellers trug sie eine weiße Bluse, in der steckten zwei Riesendinger. Der Knopf, der die Bluse zusammenhielt, musste Schwerstarbeit verrichten und würde ihm gleich ins Auge springen, vermutete Winkler. Dunkle Locken umrankten ein hübsches Gesicht, das ihn mit schneeweißen Zähnen, wie auf einer Perlenkette aufgereiht, anlächelte. Winkler ordnete seine Gedanken, griff nach seiner Kaffeetasse und feuchtete damit seinen trockenen Mund an.

»Woher wissen Sie die Antworten?«, fragte er und nickte mit dem Kopf in Richtung Pinnwand.

»Ich habe mich bereits in Osnabrück mit dem Fall beschäftigt. Der Typ ist geistesgestört. Ein Irrer und ein Fetischist. Wahrscheinlich hat er eine dominante Mutter, die ihn drangsaliert. Er hasst Frauen und bringt sie um, wenn sie am glücklichsten sind.«

»Wieso sie? Wir haben nur eine Leiche.«

»Das in Kiel wird er auch gewesen sein, da bin ich mir ziemlich sicher. Auch ihr wurde der Finger abgetrennt. Den nimmt er als Trophäe mit. Ich habe die Akte gelesen.« Tanja Grote beugte sich vor und stellte die Tasse auf den Tisch. Winkler dachte an den Knopf ihrer Bluse und schloss vorsichtshalber seine Augen.

»Der Mörder von Dana Beckermeier kannte sich gut mit den Örtlichkeiten aus. Woher wusste er, dass sie in Dalum gefeiert hat? Hat er geahnt, dass die Braut entführt werden sollte? Ich meine die beiden Knallköppe, die mit ihr durch die Kneipen gezogen sind«, sagte Dennis Winkler, erhob sich und trat vor die Pinnwand, »weshalb hat er die Leiche so ausgestellt? Was soll der Scheiß?«, regte er sich nun auf.

»Schon gemerkt, dass er der Leiche den Ringfinger abgetrennt hat? Mit Ring. Oder habt ihr den gefunden?«, antwortete die Staatsanwältin.

»Nein, haben wir nicht. Er hasst die Frauen dermaßen, dass er den Finger samt Ring abtrennt?«

»Ja. Ich nehme an, dass er ihn in einer Flüssigkeit aufbewahrt und sich regelmäßig ansieht. Vielleicht geilt er sich so auf? Was ist mit dem Schleier der Braut? Ist der schon gefunden worden?« Ihr war beim Lesen der Ermittlungsakte aufgefallen, dass vom fehlenden Schleier berichtet wurde. Bei der Leiche wurde er nicht gefunden und die Braut hatte ihn bei der Entführung getragen.

»Den Schleier haben wir nicht gefunden, haben ihm auch keine so große Aufmerksamkeit geschenkt. Ist der denn so wichtig?« Tanja Grote lächelte.

»Der Brautschleier ist für jede Frau wichtig, das erkläre ich später mal. Wir sollten nach ihm suchen.« Die Staatsanwältin erhob sich und kam zur Pinnwand, in seine Geruchsnähe.

»Wie gehen Sie weiter vor?«

»Ich habe einen Verdächtigen vorgeladen. Er heißt Horst Elfers, wohnt in Lingen und hat schon mal gesessen. Er ist ein gewalttätiger Schläger und hatte mit Dana Beckermeier ein Verhältnis. Wir haben ihn bereits in Lingen besucht, und als er frech wurde, hat er meine Kollegin Petra Vogt näher kennengelernt. Er wird bestimmt schon nebenan auf seine Vernehmung warten.«

Sie sah auf ihre teure Armbanduhr. »Ich würde mir gerne den Fundort der Leiche ansehen. Könnten Sie mich dorthin begleiten?« Er überlegte genau eine Millisekunde.

»Natürlich, kein Problem. Die Vernehmung von Elfers können Frau Vogt und Bötcher gemeinsam machen. Ich weise die beiden nur kurz ein und stelle Sie Ihnen vor. Darf ich vorausgehen?« Sie nickte und folgte ihm in das Büro der Kollegen. Dort schnellte Thomas Bötcher wie vom Blitz getroffen von seinem Platz in die Höhe, als die Staatsanwältin – mit Winkler mittlerweile im Schlepptau – eintrat. Petra Vogt blieb auf ihrem Stuhl sitzen und schüttelte unmerklich den Kopf. Männer sind wie die Gockel, dachte sie, als die beiden Kommissare um die Staatsanwältin herumstolzierten. Die Begrüßung fiel recht knapp aus und Winkler verteilte die Aufträge. Petra Vogt nickte Richtung Vernehmungsraum und zog ihren Kollegen Bötcher mit sich.

»Komm, Thomas, der Anaboliker wartet!«

Im Flur kläffte ein Hund und schlich um die Beine seines Herrchens, das auf einer Bank saß und in einer Illustrierten blätterte. Beide, Hund und Herrchen, horchten auf und sahen in die Richtung der Stimme, die laut über den Flur hallte.

»Der Hund muss vor die Tür«, rief Bötcher.

»Komm, Paddy, du musst leider draußen bleiben«, forderte Elfers den bissigen Köter mit Maulkorb auf. Der parierte und tappelte hinter seinem Herrchen her, zweimal blickte der Hund sich noch zu den Kommissaren um, dann verschwand er aus dem Gebäude und wurde von Elfers am Fahrradständer angebunden.

»Bin gleich zurück, Paddy, dauert nicht lange«, murmelte er und streichelte den winselnden Hund.

»Herr Elfers, das ist mein Kollege Thomas Bötcher, mich kennen Sie ja bereits. Tut´s noch weh?«, begrüßte sie den Bodybuilder. Der zuckte zurück, als ihm die Hand hingehalten wurde.

»Keine Angst, wir wollen uns nur kurz mit Ihnen unterhalten. Es liegt an Ihnen, wie das hier abläuft. Verhalten Sie sich ruhig und in zehn Minuten können Sie mit Paddy Gassi gehen, klar?« Petra Vogt setzte sich, Bötcher blieb stehen.

»Alles klaro, kein Problem«, erwiderte der Anaboliker mit den schielenden Augen kleinlaut und nahm gegenüber der Kommissarin Platz. Petra legte ihre Hände auf den Tisch, Elfers ließ sie nicht aus den Augen beziehungsweise aus dem Auge. Mit dem anderen starrte er Böttcher an, der innerlich am Schreien war. Er musste sich schwer beherrschen, nicht laut loszubrüllen. Bötcher verglich Elfers mit einem Chamäleon, die Ähnlichkeit war frappant.

»Herr Elfers, es geht um den Freitag, an dem Dana ermordet wurde, Sie wissen doch, welchen Freitag ich meine?« Elfers nickte.

»Wo waren Sie an dem Tag? Als wir uns bei Ihnen zu Hause unterhielten, hatten Sie ausgesagt, dass Sie alleine zu Hause waren. Ist das so richtig?« Elfers starrte nun Bötcher nicht mehr an, das Auge wurde geschlossen. Der Mann mit dem Silberblick überlegte, dann öffnete er wieder seine Augen. Eins auf Bötcher, das andere auf Petras Hände gerichtet.

»Ich war bei einer Frau, einer verheirateten Frau. Wir haben den ganzen Abend gevö…, äh … uns unterhalten. Sie kann das bezeugen«, er schloss den Silberblick und legte seine bemalten Unterarme auf den Tisch. Nervös kratzte er mit den Fingern der rechten Hand auf seinem linken Arm herum, genauer an einem Anker, den er sich im Knast mit Tinte und Stecknadel zugefügt hatte. Der Anker war ihm nicht gelungen, er hatte ihn vermutlich ohne Vorlage aus dem Gedächtnis gestochen und zur See war er anscheinend auch noch nie gefahren.

»Herr Elfers, den Namen und die Adresse bitte«, erwiderte Petra und beobachtete ihn beim Kratzen seiner Malerei. Mit wieder geöffneten Augen versuchte er sein Gegenüber zu fixieren und böse zu schauen, was ihm aber nicht gelang. Petra lächelte ihn an.

»Was ist denn jetzt, Name und Adresse«, sie bewegte ihre Hände. Das Zeichen deutete er richtig.

»Vera Tschibulski, sie ist aus der Ukraine und wohnt in der Nähe der abgerissenen Scharnhorst-Kaserne. Im Hochhaus am Langschmidtsweg«, erzählte er und beendete die Kratzerei auf seinem Anker.

»Wir werden das überprüfen, Sie können wieder gehen«, entließ sie ihn, er stand auf und drängelte zur Tür, wollte an Bötcher vorbei. Er versperrte ihm den Weg.

»Können Sie eigentlich tauchen, ich meine so richtig mit Ausrüstung unter Wasser?« Bötcher machte Schwimmbewegungen mit den Armen und sprach mit ihm wie mit einem Kleinkind. Elfers platzte fast der Kragen, innerlich war er kurz vor dem Explodieren, aber er besann sich.

»Mit Pielentchen?«, äffte er ihn nach und begann auch mit Schwimmbewegungen, »nee, kann ich nicht. Darf ich jetzt vorbei, mal abtauchen?«, versuchte er den Sprachwitz, Bötcher lachte aber nicht, sondern trat zur Seite. Der Bodybuilder im Schrankformat quetschte sich vorbei und fühlte sich verarscht. Hätte er Bötcher alleine im Dunkeln angetroffen, Polizei hin oder her, scheißegal, den hätte er in den Boden gestampft. Und zwar unangespitzt, dachte Elfers und warf Bötcher noch zwei verächtliche Blicke zu. Die gingen allerdings ins Leere.

»Paddy, ich komme, kriegst gleich ein Leckerli«, rief er über den Flur und verdünnisierte sich.

»Was war das denn für eine Type? Wer geht denn mit dem Kerl in die Kiste? Die Ukrainerin ist entweder blind oder notgeil«, fragte Bötcher sich selbst. Petra zuckte mit den Schultern und verschwand in ihrem Büro.

Nach nur zwanzig Minuten Fahrt erreichten Winkler und seine neue Chefin, so hatte er sie während der Fahrt mehrmals respektvoll angesprochen, den Speichersee in Geeste. Er parkte den Wagen auf dem Parkplatz der Jugendherberge.

»Ich heiße Tanja und bin nicht dein Chef. Außerdem kenne ich deine Exfrau gut. Ich habe heute Morgen noch mit ihr telefoniert«, bat sie ihm das ›Du‹ an, als sie ausstieg. Winkler warf schnell noch zwei Blicke auf ihre Beine. Er errötete, fühlte sich vorgeführt.

»Ach was«, antwortete er, »ich heiße Dennis.«

»Im Protokoll stand, dass Moos- und Grasflecken auf dem Brautkleid entdeckt wurden. Sie saß also am Boden, als sie erwürgt wurde. Wenn du dich genau umsiehst, gibt es hier nur eine Stelle, an der sie sich diese Flecken geholt haben könnte«, sagte Tanja und schritt mit ihren High-Heels zu einer Eiche. Sie sah zuerst Richtung Parkplatz, dann auf den Boden.

»Möglicherweise hat er dort geparkt. Sie war mit Äther betäubt, so steht es im Bericht des Rechtsmediziners. Er hat sie vielleicht hier unten erwürgt, ist dann mit der Leiche zum Wasser und dann abgetaucht«, sagte sie und wurde ganz ruhig.

»Sag nichts. Ich muss mich konzentrieren. Wie kann das abgelaufen sein?« Winkler blieb wie erstarrt stehen.

»Wenn er sie hier erdrosselt hat, muss es Spuren geben. Dort am Baum«, sagte sie wie in Trance und zeigte auf den mit Moos bewachsenen Boden, »falls er hier den Finger abgetrennt hat, auch wenn sie schon tot war, müssen wir Blutspuren finden.« Sie kniete vor dem Baum und strich mit der Hand vorsichtig über das Moos.

»Das ist Blut«, sagte sie und bog ein paar Grashalme auseinander, »ruf die Spurensicherung an, hier ist der Tatort, hier hat er sie umgebracht.«

Winkler zog sein Smartphone aus der Jackentasche und wählte die Nummer des KED in Meppen.

»Weiter, was kannst du noch sehen?« Er sprach sehr leise, während er gleichzeitig die Spusi informierte. Das Handy verschwand wieder in seiner Tasche. Die Frau ist der komplette Wahnsinn, er fasste sie am Arm.

»Tanja, alles klar mit dir?«

»Ja, mach dir keine Sorgen, ich versuche mich nur in den Ablauf der Tat hineinzuversetzen. Hier hat er sie erdrosselt, dann ist er mit der Leiche hoch zur Deichkrone. Da hoch!« Sie zeigte auf den Zufahrtsweg zur Gaststätte.

»Komm, wir gehen langsam weiter. Nimm bitte meine Schuhe.« Sie hielt sich an seiner Schulter mit einer Hand fest, wackelte etwas, bückte sich und zog die High-Heels von den Füßen. Barfuß schritt sie voran. Winkler trabte neben ihr her und die Schuhe baumelten in seiner rechten Hand. Mit der linken Hand hatte er ihre Hüfte umfasst und führte sie den Anstieg hoch. Er wäre auch auf das Matterhorn gestiegen, natürlich ohne Atemgeräte. Scheißegal wohin, nur hinterher und mit ihr. Die Frau war echt der Hammer.

»Er wird sie auf der Schulter getragen haben, sonst gäbe es Schleifspuren. Dann hat er sie hier abgelegt und ist mit ihr abgetaucht. Er hat sich unten umgezogen, am Auto, und ist im Taucheranzug hier hoch gelatscht«, sagte sie etwas atemlos und blieb stehen. Sie sah einige Zeit wie gebannt auf das Wasser. Winkler blieb ruhig.

»Dieses Arschloch hat sie dann unter Wasser auf dem Stuhl angebunden«, schoss es plötzlich aus ihr heraus und sie begann zu schluchzen. Er wartete kurz, sah auf das Wasser und nahm die Staatsanwältin in den Arm. Er zog sie zu sich heran.

»Alles klar mit dir?«, flüsterte er.

»Ja. Es ist sehr anstrengend, wenn ich mich in den Tatverlauf hineinversetze. Ich habe das in einem Seminar gelernt. Darf ich jetzt meine Schuhe wiederhaben? Der Sand knirscht zwischen meinen Zehen.«

Langsam gingen sie den Weg zurück zum Parkplatz, Tanja Grote war wie ausgewechselt. Sie stakste auf den wackeligen Pöms hinter Winkler her und zog, er konnte es nach der Nummer nicht fassen, mit dem Lippenstift ihre Lippen nach. Im kleinen Handspiegel überprüfte sie ihr Make-Up. Sie strich sich durch ihre Locken und zog die Bluse glatt. Der Knopf hatte gehalten. Als sie den Parkplatz erreichten, wurden sie von zwei Kollegen der Spurensicherung begrüßt, die vor der Eiche auf dem Moosboden knieten und mit Pinzetten den Boden untersuchten. Winkler nickte ihnen zur Begrüßung zurück.

»Habt ihr was gefunden?«

»Ja, es gibt Blutspuren. Wenn wir Glück haben, ist auch noch DNA-fähiges Material dabei. Wir werden sehen.«

»Schickt die Proben zum KTI nach Hannover, die sollen sich beeilen.«

10

Thomas Bötcher saß lässig auf dem Bürostuhl und wippte hin und her, seine Füße, die in Sportschuhen steckten, ruhten auf der Schreibtischplatte. Zuerst riskierte er einen Blick aus dem Fenster; das Wetter blieb unverändert: wechselhaft und kalt. Dann studierte er wieder den Lokalteil der Meppener Tagespost. Die Presse tappte zwar im Dunkeln, trotzdem wurden die wildesten Vermutungen über den Brautmörder angestellt. Vehement forderte ein Lokalredakteur eine Massenspeichelprobe, wie sie bereits 2010 erfolgreich mit über zweitausend jungen Männern durchgeführt wurde. So konnte damals ein Vergewaltiger dingfest gemacht werden. Bötcher hasste diese Reporter, die überall herumschnüffelten und nach seiner Meinung oft nur Blödsinn schrieben. Er blätterte weiter zum Sportteil; der SV Meppen wird in diesem Jahr die dritte Liga anpeilen, las er verzückt. Thomas hatte selbst beim SV Meppen als Jugendlicher Fußball gespielt, war aber dann, als er ständig die Ersatzbank hütete, zum TUS Lingen gewechselt. Dort beendete er seine steile Karriere nach einem Kreuzbandriss im rechten Knie. Er fasste sich an sein lädiertes Knie und las den Artikel zu Ende. Auf den restlichen Lokalseiten und im Emslandteil wurde hauptsächlich über die anstehenden oder bereits durchgeführten Schützenfeste berichtet. Er schüttelte seinen Kopf, Schützenfeste waren überhaupt nicht sein Ding.

»Ach, schau mal an, hier ist ein Foto vom amtierenden Thron des Dalumer Schützenvereins«, sagte er leise zu sich selbst, als er das Bild betrachtete. König Hans Beckermeier mit Königin Dana und zwei Ehrenpaaren. Die Ehrenherren kannte er auch, es waren die beiden Trunkenbolde, die die Braut entführt und verloren hatten. Idioten! Sie grinsten auf dem Foto und hatten jeweils ein hübsches Mädchen als Ehrendame im Arm. Wahrscheinlich hatten sie jeder mehr als zwei Promille im Schädel, als das Foto aufgenommen wurde.

»Was ist?«, fragte Petra beiläufig, die ihm gegenüber vor ihrem Laptop saß und auf den Seiten von facebook surfte. Sie hatte eine Diskussion verfolgt, in der einige User, so wie in Emden, die schlimmsten Rachegelüste veröffentlichten. Aufrufe zur Lynchjustiz entdeckte sie aber nicht.

»Der Thron mit Dana Beckermeier steht in der Zeitung. Das Veröffentlichen hätten sie auch sein lassen können, das wird die Leute noch mehr aufregen«, gab er zurück, rollte die Zeitung zusammen und warf sie treffsicher im hohen Bogen in den Papiereimer.

»Thomas, wir werden uns heute mit dem Ablauf der Entführung befassen und die Kneipen aufsuchen. Wir gehen den gleichen Weg wie die Entführer. In fünf Minuten wird der Taxifahrer hier erscheinen. Ich habe ihn über die Zentrale ermittelt und angerufen, lass uns zuerst mit ihm reden.« Sie erhob sich und vollzog schnell fünf Karateübungen, um sich fitzuhalten. Thomas lehnte sich im Bürostuhl zurück und staunte nicht schlecht, nachdem Petra zweimal aus dem Stand auf den Schreibtisch gesprungen war. Anschließend dehnte sie ihren Astralkörper und machte schnell noch einige Atemübungen. Dann zog sie ihre Bluse zurecht und griff nach ihrem Schreibblock.

»Komm mit«, sagte sie und tapste in ihren leichten Sportschuhen Richtung Flur. Dort trafen sie auf einen Fremden, der sich gerade am Kaffeeautomaten bediente.

»Guten Morgen. Sind Sie Matthias Cramer, von Taxi-Meppen?« Petra erkannte in ihm sofort den typischen Taxifahrer. Basecap auf dem Kopf, blaues Hemd und die Ärmel aufgekrempelt, darüber eine graue Weste, an den Beinen eine abgewetzte Jeans. Seine Füße steckten in grauen Socken und Birkenstock-Sandalen, typisches Schuhwerk eines Emsländers. Der Mann drehte sich vom Automaten in Richtung der beiden Polizisten, trank einen Schluck Kaffee aus dem Pappbecher und zog die Augenbrauen zusammen.

»Was ist das denn für eine Brühe? Ja, ich bin Matthias Cramer«, er spuckte den Kaffee in den Becher und stellte ihn oben auf den Automaten. Dort standen bereits zehn Becher. Er hätte zuerst dort hinsehen sollen, bevor er einen Euro zum Fenster hinaus geworfen hatte.

»Sie bekommen gleich einen Kaffee von uns, Herr Cramer. Hallo, ich bin Petra Vogt, das ist mein Kollege Bötcher«, begrüßte sie ihn mit kräftigem Händedruck. Cramer war darüber schwer beeindruckt, ließ sich aber nichts anmerken. Schließlich war er auch nicht ganz ohne. Sein muskulöser Oberkörper und der Bizeps unter dem blauen Hemd ließen Rückschlüsse auf ein regelmäßiges Training im Fitness-Studio unbedingt zu. Er lächelte sie an.

»Karate? Welcher Dan?«

»Vierter Dan, Schwarz«, lächelte sie zurück.

»Ich musste beim fünften Kyu Blau leider aufhören, schlimme Kreuzschmerzen, verstehen Sie?« Petra nickte, sie verstand.

»Kommen Sie, wir gehen in unser Büro.« Bötcher, der ehemalige Fußballspieler, verstand nur Bahnhof und latschte hinter den beiden her. Er hatte keine Ahnung, worüber sie sprachen. Im Büro zog sie einen Stuhl heran, auf dem sich der Taxifahrer mit dem blauen Gürtel niederließ.

»Ja, Herr Cramer, jetzt wollen wir uns mal über den letzten Freitag unterhalten. Sie haben doch eine längere Fahrt durch Dalum gemacht und die Frau Beckermeier gefahren. Können Sie uns erzählen, wie die Fahrt abgelaufen ist? Wenn möglich bitte mit genauen Zeitangaben.« Bötcher spielte mit einem Lineal, das er mit den Händen hin und her drehte. Cramer zog sein Capy vom Kopf, strich sich mit der Hand durch das ergraute Haar und warf die Kappe auf den Schreibtisch. Dabei fasste er sich mit der anderen Hand in sein Kreuz. Er stöhnte.

»Muss am Wetter liegen, oder an der Karre, die ich fahre. Egal, ich erzähl euch mal der Reihe nach, wie das abgelaufen ist«, ging er vertraulich mit den Polizisten um. Bötcher zog die Augenbrauen hoch, konnte sich nicht daran erinnern, mit dem Karatekämpfer zusammen Brüderschaft getrunken zu haben. Er spielte mit dem Lineal herum, legte es dann auf den Tisch.

»Und? Was ist denn jetzt Herr Cramer? Dalum letzten Freitag.« Cramer räusperte sich und setzte sich aufrecht hin.

»Ich stand den ganzen Abend vor der Kneipe ›Zum Moorblick‹, weil ich wusste, dass dort eine große Gesellschaft Hochzeit feierte. Ich hatte bereits drei Fahrten hinter mir und las in der Bildzeitung, als zwei Männer mit einer Braut vor meinem Wagen auftauchten. Sie waren gut drauf und alberten herum und so. Was ist mit dem Kaffee?«, die Frage ging an Petra, die sich auf einem Block Notizen machte.

»Kommt gleich, erzählen Sie weiter.«

»Der Eine, so´n komischer Typ, wollte mich für eine Stunde oder länger buchen. Festpreis achtzig Euro habe ich ihm gesagt, er hat eingewilligt und sofort bezahlt. Die drei sind hinten eingestiegen, die Frau im Brautkleid saß in der Mitte. Als erstes Ziel wurde mir der ›Dalumer Hof‹ vorgegeben. Ich habe gegrinst, den Gang eingelegt und bin losgefahren. Nach fünf Minuten waren wir dort. Schnell verdientes Geld, habe ich mir gedacht, als sie wieder ausstiegen.«

»Wie spät war es da?« Petra fragte im Aufstehen und holte Kaffee von nebenan.

»Zehn vor zehn.«

Bötcher blickte aus dem Fenster. »Wie ging es dann weiter?«, kam es gelangweilt.

»Nach zwanzig Minuten waren sie wieder zurück, ich hatte gerade den Sportteil durch«, erwiderte Cramer und griff zur Tasse, die Petra vor ihm abgestellt hatte. Er schlürfte, mit extrem hochgezogenen Augenbrauen, zwei Schlucke der braunen Masse. Der Kaffee stand seit drei Stunden bei den Kollegen auf der Warmhalteplatte und war zähflüssig wie Teer. Cramer ließ sich nichts anmerken und trank noch einen Schluck. Petra saß wieder an ihrem Platz und tippte mit dem Kuli auf ihren Block.

»Dann sind wir zum Heinz gefahren, wieder nur drei Minuten Fahrt. Es war halb elf. Ich stieg aus dem Wagen und habe den Kerlen beim Aussteigen geholfen, der eine war voll wie eine Haubitze. Ich habe ihm gesagt, wenn er kotzen muss, soll er das draußen oder sonst irgendwo machen, nur nicht im Taxi. Die sind in die Kneipe und ich habe wieder Zeitung gelesen. Die Frau war übrigens relativ nüchtern, ihr musste ich nicht helfen.« Er erinnerte sich an ihren Anblick, sie war absolut keine Schönheit.

»Was ist dann passiert?« Petra sah demonstrativ auf ihre Uhr. Mal sehen, ob er meine Zeichen wahrnimmt, die alte Labertasche. Hatte er.

»Oh, Mann, es ist ja schon kurz vor neun, ich habe gleich eine Krankenfuhre. Der Rest ist schnell erzählt. So ungefähr um Viertel vor elf kamen die beiden Jungs zum Wagen und fragten mich, ob ich die Braut gesehen hätte. Blöde Frage. Hatte ich nicht. Ich saß dort und hörte NDR 1 Radio Niedersachsen, die spielen immer so tolle Lieder, besonders nachts. Die Jungs waren völlig außer sich und redeten von einer Entführung. Dann erzählten sie mir, dass die Braut vielleicht zu Fuß unterwegs sei. Ich habe die beiden wieder einsteigen lassen und bin mit Schrittgeschwindigkeit zurück zum Moorblick gefahren. Wir haben alle aus den Fenstern geschaut, aber keine Braut gesehen. Um kurz vor elf waren wir wieder beim Ausgangspunkt.« Er war mutig und schlürfte noch einmal an der Kaffeetasse.

»Ist Ihnen während der Fahrt jemand gefolgt?«

»Ja, kurzzeitig ist mir ein dunkler Wagen dicht aufgefahren, das war auf dem Weg zu Heinz. Der Wagen ist aber wieder abgebogen.«

»Konnten Sie das Kennzeichen erkennen oder den Fahrer?«, wollte Petra wissen.

»Ich glaube, es war ein Kombi. Vielleicht ein Japaner. Ich meine den Wagen, den Fahrer habe ich nicht sehen können, das Licht blendete«, er trank die Tasse leer und sah hinein, im Tassenboden verblieb ein klumpiger Rest. Angewidert stellte er sie auf den Tisch. Böse Blicke gingen Richtung Petra Vogt. Die zuckte mit den Achseln und legte eine Unschuldsmine auf.

»Mit dem Zeug könnten die Schlaglöcher des letzten Frostes im gesamten Emsland geschlossen werden.« Er schüttelte sich und setzte dann sein Capy auf.

»Als Sie vor der Kneipe beim Heinz standen, haben Sie da den Kombi noch einmal gesehen?«

»Nein. Ich muss dann mal los, ist sonst noch etwas?« Cramer erhob sich.

»Vielen Dank für Ihre Mithilfe, Herr Cramer. Sie können gehen«, sagte Bötcher und entließ damit den Karatekämpfer. Er stand auf und begleitete ihn zum Ausgang. Sein Taxi stand auf dem reservierten Parkplatz des Oberrates, der musste, heftig schimpfend, seinen Wagen vorübergehend gegenüber beim Lidl abstellen.

Petra hatte die wenigen Informationen auf dem Notizblock vermerkt, sie kreiste den Satz mit dem dunklen Kombi, der dicht aufgefahren war, mehrmals ein. Die Zeiten, zu denen Cramer an den jeweiligen Kneipen stand, unterstrich sie. Bötcher kam ins Büro zurück und fasste sich an die Nase.

»Das mit dem Kombi ist interessant«, er tippte mit dem Finger auf den Notizblock seiner Kollegin, »lass uns den Weg abfahren«, nahm die Lederjacke vom Haken und warf sie über seine Schulter, »komm, wir fahren mal die Runde.«

Die Gastwirtschaft ›Zum Moorblick‹ war, was Essen und Trinken anbelangt, die erste Adresse in Dalum. Auch viele Gäste aus dem Grenzgebiet zu den Niederlanden besuchten regelmäßig das Haus, das etwas abseits von der Hauptstraße lag. Eine Gaststätte mit Restaurantbetrieb befand sich im älteren Gebäude, das in Fachwerkbauweise erstellt worden war. Daran schloss sich der Saaltrakt, untergebracht in einem modernen Flachdachbau, nahtlos an. Im Saal, in dem auch das jährliche Schützenfest des Dalumer Vereins stattfand, konnten mindestens dreihundert Gäste bedient werden. Petra Vogt lehnte am Kotflügel ihres Opels und ließ ihren Blick über den Gebäudekomplex gleiten. Schönes Anwesen, eingerahmt von riesigen Eichen, wunderschöne Rhododendron blühten in den gepflegten Außenanlagen. Mitten im Vorgarten stand eine kleine Bank, die Spaziergänger zum Ausruhen und Verweilen einlud. Auf der Bank saßen zwei Radwanderer und machten Frühstückspause. Das holländische Paar winkte ihr freundlich zu, sie erwiderte den Gruß. Bei ihrer nächsten Radtour würde sie hier ebenfalls Rast einlegen, beschloss Petra. Bötcher hatte das Anwesen einmal zu Fuß erkundet und schlenderte, Hände in den Hosentaschen, auf sie zu.

»Schickes Anwesen, hier sollte ich mal essen gehen«, sagte er anerkennend und betrachtete sich den hübsch verzierten Giebel des Fachwerkhauses.

»Wir sind aber aus anderen Gründen hier, lass uns reingehen.« Die Gaststätte war geöffnet. Im Eingangsbereich stand ein Tisch, auf dem einige Flyer mit heimatlichen Ausflugszielen und Radwanderkarten aus dem Emsland lagen, Petra bediente sich und steckte sich einige in die Tasche. Im Gastraum blickte sie sich um. In der Mitte des Raumes stand eine Theke aus alter Eiche in U-Form, davor einige Barhocker aus dem gleichen Holz. In kleinen Nischen links und rechts von ihr standen Tische und Stühle, an denen reichlich Platz für die Gäste des Restaurants angeboten wurde. Sehr einladend und gemütlich.

»Guten Morgen, was darf es sein?«, begrüßte sie eine ältere Dame mit rauchiger Stimme, die aus der angrenzenden Küche in den Raum trat. Sie ging hinter die Theke und begann mit einem Trockentuch Gläser zu polieren.

»Guten Morgen, ich bin Petra Vogt, das ist mein Kollege Thomas Bötcher, wir sind von der Kripo Meppen«, erwiderte sie und nahm auf einem Barhocker Platz. Bötcher setzte sich neben sie und blickte durch den Raum.

»Zwei Wasser, bitte«, bestellte er.

»Sie sind bestimmt wegen des Mordes an Dana Beckermeier gekommen, oder? Das ist doch eine krasse Geschichte.« Die Frau stellte die Wasser auf die Theke.

»Richtig. Wir hätten gerne mit jemandem gesprochen, der am Freitag letzter Woche hier gearbeitet oder die Gäste der Hochzeitsgesellschaft bedient hat«, sagte Bötcher und trank einen Schluck.

»Ich habe hier im Thekenraum gearbeitet, so bis circa zwei Uhr«, erwiderte sie und lehnte sich an die Theke in ihrem Rücken. Die blonde Frau, die ihre Haare zu einem Pferdeschwanz zusammengebunden hatte, trug eine weiße Bluse und einen schwarzen Rock, der bis an ihre Knie reichte. Bötcher schätzte ihr Alter auf über fünfzig. Sie wirkte gealtert, wahrscheinlich wegen der Qualmerei.

»Dürften wir Ihren Namen erfahren?« Petra trank ihr Wasser in einem Zug aus und stellte das leere Glas auf die Theke.

»Noch eins? Ich heiße Tine Wächter«, sie drehte sich zur Seite und füllte ein neues Wasserglas.

»Danke, Frau Wächter.«

»Erzählen Sie uns von dem Freitag, was hat sich hier abgespielt?« Bötcher leerte sein Glas ebenfalls.

»Ich hab gegen zwanzig Uhr angefangen. Hier im Thekenraum war eine Menge los, neben den üblichen Stammgästen hielten sich auch einige Hochzeitsgäste hier auf, sie rauchten. Der Thekenraum ist gleichzeitig Raucherbereich«, sie steckte sich eine Zigarette an, inhalierte und blies den Qualm Richtung vergilbte Decke.

»Haben Sie mitbekommen, wie Frau Beckermeier mit zwei Männern in ein Taxi eingestiegen ist?«

»Ja, habe ich. Ich konnte es durch das Fenster sehen«, sie nickte in die Richtung eines großen Türelementes, in dem Butzenscheiben eingelassen waren. Die Kommissare sahen ebenfalls in die Richtung und konnten den Parkplatz gut erkennen.

»Da stand das Taxi?«

»Ja. Da stehen bei Großveranstaltungen immer ein paar Wagen«, sie drückte die Zigarette aus und stellte ein neues Wasserglas vor Bötcher ab.

»Ist dem Taxi ein Wagen gefolgt? Ist Ihnen jemand aufgefallen, der das Taxi beobachtet hat? Denken Sie nach, jede Kleinigkeit ist wichtig für uns«, fragte Bötcher und sah sich weiter im Thekenbereich um. Sein Blick verharrte an einem Schrank voller Pokale. Sicherlich vom Schützenverein, sein Verdacht bestätigte sich, als er einen verwaisten Schützenhut mit weißer Feder auf dem Schrank liegen sah. Er wandte sich wieder Frau Wächter zu.

»Auf ihrem Platz saß ein Mann, schätze, so um die vierzig. Der war mir völlig unbekannt. Er hat drei Wasser getrunken, Kette geraucht und ständig aus dem Fenster geschaut. Er sah so rastlos aus, so getrieben, verstehen Sie, der ist auch gegangen, nachdem das Taxi weggefahren ist.«

»Direkt danach?«

»Ja, ich weiß noch, dass er schnell bezahlen wollte, da ich total im Stress war, dauerte es ihm wohl zu lange. Er hat fünf Euro auf den Tresen gelegt und ist verschwunden.« Bötcher und Vogt blickten sich an.

»Können Sie den Mann beschreiben?«, die Kommissarin zog ihr Notizbuch aus der Tasche. Frau Wächter überlegte.

»Er war ungefähr eins achtzig groß, hatte knallrote Haare und Sommersprossen. Kleines Oberlippenbärtchen, total aus der Mode, habe ich noch gedacht. Wer trägt denn heute noch einen Schnäuzer?«

»Konnten Sie sehen, mit welchem Auto er weggefahren ist?« Bötcher fragte wie elektrisiert, gab es eine Spur?

»Nein, ich habe ihn nicht weiter beachtet, hatte viel zu tun, mehr weiß ich auch nicht.«

»Gut. Danke für die Informationen«, Petra bezahlte die vier Wasser, »hier ist meine Karte, wenn Ihnen noch etwas einfallen sollte, rufen Sie mich an.«

»Es kann auch sein, dass es sich um einen ganz normalen Gast gehandelt hat. Er muss nicht unser Täter gewesen sein. Allerdings ist auffällig, dass er überhastet verschwunden ist, als das Taxi losfuhr«, kommentierte Vogt die neuen Informationen, als sie vor dem ›Dalumer Hof‹ anhielten. Bötcher bestaunte eine Harley Davidson, die vor der Kneipe stand.

»Wer weiß? Möglicherweise war er es. Toller Hobel«, er konnte seinen Blick nicht von dem Motorrad abwenden und stieg aus dem Wagen. Neben dem schicken Gefährt, das vor Chrom nur so strotzte, blieb er stehen.

»Nichts anfassen!«, rief jemand von der Seite. Ein Mann in Lederkluft trat aus der Gastwirtschaft.

»Keine Panik, ich will sie mir nur ansehen.« Der Motorradfahrer erkannte an dem Blaulicht auf dem Armaturenbrett, dass es sich bei den beiden um Polizisten handeln musste, und beruhigte sich.

»Sie sind von der Polizei?«, er nickte in Richtung des Blaulichtes.

»Stimmt. Thomas Bötcher, von der Kripo Meppen, das ist meine Kollegin Petra Vogt. Wohnen Sie hier?«

»Ich bin Malte Kinast, mir gehört die Gaststätte«, nun nickte er in Richtung Haus.

»Wir ermitteln im Fall Beckermeier, Sie wissen, worum es geht?« Bötcher kniete sich zum Motorrad hinab und bestaunte den verchromten Motor.

»Ja, natürlich. Gesprächsthema Nummer eins hier in Dalum. Wenn ich den Kerl zu fassen kriegen würde«, mit seiner rechten Hand fuhr er über seine Kehle.

»Na, na. Keine Lynchjustiz«, sagte Petra, »können wir reingehen?«

Der ›Dalumer Hof‹ konnte den Vergleich mit der vor wenigen Minuten aufgesuchten Gaststätte locker bestehen. Auch das Gebäude, ebenfalls im Fachwerkstil gebaut, lud zum Verweilen ein. Das Haus hatte geschlossen, es war Ruhetag. Der Besitzer wollte den Tag auf seinem Motorrad verbringen und ins Münsterland fahren und zeigte durch sein Verhalten, dass er wenig Zeit für die Polizisten hätte. Er sah ständig auf seine Armbanduhr.

»Die Entführer der Braut waren am Freitag auch hier bei Ihnen, richtig?«, wollte Petra wissen, als sie an einem Tisch im Gastraum Platz genommen hatten.

»Ja, ich hatte an der Theke zu tun, als die drei hier hereinstürmten. Ich kannte sie alle. Sie waren gut drauf und alberten herum wie die Kleinkinder. Sie haben hier einige Bier getrunken, Dana nur Wasser. Etwa halb elf sind sie wieder abgehauen.«

»War sonst noch jemand in der Kneipe, ich meine einen fremden Gast, rote Haare, Schnäuzer?« Bötcher wäre selbst gerne mitgefahren und schielte aus dem Fenster zur Harley.

»Nein, es waren nur bekannte Gäste hier.«

»War an dem Abend etwas ungewöhnlich? Stand vielleicht ein dunkler Kombi auf dem Parkplatz?« Petra wollte weiter.

»Nein, da standen nur Fahrräder, keine Autos«, Malte sah wieder auf seine Uhr und stand auf.

»Ja dann viel Spaß bei der Tour«, verabschiedete sich Bötcher und sie verließen gemeinsam die Gaststätte. Kinast setzte seinen Helm auf und warf seine Harley an. Mit leisem Brummen machte er sich davon. Bötcher verfolgte ihn mit sehnsüchtigen Blicken.

»Dann geht's jetzt zum Heinz, viel gab es ja hier nicht zu erfahren«, Petra gähnte und dehnte einige Male ihren Körper.

Laute Musik dröhnte Bötcher entgegen, als er die schief hängende Tür zur Kneipe öffnete. In der Einraumkneipe mit dem Rauchersymbol neben der Tür drehten sich drei Personen, die auf Barhockern vor dem Tresen saßen, eigentlich mehr hockten, daher wohl der Name für diese kommode Sitzgelegenheit, gleichzeitig in seine Richtung. Petra Vogt stand noch vor der Wirtschaft und betrachtete die Leuchtreklame mit dem Namen des Besitzers ›Beim Heinz‹, die über der Eingangstür an der Hauswand hing, ebenso schief wie die Tür. Das äußere Erscheinungsbild der Kneipe machte keinen guten Eindruck auf sie, deswegen ließ sie lieber Bötcher vorgehen.

»Hallo, können Sie mir sagen, wer hier der Besitzer der Wirtschaft ist?«, fragte er in den Raum. Zwei Leute drehten ihr Gesicht wieder in Richtung des Tresens, ein Mann sah weiter zu ihm hin.

»Ich bin Heinz, wer will das wissen?«

»Meine Kollegin und ich. Wir sind von der Kripo«, gab er zurück und ging auf die Personen zu. Bötcher wunderte sich darüber, dass der Wirt vor dem Tresen saß und Bier trank. Das war ihm aber ziemlich schnuppe, jeder kann, wann und wo er will, Bier trinken, dachte er.

»Wir machen Frühschoppen, soll vorkommen«, antwortete Heinz gelangweilt, als er den missfälligen Blick des Polizisten erwiderte, und drehte sich zu seinen zwei Gästen um, zuckte mit den Schultern.

»Kein Problem. Können wir uns mit Ihnen unterhalten, alleine?«

»Nee, ich habe keine Geheimnisse«, murmelte Heinz und tapste seinem Nachbarn mit der Hand mehrmals auf die rechte Schulter, »meine Kumpels können ruhig hierbleiben.« Er schlürfte an seinem Pils und kippte sich einen Kurzen hinterher.

»Gut, geht klar. Aber die Musik könnten Sie doch etwas leiser stellen, oder?«, mischte Petra sich ein. Sie beobachtete die Trinkkumpane des Wirtes, der sich nun schwerfällig erhob und hinter dem Tresen das Radio leiser stellte. Zwei furchterregende Typen in Jeanswesten und -hosen, mit langen Haaren und tätowierten Armen lümmelten sich auf den Hockern, nippten an ihren Biergläsern. Auf dem Rücken der Jeansweste trugen sie Aufnäher, die sie als Rocker des RC-Dalum auswiesen. Noch nie was davon gehört, dachte Bötcher. Sie warfen Petra Vogt einen abwertenden Blick zu. Sie sprachen sonst immer von Politessen, wenn sie weibliche Polizistinnen sahen. Beide grinsten. Wahrscheinlich haben wir die in unserer Kartei, vermutete Petra und grinste zurück. Der Wirt blieb hinter dem Tresen stehen und zapfte drei Pils.

»Was möchten Sie denn wissen?«

»Letzten Freitag waren Dana Beckermeier und zwei Begleiter hier bei Ihnen. Das stimmt doch, oder?«, fragte Bötcher und setzte sich auf den freigewordenen Hocker. Sein nebenan drehte sich demonstrativ von ihm weg und zeigte ihm den Rücken. Bötcher störte dies überhaupt nicht, er hatte keine Angst vor Rockern. Im Gegenteil, die waren ihm sympathisch. Bestimmt haben die ihre Motorräder im Hof geparkt, vor der Kneipe waren ihm keine aufgefallen. Zwei Motorradhelme lagen am Ende der Theke auf einem freien Hocker.

»Ja, ist richtig, die waren hier«, er zapfte wieder.

»Und weiter? Was haben die hier gemacht?«

»Gesoffen«, kam es einsilbig über den Tresen. Die beiden Kumpel von Heinz lächelten vor sich hin.

»Was gibt es denn da zu grinsen?«, blaffte Petra die Typen von der Seite an.

»Die Torfköppe haben doch die Braut verloren«, antwortete der Typ neben Bötcher, »und nicht wiedergefunden«, kam es von dem zweiten Typen, der an seiner Kippe zog, den Zigarettenqualm zu Kreisen formte und wie Rauchzeichen Richtung Decke aufsteigen ließ.

Heinz hatte die Biere fertig und stellte zwei auf dem Tresen ab, das Dritte trank er in einem Zug aus.

»Wir finden das gar nicht so lustig, die Frau wurde ermordet«, bemerkte Petra, »und so wie es aussieht, waren Sie der Letzte, der Sie lebend gesehen hat.« Heinz zuckte die Achseln, stellte das Glas wieder ab.

»Was soll das heißen?«, antwortete er ärgerlich brummend, »meinen Sie, ich habe etwas mit dem Mord zu tun? Vorsicht, Fräulein!«

»Frau! Frau Vogt.« Petra Vogt spannte ihren Körper.

»Wie heißen Sie eigentlich?«

»Treppel, Heinz-Josef.«

»Herr Treppel, können wir uns jetzt vernünftig unterhalten? Und Sie beide sind ruhig, sonst geht's gleich dorthin«, sie warf den Typen einen bösen Blick zu und zeigte zur Tür. Die Kerle zogen ihre Schultern ein und nickten. Die Sache mit der Politesse war geklärt, zumindest vorläufig.

»Wir wissen, dass Frau Beckermeier nicht von der Toilette zurückkehrte. Können wir uns mal die Örtlichkeiten ansehen?« Böttcher ließ sich vom Barhocker rutschen und blickte durch die verqualmte Bude. Er suchte den Wegweiser zur Toilette.

»Da lang!«, wies Treppel mit dem Kopf nach rechts.

»Kommen Sie bitte mit!«, erwiderte Bötcher und trabte mit seiner Kollegin in die zugewiesene Richtung. Heinz-Josef zapfte schnell noch drei Pils an und bemühte sich hinter den beiden her. Die Typen am Tresen steckten die Köpfe zusammen und tuschelten.

Durch die Tür gelangten sie in einen dunklen Flur. Petra sah sich um, links befand sich eine verkratzte Tür, auf die jemand mit einem schwarzen Edding ›Jungs‹ geschrieben hatte, rechts erblickte sie die Tür, an der ›Mädels‹ stand. Am Ende des Flures führte eine weitere Tür nach draußen. Die Luft war stickig und roch nach Pinkelsteinen und Urin. Vermutlich reinigte der Wirt selbst die Toiletten; als Petra einen Blick in die Mädelstoilette warf, bestätigte sich ihr Verdacht. Sie rümpfte ihre Nase, Bötcher inspizierte derweil die Herrentoilette. Auch ihm erschwerte der scharfe Uringeruch das Atmen. Nur schnell raus hier, war sein erster Gedanke.

»Die Tür da hinten, geht die auf den Hof?«

»Ja, von dort kann man wieder auf die Straße, allerdings ist das nur der Notausgang.«

»Ist die Tür immer offen? War sie auch am Freitag offen, als Frau Beckermeier verschwunden ist?« Petra zog die Tür auf und trat auf den Hof. Sie atmete dreimal heftig durch. Bötcher drängelte sich an seiner Kollegin vorbei und verdrehte die Augen. Er atmete ebenfalls heftig, seine Lungen benötigten dringend Frischluft. Der Wirt, dem der Geruch anscheinend nichts ausmachte, stand weiterhin im Flur.

»Die war am Freitag letzter Woche auf, ja, wenn ich in der Kneipe bin, ist sie immer offen.« Er strich sich durch das graue Haar, dann kratzte er sich am Dreitagebart.

Bötcher ging etwas weiter in den Hof und sah sich um. Die Hofausfahrt lief auf die Straße, die nach Geeste führte. Die Straße vorne am Eingang der Bruchbude führte ebenfalls darauf zu. Eine ideale Fluchtmöglichkeit. Vor der Garage, die sich etwas weiter hinten im Hof befand, standen zwei Mofas. Bötcher begann zu lachen, als er die Fahrräder mit Hilfsmotor bemerkte.

»Sind das die fahrbaren Untersätze der Typen vorne am Tresen?«, gab er belustigt von sich.

»Den Jungs wurde vor zwei Monaten der Führerschein abgenommen. Die Mofas dürfen sie aber noch fahren. Was ist denn da so lustig dran? Wenn Sie ihre

Motorräder sehen, lachen Sie nicht mehr«, stellte Heinz-Josef klar.

»Ich denke mal, dass die gleich zu Fuß gehen, sonst ist das Mofafahren auch Geschichte«, erwiderte Petra und stellte sich vor, wie die beiden Rocker in ihrer Kluft mit 25 Kilometern in der Stunde durch die Gegend rasten.

»Können Sie sich drauf verlassen, ich stelle die Mopeds gleich in die Garage.«

»Ist hier abends im Dunkeln Licht an?«

»Nein, wozu? Vorne ist Licht, da ist auch der Eingang«, erwiderte Heinz-Josef, der nun auch frische Luft einatmete und sich neben die Polizisten gesellte.

»Herr Treppel, haben Sie hier jemanden parken sehen, ich meine am Freitagabend letzter Woche?« Bötcher hatte sich wieder gefasst, auch er hatte die Bilder der Mofarocker noch im Kopf. Treppel überlegte angestrengt.

»Nein. Aber das kann ich Ihnen nicht genau sagen, denn vorne war viel los.«

»Es wäre aber denkbar, dass hier ein Wagen gestanden hat, der von der Straße aus nicht zu sehen war. Der Hof ist im Dunkeln nicht zu überblicken, oder?« Petra machte ein paar Fotos, dann gingen sie mit dem Wirt durch den Flur zurück in den Thekenraum. Dort hockten die beiden Rocker vor ihren leeren Gläsern.

»Heinz, machst du mal zwei Pils fertig?«, kam es von dem Jüngeren, der so nette Wölkchen in die Luft blasen konnte. Bötcher tippte ihm von hinten auf die Schulter. Der drehte sich zu ihm um.

»Watt is?«, fragte er.

»Eure schweren Maschinen lasst ihr bitte stehen, klar? Auch mit den Kisten ist bei 0,5 ‰ Schluss«, ermahnte er ihn lächelnd und freundlich gesinnt mit erhobenem Zeigefinger.

»Na, logo«, grinste der Typ und schlug seinem Rockerkumpel auf die Schultern, »ne, Karl!« Karl nickte heftig. Er dachte an den Führerschein, den sie beide in der nächsten Woche in Meppen abholen konnten.

Die Kommissare verließen die Frühschoppentruppe und traten den Heimweg nach Meppen an. Im Auto wurde viel gelacht.

11

Von Nordwesten zog eine neue Gewitterwand heran, tiefschwarze Wolken türmten sich über Meppen auf und verkündeten Unheil. Seit einigen Tagen herrschte das wechselhafte Wetter, Felder wurden durch stürmische Windböen verwüstet, Wälder abgeholzt. Feuerwehren und Polizeikräfte rückten rund um die Uhr aus, um Keller auszupumpen oder Straßen abzusperren, über denen abgeknickte Bäume ein Verkehrschaos anrichteten. Die drückende Schwüle verspürten auch die Teilnehmer der eilig zusammengerufenen Kommission ›Braut‹, die sich zum Meeting traf. Es gab Neuigkeiten, die bereits an die Kollegen in Kiel weitergegeben wurden.

»Die am Tatort am Speichersee gefundenen Blutspuren sind eindeutig von Frau Beckermeier. Die dort ebenfalls gefundenen Haare reichten den Experten des KTI für eine DNA-Analyse aus: Ein Teil von ihnen stammt nicht von Frau Beckermeier, also sehr wahrscheinlich vom Täter. Die Kollegen in Kiel haben unsere DNA mit den Spermaspuren, die an der Leiche von Irina Jerkova sichergestellt wurden, verglichen. Es gibt einen Täter für beide Morde.« Winkler schaute in die Runde.

»Haben wir das DNA-Muster in unserer Datei?«, fragte Bötcher, dabei schielte er zur Staatsanwältin hinüber, die ihm gegenüber Platz genommen hatte und sich die schwüle Luft mit einem Papierbogen, der ihr als Fächer diente, zuwedelte.

»Leider nein, es gibt keine Übereinstimmung.«

»Wäre ja auch zu einfach gewesen. Man sollte allen, die sich kriminell verhalten, gewaltsam eine Probe abnehmen und in der DNA-Datei erfassen«, rutschte es Petra Vogt raus. Nach einem bösen Blick von der Staatsanwältin bereute sie ihre vorschnelle Äußerung.

»Sorry, ich weiß, dass dies unzulässig ist, aber der Fall zerrt an meinen Nerven«, gab sie nun etwas kleinlaut von sich. Ihr war es natürlich bekannt, dass ohne richterliche Genehmigung die DNA-Daten nur gespeichert werden dürfen bei bereits verurteilten Personen, bloß beschuldigten Personen und solchen, die – nach Belehrung – der Abgabe einer DNA-Probe freiwillig zugestimmt hatten. Die Daten wurden vom Bundeskriminalamt in der DNA-Analyse-Datei, kurz DAD genannt, erfasst und gespeichert. Winkler zeigte Verständnis für seine Kollegin, indem er ihr zunickte und dann in die Runde blickte.

»Wir suchen also jemanden, der 2005 in Kiel gemordet und hier bei uns nach sieben Jahren wieder zugeschlagen hat. Vergleichbare Fälle sind uns nicht bekannt, das haben die Kollegen aus Kiel bereits ermittelt. Möglicherweise, und das muss unbedingt unter uns bleiben, denkt an die Pressegeier, ist unser Täter rothaarig, hat Sommersprossen und einen Oberlippenbart. Außerdem ist er Taucher und fährt vielleicht einen dunklen Kombi. Das ist doch schon eine ganze Menge«, fasste er zusammen.

»Ich habe mich gestern Abend mit dem Typus des Täters beschäftigt und ein Profil von ihm erstellt«, sagte Tanja Grote in die Runde, erhob sich und trat an die Pinnwand. Sie riss das Blatt mit Winklers Notizen vom überdimensionalen Schreibblock und warf es auf den Boden. Winkler seufzte laut. Der Rest der Gruppe starrte auf den Körper der Staatsanwältin, dann auf das weiße Blatt Papier. Grote nahm den Edding und schrieb *Subjekt*.

»Subjekt, so nenne ich mal den Täter. Er ist männlich und höchstens Mitte dreißig. Die meisten Täter, die so vorgehen wie unserer, sind junge Erwachsene, die Schule und Berufsausbildung hinter sich haben, am Anfang ihrer Karriere stehen«, sie kritzelte die *35* als erste Strichaufzählung darunter. Sie fasste sich an die Nase, überlegte kurz. Winkler und der Rest seiner Truppe waren gespannt darauf, was sie sich als Nächstes einfallen ließ.

»Breitschultrig, kräftig, relativ groß. Nur so konnte er die Braut, die fast siebzig Kilo wog, alleine tragen.« *kräftig* schrieb sie als neue Strichaufzählung.

»Fetischist, der Frauenhasser ist. Er wird von jemandem unterdrückt, wahrscheinlich von seiner Mutter, deswegen der Hass auf Frauen. Er schneidet seinen Opfern den Finger samt Ring ab.« *Fetischist* kritzelte sie aufs Papier.

»Alleine lebend, kein Partner, keine Kinder.« Das nächste Wort war *Einzelgänger*. Sie ging vor der Pinnwand mehrmals hin und her. Die Köpfe der Zuhörer folgten ihren Bewegungen wie bei einem Tennismatch. Sie blieb stehen und griff sich an die Nase.

»Unfähig, auf normale Art mit Frauen zu verkehren. Wahrscheinlich impotent. Versager im Beruf, hat kleinen Posten, möglicherweise Beamtenstatus. Ein Handwerker oder Selbständiger, ein Freiberufler oder Arzt – Sie können viele Berufe auswählen, sie treffen auf den Typen nicht zu. Also, kleiner Beamter oder Angestellter bei der Stadt, Bundesbahn, Post oder Finanzamt. Einfacher Dienst«, fasste sie zusammen und schrieb *kleiner Beamter/Angestellter* auf das Blatt. Dies füllte sich langsam, ein Bild entstand wie bei einem Puzzle. Die Gruppe entschloss sich zum gemeinsamen Kopfnicken. Winkler fand Gefallen an der Art, wie Tanja Grote das Bild des Mörders erstellte. Er hörte ihr weiter interessiert zu.

»Wird er wieder zuschlagen?«, fragte Bötcher.

»Ja. Bestimmt. Sein Hass wird sich wieder aufstauen und ein Ventil benötigen, wenn seine Umgebung sich nicht verändert. Niemand kann sagen, wie lange es dauert, es ist von vielen Einflüssen abhängig. Aber ich bin mir völlig sicher, dass es passieren wird«, antwortete sie, trat wieder an die Pinnwand, überflog das Geschriebene und konzentrierte sich. Es wurde eine Minute still im Raum, keiner sagte etwas.

»Vielleicht Puppen«, rutschte es aus ihr heraus, »er hat doch den Brautschleier mitgenommen. Was will er damit? Da er nicht jedes Mal, wenn es über ihn kommt, loszieht und Frauen umbringt, braucht er ein Ventil. Ich sprach gerade schon davon. Ich weiß von zwei Fällen, da hatten sich Männer, die ihre sexuelle Befriedigung nicht mit normalen Frauen bekamen, weil sie keinen hoch bekamen, Sexpuppen besorgt, mit denen sie es trieben. Dies waren Sexualstraftäter, bei denen wir zu Hause Sexpuppen gefunden haben. In den Verhören gaben sie zu, häufig ihre Lust damit zu befriedigen. Unser Täter, so vermute ich, hat auch so eine Puppe. Er wird ihr den Schleier aufsetzen und dann ...«, sie machte eine Pause und schrieb *Puppe* auf die Pinnwand, »... macht er seine Spielchen mit ihr.« Tanja Grote setzte sich wieder auf ihren Platz.

»So könnte es theoretisch sein, das sind Vermutungen, die ich aus den Ermittlungsergebnissen angestellt habe.«

»Hm«, sagte Winkler und kratzte sich mehrmals am Hinterkopf, »vieles ist einleuchtend, könnte auf den Mörder zutreffen. Danke für deine Analyse, wir müssen unsere Ermittlungen auf einen bestimmten Täterkreis eingrenzen. Du hattest vorhin erwähnt, dass Sexualstraftäter auch infrage kämen. Petra und Thomas, ihr stöbert in unserer Kartei, seht euch die Typen genauer an. Seit bitte vorsichtig, geht behutsam vor, nichts wäre peinlicher für uns, als wenn wir zu früh einen Verdächtigen der Pressemeute ans Messer liefern.« Winkler klappte seine Mappe zusammen und trank die Flasche Wasser aus, die mittlerweile warm geworden war. Die Schwüle im Raum hatten alle gar nicht mehr wahrgenommen, der Vortrag der Staatsanwältin hatte sie in den Bann gezogen.

»Tanja, meine Ex hat dich zum Essen eingeladen. Ich soll dich fragen, ob du Lust hast, morgen Abend mit uns in Lingen auszugehen«, fragte Winkler, nachdem Bötcher und Vogt den Raum verlassen hatten, um sich mit der Sexualstraftäterdatei zu beschäftigen. Tanja legte ihren Kopf schräg und lächelte ihn an.

»Hm, und wo soll ich schlafen?«

»Bei mir …, äh, Quatsch, bei uns natürlich.«

»Gut. Ich komme um sieben Uhr vorbei, Adresse habe ich. Bis dann«, hauchte sie und entschwand seinen gierigen Blicken. Winkler schlurfte in sein Büro, rief erst die Ex an, um ihr mitzuteilen, dass Tanja morgen käme, und wählte dann die Nummer des Italieners gegenüber des Hauptbahnhofes in Lingen. Er bestellte einen Tisch für drei Personen am Freitagabend um zwanzig Uhr und freute sich auf die Abwechslung. Er war gespannt, wie sich der Abend entwickeln würde, die Blicke, die Tanja ihm zugeworfen hatte, deutete er als Aufforderung zum intensiven Flirten. Was soll´s, dachte er, ich bin geschieden und ein freier Mann, dann riss ihn das Telefon aus seinen Gedanken.

»Hallo Papa! Ich bin´s, wie geht es dir?«, fragte Svenja aus dem fernen London.

»Hallo Svenja, na, Kleine, hast du Heimweh?« Die Tochter mit dem unvollendeten Informatik-Studium zeigte Vatergefühle. Winkler hatte lange nichts von ihr gehört und freute sich über ein Lebenszeichen. Im Kopf überschlug er seine Ersparnisse, die sollten ausreichen. Für seine Kinder hätte er Haus und Hof verkauft, sogar einen Kredit aufgenommen. Aber erst einmal abwarten, was Sache ist.

»Paps, ich …« Ruhe in der Leitung.

»Sag nicht Paps, ich bin in Deutschland, hier sagt man Papa«, erwiderte er, »wo kneift es denn?«

»Ich habe mich von Phil getrennt, er ist so ein Arsch, der hat sich mit Marta eingelassen, du kennst die ja nicht, aber sie hat ihn umgarnt, jetzt will er ausziehen.«Seine Kleine weinte.

Der besorgte Vater grübelte: Wer ist Phil? Vor zwei Wochen hieß Phil noch John. Das mit den wechselnden Männerbekanntschaften meiner Tochter werde ich heute Abend mit ihrer Mutter besprechen müssen. Katrin, seine andere Tochter, die in Hannover Medizin studierte, war da anders. Sie hatte kein Interesse an Männern, zumindest erzählte sie nichts von ihren Bekanntschaften.

»Und was jetzt? Wie kann ich dir helfen?«

»Papa, jetzt wo Phil ausgezogen ist, wird mir die Wohnung zu groß. Ich will umziehen«, sie weinte nicht mehr, »ich habe auch schon was Neues in Aussicht, direkt an der Uni, reine Frauen-WG. Der Umzug ist nicht günstig, hier in London ist alles so teuer«, schluchzte sie und schnäuzte laut in ein Taschentuch. Der besorgte Vater kratzte sich am Kinn.

»Wie viel brauchst du?«

»Fünfhundert.«

»Pfund oder Euro?«

»Papa, ich bin in England! Pfund bitte!« Winkler grübelte. Wieso sind die Engländer nicht zum Euro gewechselt? Ist denn ein Pfund mehr wert, als ein Euro? Das musste er gleich dringend klären, obwohl er das schon mehrfach geklärt hatte, nur merken konnte er es sich nicht.

»Dann ist ja gut, überweise ich dir heute noch. Ist denn sonst alles klar bei dir? Was macht dein Studium? Wie lange brauchst du denn noch?«, fragte er und überschlug mal schnell die Jahre, die seine Kleine schon in London studierte. Acht Semester waren es, Regelstudienzeit erfüllt.

»Im Wintersemester beginne ich mit der Abschlussarbeit, dann komme ich im Frühling nächstes Jahr nach Hause. Freust du dich?« Seine Kleine warf ihre Angeln aus, das konnte sie besonders gut. Er durchschaute seine Tochter und genoss es, wenn sie so mit ihm sprach. Hätte sie ihm mitgeteilt, dass sie gefallen wäre und ihr Knie blutet, würde er in das nächste Flugzeug steigen und nach London fliegen.

»Ja, ich freue mich. Pass auf dich auf«, gerührt legte er auf. Für seine Töchter wäre er durchs Feuer gegangen, ihm wurde wehmutig, als er an die Bilder der toten Dana dachte. Auch sie war eine Tochter und hatte einen Vater. Doch da gab es ein Monster, dem diese Gefühle nichts sagten. Er stand auf, ging zum Fenster und sah die dunklen Wolken am Horizont. Winkler ballte seine Fäuste und beschloss, dem Kerl das Handwerk zu legen.

12

Das im achtzehnten Jahrhundert als Heuerhaus erbaute Gebäude, direkt an der Ems gelegen, wurde in den Neunzigern in mühevoller Arbeit restauriert und diente einem Lingener Gastwirt als Ausweichquartier für größere Veranstaltungen. Für Gesellschaften, wie Hochzeiten, eignete es sich besonders gut. Das Haus war über ein Jahr im voraus ausgebucht und schwer zu bekommen. Familie Mertens freute sich riesig darüber, die Hochzeit ihrer Tochter Christine, die nachmittags in der Kirche in Darme ihr Jawort gegeben hatte, hier feiern zu können. Sven Mertens, der glückliche Bräutigam, saß gegen 22 Uhr mit seiner Christine draußen vor dem Haus auf einer von Büschen eingesäumten Bank und rauchte mit ihr eine gemeinsame Zigarette. Er zog daran und gab sie an seine Frau weiter.

»Siehst du die Blitze? Gleich gibt es ein Donnerwetter, wir sollten reingehen.« Er fasste sie besorgt um die Taille und blickte in den dunklen Nachthimmel. Christine zog an der Zigarette und lachte.

»Hast du Angst vor dem Gewitter?«

»Nein, um dich. Du weißt doch, dass der Brautmörder noch nicht gefasst worden ist. Alle, die jetzt heiraten, haben Angst vor ihm«, besorgt zog er sie näher zu sich, gab ihr einen Kuss. Christine lachte.

»Sven, das war in Dalum. Wenn du an einem Verkehrsunfall auf der Autobahn vorbeifährst und dort Verletzte und Tote zu sehen sind, fährst du zuerst langsam vorbei und überlegst, was da passiert ist. Nach ein paar Minuten hast du alles vergessen und fährst normal weiter, als wenn nichts gewesen wäre. Also, male den Teufel nicht an die Wand«, lachte sie. Sven beruhigte sich.

»Na, ihr beiden Glücklichen?«, sagte Michaela Breuer, eine Kollegin aus dem Bonifatius-Hospital in Lingen zwanglos und leicht angeheitert, als sie sich zu dem Brautpaar auf die Bank setzte. Michaela war wie Christine Narkoseärztin und arbeitete mit ihr in der gleichen Abteilung.

»Ihr solltet nicht rauchen«, sprach sie besorgt weiter. Sven lachte und stand auf. Er sah zu den dunklen Wolken und trat die Zigarette aus.

»Ich lass euch beiden nur ungern alleine, pass gut auf meine Frau auf, Michaela. Es gibt Gewitter!« Sven drehte sich ab und ging zurück zur feiernden Gesellschaft. Michaela schlug die Beine übereinander und legte behutsam ihren Arm über die Schultern ihrer Freundin.

»Bist du glücklich?«

»Ja. Es ist der schönste Tag in meinem Leben. Wir wollen Kinder haben, noch heute Nacht«, antwortete sie vorfreudig. Dann griff sie zum Schleier, überprüfte den Sitz. Christine war abergläubisch, der Schleier musste bis zum Schleiertanz um Mitternacht getragen werden.

»Ich gehe wieder rein, kommst du mit?«

»Gleich. Lass mich noch ein paar Minuten hier sitzen. Ich genieße die Ruhe. Ich komme nach und bitte, mach dir keine Sorgen«, antwortete sie. Die besorgte Kollegin sah sie an, zuckte verständnislos mit den Schultern und wurde von einem jungen Mann, der von der Toilette kam, an der Hand gefasst, und fröhlich lachend mitgezogen. Christine ließ ihren Gedanken freien Lauf. Sie dachte gerührt an die Worte des Pastors, an die Wünsche und auch Empfehlungen. Mutter drückte sie herzlich und Vater hatte Tränen in den Augen, als sie aus der Kirche heraus auf den Vorplatz traten. Die Familie, Freunde und Gäste hatten ihr und Sven einen wunderschönen Empfang bereitet. Es wurde Sekt gereicht, viel gratuliert und geküsst. Die Hochzeitsfotos wurden in Darme an einer alten Scheune gemacht, auch dort wurde viel gekichert und herumgealbert. Wann war ich das letzte Mal so glücklich, fragte sie sich. Sie lehnte sich auf der Bank zurück, winkte fröhlich lachend ihrem Bruder zu, der an ihr vorbei zur Toilette ging. Aus dem Heuerhaus drangen Musik und fröhliche Feiergeräusche.

Genau in dem Moment, als sie aufstehen wollte, griff jemand von hinten um sie herum und drückte ihr Watte aufs Gesicht. Den Geruch der Watte erkannte sie sofort: Äther. Nach fünf Atemzügen erschlaffte ihr Körper und sackte zusammen. Unbemerkt von der feiernden Gesellschaft zog er sie schnell in das Gebüsch und verschwand mit ihr im Dickicht. Er war kräftig und schnell, trug sie auf der Schulter und bereits nach zwei Minuten erreichte er einen Wagen, öffnete die Heckklappe und verstaute sein Opfer unter einer Decke. Nochmals hielt er ihr die Watte vors Gesicht, länger als sonst; er wollte ohne Störungen seinen Plan verfolgen. Das blöde Weib aus Dalum hatte ihn mehrmals gestört, weil er zu wenig Äther genommen hatte, deswegen hatte er den halben Inhalt der Flasche auf die Watte geträufelt. Sie atmete die hohe Dosis ein, ohne nochmals aufzuwachen, und lag ruhig unter der Decke.

Er stieg in den Kombi und fuhr über einen holprigen Waldweg auf die Straße, dann am Kernkraftwerk vorbei nach Lingen. Erschrocken nahm er das Blaulicht wahr, das er im Rückspiegel erkannte. Mit etwas verlangsamter Geschwindigkeit fuhr er weiter geradeaus, zog nach rechts zum Fahrbahnrand. Der Polizeiwagen überholte ihn mit rasantem Fahrmanöver und großem Getöse, fuhr weiter und entfernte sich. In ungefähr vierhundert Metern Entfernung blieb der Polizeiwagen stehen und stellte sich mitten auf die Fahrbahn. Langsam fuhr er heran, sein Herz hämmerte in seiner Brust: Ruhig bleiben. Er erreichte den Polizeiwagen mit dem zuckenden Blaulicht, sah sich um und entdeckte einen weißen Pkw, der im Graben auf dem Dach lag. Ah, Unfall, schoss es ihm in den Kopf. Langsam weiter.

»Weiterfahren! Fahren Sie bitte langsam und vorsichtig an der Unfallstelle vorbei«, rief ihm der Polizist zu und wedelte mit einer Taschenlampe. Der Fahrer des dunklen Kombis blickte durch sein geöffnetes Fenster, gab sich besorgt.

»Kann ich helfen?«

»Nein, danke. Fahren Sie bitte weiter«, der Polizist lotste ihn an der Unfallstelle vorbei. Er winkte zurück und beschleunigte den Wagen, sah im Rückspiegel, wie die Polizisten die Unfallstelle absperrten. Nur ein paar Minuten später und es wäre aus gewesen, grübelte er, dann bog er nach dreihundert Metern rechts ab. Er hatte den ›Grünen Jäger‹ passiert und nahm den Weg Richtung Darmer Waldfriedhof. Seine Anspannung wich dem Verlangen, dem unstillbaren Verlangen. *Gleich ist es soweit,* die Stimmen in seinem Kopf meldeten sich.

*

»Für mich bitte einen trockenen Chianti aus der Toskana und ein Glas Wasser«, bestellte Winkler, nachdem eine junge Frau ihnen einen ruhigen Platz im Lokal zugewiesen hatte und nach den Getränken fragte. Er, seine Ex und Tanja Grote saßen im ›Da Sandro‹ im Parkhotel in Lingen und studierten die Speisekarten. Er saß am Kopfende des Tisches, die beiden Frauen links und rechts von ihm, sich gegenüber. Die Frauen waren sich nicht einig, welches Getränk sie bestellen sollten, außerdem musste es ja zum Essen passen. Das war aber noch nicht bestellt. Tja, die Frauen, dachte er und verfolgte ihre Unterhaltung, während er die Karte studierte.

»Was trinkst du?«, wollte Tanja von Marianne wissen. Dass Frauen sich nicht entscheiden können, was sie trinken möchten, dachte Winkler, seufzte laut und vernehmlich und sah aus dem Fenster zum gegenüberliegenden Bahnhof. Er beobachtete, wie ein junger Bursche mit zotteligen Rasterlocken, wahrscheinlich Student, direkt am Fahrradstand seine Notdurft verrichtete. Dann verschwand er im Bahnhofsgebäude; die fünfzig Cent waren ihm für sein Geschäft wohl zu teuer. Winkler zuckte mit den Achseln und drehte sich wieder zu seinen Frauen.

»Was ist denn?«, Marie zog die Augenbrauen zusammen und warf mal eben einen bösen Blick in seine Richtung. Könnten auch zwei gewesen sein.

»Nichts, da hat jemand den Bahnhof angepinkelt. Wisst ihr beiden jetzt, was ihr trinken möchtet?«

»Ich nehme auch den Chianti«, sagte die Ex.

»Gut, ich dann auch«, ergänzte Tanja. Das war nun geklärt.

»Eigentlich hätten wir ja auch eine ganze Flasche nehmen können, nun bekommen wir drei Viertel«, sagte Dennis trotzig in die Runde. Vier böse Augen drehten sich in seine Richtung. Er hätte es besser und angenehmer empfunden, wenn sie sich zu dritt in seinen Garten gesetzt und einfach Bier getrunken hätten. Dem Gaststättenbesuch war zuvor im Gauerbach schnell noch eine hitzige Debatte darüber entbrannt, ob sie nun fahren sollten oder nicht. Dennis wäre gerne zu Hause, mittlerweile zeigte die Uhr halb zehn und sein Magen knurrte. Die Freundinnen hatten sich so viel zu erzählen und kamen vom Höcksen aufs Stöckchen. Dann noch die richtigen Klamotten anziehen und so weiter. Das Herrichten der Gesichter, Tanja hatte dies nun wirklich nicht nötig, meinte Dennis, aber seine Ex, dauerte wieder eine halbe Stunde. Er zeigte echt Nerven. Reservierung der Plätze im Lokal hin oder her, anrufen und absagen, hatte er gedacht. Mit dem Taxi ging es dann in die Stadt, übrigens die größte im Emsland.

»Dennis, nun werde mal wieder locker, entspann dich«, sagte Marie, nahm ihren Taschenspiegel nebst Lippenstift aus ihrem Gucci-Täschlein und zog die Lippen nach, »ich habe Tanja bestimmt ein Jahr nicht mehr gesehen. Nicht, Tanja?«

»Stimmt, zuletzt auf dem Weihnachtsmarkt in Osnabrück. Weißt du noch, wie der Spinner mit dem Strohhut uns angemacht hat«, lachte sie.

»Ja genau, der hatte doch noch zwei so idiotische Typen dabei. Die hatten übrigens nicht Strohhüte auf dem Kopf, sondern so komische Kappen, mit zwei Händen, die klatschten, wenn die Männer an den Bändern zogen«, lachte die Ex. Tanja zog die Stirn in Falten, überlegte kurz.

»Nein, Marianne, das war in Münster, nicht Osnabrück, da irrst du dich. Und das war nicht auf dem Weihnachtsmarkt, sondern auf dem Münster-Send, vor zwei Jahren. Ich sehe die Typen noch vor mir«, kicherte sie und schüttelte den Kopf. Das tat Winkler nun auch, dann überprüfte er, ob der Bahnhofspinkler wieder aus dem Gebäude trat. Tat er nicht.

»Störe ich?«, fragte er recht laut mal zwischendurch und unterbrach ihren Redeschwall, bevor eine der beiden antworten konnte und sie die drei Idioten mit den Strohhüten oder Kappen noch weiter aus ihren Erinnerungen herauswühlten, denn vielleicht trafen sie die gar nicht in Osnabrück oder Münster? Möglicherweise war das in Oldenburg, wer weiß? Da tauchte die junge Kellnerin wieder auf.

»Was möchten Sie essen?«, ein kurzer, hektischer Blick auf ihre Armbanduhr verriet, dass der Pizzabäcker nach Hause wollte, »die Küche schließt um zehn.«

»Dreimal Pizza Alfredo, mittelgroß, geht doch am schnellsten«, entschied Dennis und die Frauen nickten, »geht doch«, raunte er.

»Ich wollte eigentlich Antipasti bestellen«, zickte die Ex, ein erneuter böser Blick folgte. Dennis überlegte und sah die Staatsanwältin an. Die lächelte, sollte wohl heißen: Los, gib´s ihr zurück!

»Nudeln hatten wir doch erst gestern«, scherzte er. Den Witz hatte seine Marie zwar nicht verstanden, trotzdem lachten alle drei plötzlich los. Eine halbe Stunde später, mittlerweile zeigte die Bahnhofsuhr zehn Uhr an, wurden die Pizzen serviert. Der Pizzabäcker ließ sich Zeit, hatte es anscheinend doch nicht so eilig und bestimmt vergessen, dass sie nur mittelgroße Teiggerichte bestellt hatten. Drei große Wagenräder lagen auf dem Tisch.

»Äh ..., können wir nachher die Reste mitnehmen?«, wollte Marianne von der jungen Frau wissen, die bereits im Weggehen ihre Tagesabrechnung an ihrem Palm überschlug.

»Natürlich, ich bringe Ihnen gleich drei Kartons mit, kein Problem«, erwiderte sie, »noch einen Chianti?« Dennis nickte.

»Eine Flasche bitte!«

Kaum die Hälfte der Pizza gelangte in ihre Mägen, die Flasche Rotwein wurde aber geleert. Mit drei Pizzakartons unter dem Arm trabte Winkler hinter den Freundinnen her, die sich ein Jahr nicht mehr gesehen hatten. Als sie das Taxi bestiegen, erkannte der Hauptkommissar den Fahrer wieder. Es war der Mann, dem fünfzig Cent für das Wasserlassen zu teuer erschienen. Er setzte sich vorne neben den Bahnhofspinkler in den

Wagen auf den Bezahlplatz und legte die Kartons auf seinem Schoß ab. Hinter ihm rätselten seine Exfrau und Tanja Grote, wo sie die Kerle mit den Strohhüten getroffen hatten. Sie einigten sich auf Legden, da waren sie vor fünf Jahren an Weiberfassnacht.

»Zum Gauerbach, Thiens Heide drei. Falls Sie unterwegs mal müssen, einfach rechts ranfahren und anhalten.« Der Student mit der schwachen Blase legte den ersten Gang ein, zuckte die Achseln und fuhr los.

*

Er legte den Rückwärtsgang ein und lenkte den Kombi in die Parkbox, dabei bemerkte er nicht, dass der Wagen gegen eine Mauer stieß. Das Zusammentreffen mit der Polizei hatte ihn doch mehr mitgenommen, als er vermutete, sein Puls raste, auf der Stirn bildete sich kalter Schweiß, der ihm durch das Gesicht rann. Er sah sich auf dem Parkplatz um, die Parklücke schräg gegenüber, durch hohe Büsche eingesäumt, erschien ihm besser. Er fuhr nun vorwärts in die Lücke und stellte den Motor ab. Er befand sich auf dem Parkplatz des Darmer Waldfriedhofes. Zu dieser Zeit rechnete er absolut nicht mit Besuchern der Grabstätten, daher fühlte er sich sicher.

Er öffnete die Heckklappe und zog die Decke weg. Sie gab keinen Laut von sich. Er schüttelte sie, wollte sie aufwecken. Sie zeigte keine Reaktion. Er schlug ihr mehrmals ins Gesicht, sie rührte sich immer noch nicht. Panik stieg in ihm auf. Er legte seinen Kopf auf ihre Brust, horchte, ihr Herz schlug nicht. Dann tastete er sie ab, suchte an ihrem Hals nach ihrem Puls. Nichts.

»Verdammt! Die ist tot!«, fluchte er und legte mit verächtlichem Blick die Decke über die Leiche. Mehrmals umrundete er nachdenklich seinen Wagen, überlegte, was er machen sollte. Wieder stand er vor der Leiche, zog die Decke zurück und betrachtete sie. Dann meldeten sich die Stimmen wieder: *Mach es! Hier und jetzt!* Das Verlangen nach dem Spiel ergriff seinen Geist, also handelte er. Für Christine, scheißegal, dass sie nun tot war, hatte er sich etwas Besonderes ausgedacht, er zog sie aus dem Wagen, schulterte sie und betrat den Friedhof.

*

Mit dem Kran des Abschleppwagens richtete der gelbe Engel des ADAC den weißen Golf auf und zog ihn aus dem Straßengraben. Der Wagen hatte nur noch Schrottwert. Die Fahrerin, eine junge Studentin aus Emsbüren, die sich auf dem Weg zum ›Grünen Jäger‹, einer Szenekneipe in Lingen-Darme nahe der B70, befand, hatte falsch reagiert, als ein Reh über die Straße lief. Das Reh hatte überlebt und das Weite gesucht, die Studentin nun keinen fahrbaren Untersatz mehr. Noch geschockt vom Fahrzeugüberschlag, aber unverletzt, stand sie neben Polizeihauptkommissar Max Lehnert, der ihre persönlichen Daten in den Unfallbericht eintrug. Sein Kollege Mönning beseitigte die Unfallspuren und reinigte mit einem Besen die Straße.

»Frau Hader, Sie haben falsch reagiert. Wenn Ihnen noch einmal ein Reh vor den Wagen läuft, nicht lenken. Nur bremsen und Lenkrad festhalten. Dann passiert Ihnen nichts«, belehrte sie der Polizist.

»Das Reh ist dann aber tot«, erwiderte sie entrüstet.

»Besser das Reh als Sie!« Lehnert hatte in seinen über zwanzig Dienstjahren bei der Schutzpolizei schon einige Unfälle aufgenommen, die durch streunendes Wild verursacht wurden. Nicht immer ging es so glimpflich ab wie in diesem Fall. Viele Getötete, meist junge Fahranfänger, hatten ebenso reagiert wie die junge Frau aus

Emsbüren und dies mit ihrem Leben bezahlt. Sehr oft endeten diese Fahrten an einem Baum. Lehnert erinnerte sich an einen schweren Unfall, bei dem vor zwei Jahren drei Jugendliche ihr Leben verloren. Schuld an dem Unfall war der Fahrer, ein Neunzehnjähriger, der einem Hasen ausweichen wollte.

»Wo wird der Wagen hingebracht?«, wollte die junge Frau wissen, »und wie komme ich nach Emsbüren zurück?«

»Der ADAC bringt ihn nach Lingen zu VW-Timmer, sie können morgen mit dem Händler Verbindung aufnehmen. Haben Sie ein Handy mit?«

»Natürlich!« Lehnert hätte gestaunt, wenn sie keins dabei gehabt hätte. Heutzutage hatte jedes Schulkind ein Handy in der Tasche.

»Dann rufen Sie zu Hause an und lassen sich abholen, wir können Sie nicht nach Emsbüren bringen, aber zum ›Grünen Jäger‹, wenn Sie möchten. Ich lasse Sie nur ungern hier an der Straße zurück«, gab er achselzuckend zurück und sah gemeinsam mit der jungen Frau dem ADAC-Abschlepper hinterher, der mit dem Golf per huckepack davonfuhr.

»Danke, sehr nett von Ihnen. Ich lasse mich dann von da abholen.«

Um kurz vor 23 Uhr setzten die beiden Schutzpolizisten die junge Studentin beim ›Grünen Jäger‹ ab und verabschiedeten sich von ihr, da erreichte Lehnert ein Funkruf aus der Notrufzentrale Emsland. Es wurde eine junge Frau vermisst, sie sollten sich vor Ort ein Bild machen. Lehnert ahnte nichts Gutes, als ihm mitgeteilt wurde, dass eine Braut von der Feier im nahegelegenen Heuerhaus verschwunden war. Er wendete den Streifenwagen und raste über die Schüttorfer Straße zum bekannten Ziel. Lehnert hatte selbst einmal dort gefeiert und nahm den kürzesten Weg dorthin. Nach fünf Minuten Fahrt erreichten sie das Haus und sahen bereits aus einiger Entfernung einige Leute in festlicher Kleidung davor stehen.

»Wer hat uns gerufen?«, fragte er in die Menschenmenge, nachdem er und Phil Mönning den Wagen verlassen hatten. Ein älterer Herr im Nadelstreifenanzug trat auf sie zu. Er machte einen sehr besorgten Eindruck, eine Frau in langem Abendkleid folgte ihm.

»Ich. Mein Name ist Frank Bäumer, meine Tochter Christine ist verschwunden. Das hier ist meine Frau.«

»Herr Bäumer, ich hörte über Funk, dass Sie hier eine Hochzeit feiern. Ist Ihre Tochter die Braut?«

»Ja. Sie heißt Christine Mertens, sie hat den Namen ihres Mannes angenommen, das ist aber jetzt nebensächlich«, der Vater zeigte sich sehr erschüttert und zog seine Frau näher zu sich heran, die schluchzend neben ihm stand und Schutz bei ihm suchte. Lehnert spürte eine innere Anspannung, er sah auf seine Armbanduhr, sie zeigte 23:15 Uhr an, die Braut war jetzt erst seit einer dreiviertel Stunde verschwunden. Die ratlosen Menschen standen mit hängenden Köpfen um ihn herum und erwarteten von ihm eine Reaktion. Er wusste genau, woran sie dachten. Hier musste er eine Entscheidung treffen, vielleicht war es noch nicht zu spät. Er trat an den Streifenwagen, in dem sein Kollege Mönning bereits Verbindung mit der Zentrale aufgenommen hatte. Für Mönning war ebenfalls klar, dass sie Verstärkung benötigten und die Kripo anrücken sollte.

»Stell mal eine Verbindung mit der Kommission ›Braut‹ her und lass dir Winkler geben.« Es dauerte zwei lange Minuten, in denen die Hochzeitsgäste näher an das Polizeifahrzeug herantraten. Lehnert trommelte angespannt mit den Fingern der linken Hand auf das Dach des Wagens, dann hatte er Winkler am Apparat.

»Winkler, KED Meppen, was gibt es denn so spät am Freitagabend?«, drang es genervt aus dem Hörer.

»PHK Lehnert hier, wir wurden nach Darme gerufen und stehen inmitten einer Hochzeitsgesellschaft. Die Braut ist seit einer dreiviertel Stunde verschwunden und nicht aufzufinden. Daher nahm ich an, dass es das Beste wäre, Sie direkt anzurufen. Ich warte auf präzise Anweisungen«, schilderte er die Lage vor Ort, »die Leute sind verständlicherweise sehr beunruhigt.«

Winkler zuckte am Telefon zusammen, wurde aschfahl im Gesicht. Er hatte mit Marianne und Tanja in der Küche die restliche Pizza gegessen und mit den Frauen herumgeschäkert, als das Telefon geklingelt hatte. Er befand sich nicht in Bereitschaft, deswegen konnte er beruhigt Rotwein trinken. Als er von der verschwundenen Braut hörte, war er schlagartig nüchtern, nur selbst Autofahren wollte er besser nicht.

»Schickt mir bitte sofort einen Wagen, der mich zu Hause abholt, der soll so schnell wie möglich hier aufkreuzen. Ich benachrichtige mein Team, stellt ihr die Leute vorerst ruhig und startet keine Suchaktion. Ich leite die Aktion vom Telefon aus und werde die Leitstelle informieren«, antwortete er knapp.

»Hören Sie mir bitte zu«, sagte Lehnert und blickte sich zu allen Seiten um, »gehen Sie bitte in das Haus zurück, mein Kollege und ich kommen sofort zu Ihnen.« Wie eine Herde Schafe taten sie, worum sie gebeten wurden, der Brautvater blieb mit seiner Frau bei Lehnert. Mönning folgte den Gästen.

»Was passiert denn nun?«, der besorgte Frank Bäumer hatte den Arm um seine Frau gelegt.

»In wenigen Minuten wird die Kripo hier vor Ort sein und die Ermittlungen aufnehmen. Noch ist alles möglich, vielleicht hat sich ihre Tochter im Wald verlaufen, vielleicht ist sie gestürzt, wartet auf Ihre Hilfe?

Ich weiß es nicht, lassen Sie uns auf die Kripo warten«, versuchte er die Eltern zu beruhigen und ging mit ihnen in den kleinen Saal im Heuerhaus.

»Ich bitte kurz um Ruhe«, rief er den Leuten zu, die in Gesprächen vertieft an den Stehtischen standen und über die vermisste Braut sprachen, »bis die Kripo hier ist, können Sie uns bereits unterstützen, ich mache jetzt eine Liste von allen Gästen, kommen Sie einer nach dem anderen zu mir und geben mir bitte Namen und Adresse an. Vielen Dank.« Er setzte sich an einen Tisch und begann, die Liste zu erstellen.

Thomas Bötcher lag seit einer Stunde im Bett und war selig eingeschlummert, den Kriminalroman hielt er noch in den Händen. Er las zum Einschlafen gerne noch ein paar Seiten, irgendwann schlief er dann ein. Das Klingeln seines Handys riss ihn aus dem Tiefschlaf, er hatte die letzte Szene im Roman plötzlich vor Augen, dann realisierte er, dass er nicht träumte und das Handy wirklich piepte.

»Bötcher«, gähnte er in den Apparat und warf einen Blick auf seinen Radiowecker. 23:20 las er an den roten Zahlen die Uhrzeit ab.

»Thomas, hier ist Dennis. Du wirst gebraucht. In Lingen ist eine Braut verschwunden, direkt von ihrer Hochzeitsfeier. Schwing die Hufe, hole Petra ab, lass dir den genauen Ort durchgeben und trabt beide hier an. Ich bin mit einem Streifenwagen unterwegs zur Feier. Die Leute erwarten uns«, danach knackte es in der Leitung. Bötcher hüpfte aus dem Bett, sprang in seine Klamotten und war innerhalb von drei Minuten unterwegs zu seiner Kollegin, die nicht weit von ihm entfernt wohnte. Er rief sie während der zehnminütigen Fahrt an, und als er vor ihrem Haus ankam, wurde er bereits von ihr erwartet. Sie machte gerade einige Dehnungsübungen, als er sie erblickte.

»Eine Braut ist verschwunden, ruf bei der Leitstelle an und lass dir den genauen Ort der Hochzeitsfeier durchgeben«, begrüßte er sie und gab Vollgas, nachdem sie sich angeschnallt hatte. Bötcher hatte schon während der Fahrt zu ihr das Blaulicht mit Magnetfuß auf dem Dach des Wagens befestigt. Nun schaltete er die Sirene dazu und raste Richtung Lingen. In der Stadt war wenig Verkehr, so erreichten sie um zwanzig vor zwölf das Heuerhaus an der Ems. Den letzten Kilometer wiesen ihm die zuckenden Blaulichter des Streifenwagens, mit dem Winkler abgeholt wurde, den Weg, das Navi konnte er abschalten. Winkler traf fast gleichzeitig ein und nickte den beiden zu.

»Nicht schlecht, knapp zwanzig Minuten, Respekt.« Er schlug Bötcher anerkennend auf die Schulter.

»Hier bitte entlang«, wies Mönning die Kollegen von der Kripo den Weg zu den wartenden Hochzeitsgästen. Winkler betrat den Raum, in dem sich die Hochzeitsgesellschaft versammelt hatte, und begrüßte zuerst Lehnert, dann die Eltern der Vermissten. Lehnert stellte sie ihm vor. Der Bräutigam saß am Tisch und weinte jämmerlich.

»Was ist hier passiert?« Winkler sah in verheulte Augen.

Der Vater ergriff das Wort: »Meine Tochter Christine ist seit einer Stunde verschwunden. Wenn der Mord an der Braut in Geeste nicht gewesen wäre, hätten wir Sie überhaupt nicht angerufen, aber unter diesen Umständen erschien es mir ratsam, Sie rechtzeitig zu informieren«, antwortete er und setzte sich zu Sven an den Tisch. Seine Knie zitterten.

»Setzen Sie sich bitte alle hin und hören mir zu«, sagte Winkler und stellte sich auf einen Stuhl, sodass ihn alle im Raum sehen konnten.

»Wir werden uns jetzt in aller Ruhe mit Ihnen unterhalten. Dies sind meine Kollegen Petra Vogt und Thomas Bötcher. Ich teile Sie gleich in vier Gruppen ein, kommen Sie dann einer nach dem anderen zu uns und wir stellen Fragen. Kollege Lehnert kennen Sie ja bereits, er unterstützt uns. Wir wollen von Ihnen wissen, wie der Tag verlaufen ist. Nehmen Sie kein Blatt vor den Mund, versuchen Sie sich an die kleinste Begebenheit zu erinnern. Ist Ihnen heute irgendjemand aufgefallen, der nicht zur Gesellschaft gehörte, sich aber komisch verhalten hat, und so weiter. Also, bitte.« Er teilte die ungefähr achtzig Leute auf und wies ihnen die Polizisten zu, die sich bereits an den Tischen niedergelassen hatten. Er selbst begann die Befragung mit den Eltern der Braut, Sven Mertens saß mit roten Augen vor Bötcher.

»Herr Bäumer, wann ist Ihnen aufgefallen, dass Ihre Tochter Christine nicht mehr hier war?«

»Das muss so ungefähr um halb elf gewesen sein. Ich hatte mit meiner Frau über diesen wunderschönen Tag gesprochen und darüber, dass Christine so glücklich lachte, als sie mit Sven aus der Kirche kam. So ein schönes Brautpaar«, begann er und tätschelte seiner Frau den Arm, die wie ein Häuflein Elend neben ihm saß, »dann fragte uns Michaela Breuer, die Kollegin von Christine, wo sie geblieben sei. Sie saßen zuvor draußen auf einer Bank und sprachen über das schwüle Wetter. Christine wollte nur noch ein paar Minuten alleine sein und sich dann mit ihr auf einen Sekt treffen.«

»Hatte sie erwähnt, dass Sie vielleicht noch woanders hin wollte? Die Frage hört sich komisch an, aber ich muss sie stellen.«

»Nein, das hatte sie nicht. Warum auch?«

»Sind alle Gäste der Feier noch hier? Ich meine sind schon Gäste nach Hause gefahren?«

»Ich glaube nicht. Die hätten sich doch verabschiedet, nein, die sind alle noch hier.«

»Gut, dann können wir ausschließen, dass Ihre Tochter weggefahren ist«, bemerkte Winkler.

»Haben Sie während der kirchlichen Trauung eine Person gesehen, die nicht zu den Gästen gehörte? Ist Ihnen danach jemand aufgefallen, der hier am Heuerhaus nicht dazugehörte, sich unter die Gäste gemischt hat?« Franz Bäumer sah seine Frau an, die antwortete mit Kopfschütteln.

»Herr Kommissar, uns ist niemand aufgefallen. Wir haben vor der Kirche in Dalum noch Sekt getrunken und viele Glückwünsche entgegengenommen, dann sind wir zur alten Scheune gefahren und wurden von einer Freundin von Christine fotografiert. Danach sind wir direkt hierhin gefahren«, sagte die Brautmutter weinerlich und schnäuzte sich ihre Nase.

»Ist Ihnen vor der Hochzeit, also schon einige Tage vorher, etwas Ungewöhnliches aufgefallen? Wurde Ihre Umgebung ausspioniert?«, hakte Winkler nach und ahnte bereits die Antwort.

»Nein, uns ist nichts dergleichen aufgefallen. Wir haben uns auf diesen Tag so gefreut, nun ist unser Kind verschwunden. Hat der Mörder aus Geeste etwas damit zu tun?«, fragte Franz Bäumer mit zittriger Stimme.

»Das muss nicht sein, wir glauben es nicht«, log Winkler sie an, um sie zu beruhigen. Er selbst hatte schon auf der halsbrecherischen Fahrt im Streifenwagen dem gesuchten Brautmörder das nächste Opfer zugesprochen. Nur laut darüber zu reden war zum jetzigen Zeitpunkt unmöglich.

»Gut, Herr und Frau Bäumer, danke für Ihre Antworten«, Winkler gab beiden die Hand, »wir werden alles versuchen, um Ihre Tochter gesund zu Ihnen zurückzubringen.«

Michaela, die Kollegin der vermissten Braut, setzte sich vor Winkler auf den Stuhl, auch sie hatte rote Augen. Mit einem Taschentuch trocknete sie die Tränen auf ihren Wangen. Winkler reichte ihr die Hand und begann mit den gleichen Fragen, die er bereits den Eltern gestellt hatte. Michaela gab die gleichen Antworten und wusste nichts hinzuzufügen.

Die Befragung aller Gäste dauerte noch eine halbe Stunde, niemandem war etwas aufgefallen. Winkler blickte durch den Saal, gab seinen Kollegen ein Zeichen zum Sammeln. Er winkte Michaela Breuer zu sich.

»Frau Breuer, zeigen Sie mir die Bank, wo Sie mit Christine Mertens gesessen haben.« Bötcher und Vogt folgten ihrem Chef und der Ärztin nach draußen.

»Da haben wir gesessen und uns unterhalten«, schluchzte sie und zeigte auf die kleine Bank. Winkler trat hinter die Bank und drückte die Büsche zur Seite, mit der Taschenlampe, die ihm Lehnert gereicht hatte, leuchtete er den Boden ab und entdeckte eindeutige Schleifspuren. Winkler warf einen vielsagenden Blick zu Bötcher, der nickte zur Antwort.

»Sieht so aus, als wenn sie hier überwältigt wurde. Möglicherweise ist er aus den Büschen heraus von hinten an sie herangetreten und hat sie betäubt. Dann hat er sie hier weggezogen. Er wird wahrscheinlich darauf gewartet haben, dass sie sich hier hingesetzt hat. Das muss Zufall gewesen sein«, vermutete Bötcher, als er sich tiefer zur Schleifspur bückte und sie näher untersuchte. Winkler ging ein paar Schritte weiter in den angrenzenden Wald.

»Das sehe ich genauso. Er hätte sie auch woanders abgegriffen. Für ihn war es nur von Vorteil, dass Frau Mertens sich auf die Bank setzte«, erwiderte er und leuchtete mit der Taschenlampe durch die Gegend, »die Spurensicherung muss anrücken.«

Winkler und Bötcher gingen den Weg zurück. Sie traten aus dem Gebüsch und blickten in verängstigte Gesichter. Die Eltern warfen ihnen fragende Blicke zu.

»Es tut mir leid, so wie es aussieht, wurde Ihre Tochter entführt. Wir haben Spuren gefunden«, beantwortete er ihre Blicke, »wir werden nach ihr suchen.«

Abseits von den Gästen zog er sein Team zusammen und überlegte kurz, wie sie vorgehen sollten. Dann fasste er sich an die Nase und räusperte sich.

»Thomas, rufe die Leitstelle an, alle verfügbaren Streifenwagen sollen die nähere Umgebung absuchen. Wir ziehen einen Kreis von drei Kilometern um das Heuerhaus. Sag den Kollegen, sie sollen nach einem dunklen Kombi suchen …« Lehnert unterbrach ihn.

»Wir haben vor ungefähr zwei Stunden einen dunklen Kombi hier in der Nähe gesehen. Als wir zu einem Unfall auf der Schüttorfer Straße gerufen wurden, haben wir den überholt. Als wir an der Unfallstelle anhielten, stoppte der Fahrer des Kombis und fragte, ob er helfen könne«, sagte Lehnert und versuchte sich an das Kennzeichen zu erinnern, »der Wagen hatte eine emsländische Zulassung, dunkle Lackierung und getönte Scheiben. Wenn ich mich nicht irre, war es ein VW-Passat.« Winkler zog erstaunt die Augenbrauen hoch.

»Das ist ja ein Ding! Petra, du gehst an den Computer und verfolgst diese Spur. So viele dunkle VW-Passat wird es bei uns im Emsland wohl nicht geben.«

»Können Sie den Fahrer beschreiben?« Lehnert hatte mit der Frage gerechnet und bereits versucht, sich an das Gesicht des Mannes zu erinnern.

»Es war dunkel, daher sah ich sein Gesicht nur schemenhaft. Er sprach akzentfreies Deutsch, war also schon mal kein Ausländer. Ich schätze, er war so um die dreißig Jahre alt und hatte kurze Haare. Er trug eine schwarze Jacke und hatte Handschuhe an, Autofahrerhandschuhe.« Mehr wusste Lehnert nicht zu berichten.

»Sehr gut! Fiel Ihnen an dem Auto etwas Ungewöhnliches auf? Irgendwelche Zeichen?«, fragte Winkler weiter, »hat Ihr Kollege noch was gesehen? Wo ist der überhaupt?«, er sah sich suchend um.

»Der funkt mit den anderen Besatzungen, gibt Hinweise zur Suche«, erwiderte Lehnert, »ich lass ihn antraben.« Mönning lief im Laufschritt zu den beiden.

»Herr Mönning, wir suchen einen dunklen Kombi. So einen wie der, den Sie überholt haben, als Sie zum Unfall auf der Schüttorfer Straße unterwegs waren. Als Sie hinter dem Wagen herfuhren, ist Ihnen da etwas aufgefallen? Irgendwelche Zeichen oder sonst was?«, fragte Winkler den jungen Kollegen.

»Ich meine, einen Aufkleber von Borussia Dortmund an der Heckklappe gesehen zu haben, ja, ich bin mir sicher, das BVB-Zeichen erkannt zu haben. Das Kennzeichen habe ich mir nicht gemerkt. Es war ein dunkler VW-Passat, daran erinnere ich mich noch.«

»Konnten Sie den Fahrer erkennen?«

»Nein, keine Chance.«

»Gut. Vielen Dank für eure Mitarbeit. Ihr habt uns sehr geholfen. Herr Lehnert, Sie können sich mit Ihrem Kollegen an der Suche beteiligen, wir bleiben in Kontakt«, verabschiedete Winkler die beiden, die sich eilig entfernten. Ein kurzer Blick auf seine Uhr genügte Winkler, um festzustellen, dass sich ein Zurückfahren zu seinen Frauen erübrigt hatte. Er beschloss, auf die Spurensicherung zu warten und dann mit den Kollegen nach Meppen zu fahren und Überstunden einzulegen. Er sprach noch kurz mit Familie Bäumer und dem frischverheirateten Sven, dann verließen sie, als die Spusi eingetroffen war, in Bötchers Wagen die Hochzeitsgesellschaft, die sich im Auflösen befand. Zum Feiern war ihnen gründlich die Lust vergangen.

13

Petra Vogt sah auf ihre Uhr und gähnte. Sechs Uhr. Dann loggte sie sich in die Zulassungsstelle des Landkreises Emsland ein. Die Eingabe der bekannten Daten in die Suchmaske dauerte nur eine Minute. Sie klickte auf ›Suchen‹ und blickte angestrengt auf den Monitor. Das Ergebnis ihrer Anfrage ließ sie fast vom Stuhl fallen. Im Emsland gab es 419 angemeldete VW-Passat-Kombi. »Scheiße!«, fluchte sie leise vor sich hin.

»Was ist, Petra?«, er trat hinter seine Kollegin und sah über ihre Schulter auf den Monitor, »da hast du recht, sehe ich auch so. Kannst du die Anfrage noch verfeinern, präzisieren?«

»Nein, ich habe hier die Listen aller dunklen Kombis auf dem Schirm. Die Besitzer stehen wohl auf dunkle Farben.« Petra lehnte sich zurück und schickte die Listen zum Drucker. Der begann zu surren.

»Ich hole uns erst mal Frühstück, besondere Wünsche?« Winkler überlegte, kratzte sich am unrasierten Kinn und bestellte sich zwei Käsebrötchen.

»Ich mach uns Kaffee«, beteiligte sich Bötcher an dem Gespräch auf dem Weg zur Kaffeemaschine, dann bestellte er sich ebenfalls Käsebrötchen.

»Wir müssen uns die Berufe der Passatfahrer raussuchen und Klinken putzen. Sollen wir die Fahrzeuge, die auf Frauen zugelassen sind, streichen?«, fragte Petra und knabberte an einem trockenen Körnerbrötchen.

»Und was ist, wenn der Sohn mit dem Auto durch die Gegend fährt und Bräute entführt?«, gab Winkler die Frage zurück.

»Tja, das ist natürlich auch möglich«, sagte Bötcher mit vollem Mund.

Das improvisierte, gemeinsame Frühstück wurde durch das Klingeln von Winklers Smartphone unterbrochen. Er nahm das Gespräch an und ihm blieb der letzte Bissen des Käsebrötchens fast im Hals stecken, als ihm Kollege Lehnert stockend vom Fund einer Leiche berichtete.

»Ich bin völlig fertig …, so etwas Perverses habe ich in meinen Jahren bei der Polizei und bei den Feldjägern noch nicht gesehen …, kommen Sie bitte auf schnellstem Wege zum Darmer Waldfriedhof. Wir haben Christine Mertens gefunden. Ich gehe davon aus, dass es sich um sie handelt …, sie trägt ein Brautkleid. Mehr kann ich am Telefon nicht erzählen, schauen Sie selbst, was hier passiert ist«, erzählte Lehnert und machte mehrere Gedankenpausen.

Winkler zog die Stirn in Falten und seine Augenbrauen zusammen, »ist es so schlimm?« Kurze Pause am Telefon, er hörte seinen Kollegen schwer atmen.

»Ja, kann man sagen. Die Leiche hängt in einer Höhe von zwei Metern an den Armen mit Seilen befestigt zwischen zwei Bäumen«, schilderte er fassungslos die Bilder vor Ort. Winkler hatte sein Smartphone auf Mithören gestellt, Bötcher und Vogt sahen betreten in ihre Kaffeetassen. Dann blickten sie auf und schüttelten ihre Köpfe.

»Ich bin unterwegs, sperren Sie alles ab und lassen Sie niemanden in die Nähe der Leiche!«

»Ihr habt ja gehört, was los ist. Thomas, du kümmerst dich um die Passatfahrer. Petra, du kommst mit. Als Frau kannst du mir bestimmt am Tatort helfen«, sagte er fassungslos und verließ anschließend im Laufschritt mit Petra Vogt das Gebäude. Während der Fahrt, diesmal saß Petra hinter dem Lenkrad des Dienstwagens, benachrichtigte Winkler Tanja Grote, die sich noch in seinem Haus aufhielt, gerade mit seiner Ex frühstückte, und erzählte ihr von dem Leichenfund.

»Könnt ihr mich abholen?«, fragte sie.

»Gut, wir sind in einer halben Stunde da.«

Lehnert hatte alle Straßen, die zum Waldfriedhof in Darme führten, absperren und durch Kollegen sichern lassen. Ein Zugang durch Gaffer oder Presseleute war somit völlig ausgeschlossen. Gegen acht Uhr erreichten sie die erste Absperrung und wurden von einem sehr jungen Polizeianwärter kontrolliert, der ließ die drei passieren und grüßte sie fast militärisch korrekt. Polizeischule, erstes Jahr, dachte Winkler und erwiderte den Gruß. Petra bog nach rechts auf die Zufahrt zum Parkplatz des Friedhofes ab und stoppte den Wagen. Sie wurden von Lehnert begrüßt, der breitbeinig vor dem rotweißen Flatterband stand und selbst noch mit seinem Körper den Weg versperrte. Hier wäre niemand reingekommen, ohne den Mann aus den Schuhen zu schießen. Winkler, der sich mühsam aus dem Auto zwängte, gefiel dieser Kollege. Ein Mann, auf den man sich verlassen konnte.

»Das ist Staatsanwältin Tanja Grote aus Osnabrück und das ist Kollege Max Lehnert«, stellte Winkler vor. Ihm fiel sofort das Gesicht des Schutzpolizisten auf, tiefe dunkle Schatten unter den Augen, graues Gesicht. Der Mann war um Jahre gealtert, wahrscheinlich hatte er schon längst Dienstschluss und machte hier freiwillig Überstunden.

»Wir haben nichts verändert«, sagte Lehnert langsam und bedächtig, »da hinten sitzt eine junge Frau, sie hat die Leiche vor einer Stunde entdeckt. Die Frau ist völlig runter mit den Nerven und wartet darauf, dass sich jemand mit ihr unterhält. Sie ist Lehrerin und joggt hier regelmäßig.« Winkler tippte Petra auf die Schulter.

»Petra, machst du das?« Sie nickte und machte sich auf den Weg. Lehnert ging ebenfalls, Winkler und die Staatsanwältin folgten ihm. Als sie die kleine Leichenhalle passierten, bogen sie nach links ab und blieben abrupt stehen. In einigen Metern Entfernung zwischen zwei großen Bäumen hing die Leiche. Winkler und Grote gaben keinen Laut von sich, ihr Blick erstarrte und verharrte auf der toten Frau. Drei Minuten blieben sie regungslos stehen und ließen das Bild auf sich einwirken.

»Wahnsinn!«, entfuhr es Tanja Grote.

Die Frau hatte Seile an ihren Händen, eins an der linken und eins an der rechten Hand. Oben im Baum liefen die Seile über einen Ast, dann führten sie nach unten und wurden um den Baum gewickelt. So hatte der Täter sie zwischen den Bäumen hochgezogen. Die Frau trug ein langes Brautkleid, ihre langen, blonden Haare hingen vom nach hinten geneigten Kopf herab. Ihr Mund war weit geöffnet und sie sah aus wie ein Engel, der in den Himmel schrie. Einen Brautschleier trug sie nicht.

»Guten Morgen, dürfen wir mal vorbei?«, riss ein Kollege der Spurensicherung Winkler und Tanja Grote aus ihrer Erstarrung.

»Nehmt sie da runter«, gab Winkler zurück, nachdem einige Fotos gemacht wurden.

Sie lösten die Knoten der Seile und ließen die Leiche langsam zu Boden. Ein Gerichtsmediziner, der zwischenzeitlich eingetroffen war, kniete sich neben sie und begann mit der ersten Leichenbesichtigung. Winkler erkannte ihn und nickte ihm zu.

»Morgen, Doktor Grube.«

»Moin!«, gab er zurück und sah zu ihm hoch. »Ihr fehlt der rechte Ringfinger. Da, sehen Sie?«, zeigte er auf die rechte Hand der Leiche.

»Damit habe ich schon gerechnet, als wir hierhin gerufen wurden. Wurde ihr der Finger fachmännisch abgetrennt? Quatsch, blöde Frage. Fachmännisch würde ja bedeuten, dass es ein Arzt gemacht hätte. Entschuldigung, Doktor. Ich meine, wie wurde er entfernt?« Der Arzt sah sich die Wundmale genauer an.

»Nein. Es gibt keine glatten Schnittkanten, die ein Messer verursachen würde. Er wurde mit einer Zange entfernt. Einem Seitenschneider oder einer Rosenzange. Die Frau war bereits tot, als das passierte, das kann ich schon jetzt sagen.«

»Todesursache?«, fragte Tanja Grote.

»Hm, nicht einfach. Sie hat Würgemale am Hals, also höchstwahrscheinlich erwürgt. Das wird sich später bei der Obduktion ergeben, wir müssen abwarten«, erwiderte er und tastete die Leiche ab. Dann schnupperte er an ihrem Gesicht, »ich denke, so nach den ersten Eindrücken, dass sie gestern Abend zwischen zehn und elf gestorben ist. Sie riecht nach Narkosemittel. Wenn das jetzt noch wahrnehmbar ist, hatte sie reichlich, wenn nicht sogar zu viel davon eingeatmet.«

»Könnte sie daran gestorben sein?«

»Möglicherweise ja. Wir werden sehen.«

Winkler hatte genug gesehen, er ging mit Tanja Grote zum Wagen. Sie setzte sich auf den Rücksitz, er lehnte sich mit den Ellenbogen auf die Wagentür.

»Das ist schon irre, wer macht so etwas?«

»Wir haben darüber gesprochen, als ich versucht habe, den Typ zu erklären. Mit der Darstellung der Leichen verfolgt er nur ein Ziel: seine Befriedigung. Ich meine nicht seine sexuelle Befriedigung, darum geht es ihm nicht. Er muss die Frauen töten, wenn sie am glücklichsten sind. Er kann wahrscheinlich nicht glücklich sein, deswegen hasst er diese Frauen.«

»Man sollte ihm die Eier abschneiden, oder besser, abkneifen. Mit dem gleichen Gerät, mit denen er den Frauen den Finger abgetrennt hat«, antwortete Dennis.

Tanja nickte. »Ja, das sollte man. Erzähle das aber nicht öffentlich. Wir müssen den neuen Leichenfund der Presse mitteilen, vielleicht heute Nachmittag. Ich werde mit meinem Chef in Osnabrück sprechen.«

Petra Vogt hatte mit der Lehrerin gesprochen und die Frau beruhigt. Sie solle nicht mit der Presse sprechen, am besten mit niemandem, hatte sie ihr geraten. Nachdem sie die Zeugin entließ, kehrte sie zum Wagen zurück.

»Sie hat die Leiche heute Morgen um sechs Uhr entdeckt, sie ist Joggerin und nimmt immer die Abkürzung über den Friedhof, sie joggt hier zweimal die Woche vorbei. Außer der großen Show, die uns alle der verrückte Killer geboten hat, fiel der Frau nichts Besonderes auf. Kein Kombi, nichts gehört und so weiter«, berichtete sie kurz und setzte sich auf den Fahrersitz.

»Und was machen wir jetzt?«, fragte Petra.

»Wir müssen zu den Eltern und zum Ehemann. Tanja, willst du mitfahren?«

»Nein, das ist euer Job, ihr seit die Profis. Ich lasse mich von einem Streifenwagen zu meinem Auto bringen und fahre nach Osnabrück, bereite mich auf die nächste Pressekonferenz vor.«

*

Der heftige Südwestwind peitschte den Regen gegen das Bürofenster, Blitze zuckten und lautes Donnergrollen zog über Kiel. Jensen warf einen Blick zum Fenster, dann wandte er sich seinem Sohn zu, der in Polizeiuniform vor ihm saß. Markus, 24 Jahre alt, schlank und sportlich wie der Vater, hatte das erste Jahr Polizeischule hinter sich und sollte im Rahmen der Polizeiausbildung Praxiserfahrung sammeln. Der Sohn entschied sich für das Praktikum bei seinem Vater. Jensen fand das überhaupt nicht lustig. Erst hängt der mir jahrelang als Student auf der Pelle, dann zieht er bei mir ein, nun muss ich ihn auch noch im Dienst beaufsichtigen. Wird der Junge denn nie erwachsen? An diesen Gedanken grübelte er und sah wieder aus dem Fenster, als es blitzte und gleichzeitig donnerte.

»Das war knapp! Hoffentlich hat der Blitz bei Buchner eingeschlagen«, grinste er seinen Sohn an.

»Oberrat Buchner?«

»Ja, den meine ich. War ein Scherz, Sohn.«

Jensen hatte mit seinem K1 Samstagsdienst, dies kam im Monat einmal vor und sie nutzten den Tag zur Aktenaufarbeitung.

»Wir bekommen Nachwuchs!« Ulrike, Spezialermittlerin in Jensens Team, platzte in das Büro und strahlte über alle Backen. An ihrer Hand baumelte der Vogelkäfig von nebenan, darin hockte Hansi und piepste leise.

»Was? Wer bekommt Nachwuchs? Bist du schwanger, Ulrike?« Jensen kratzte sich mehrmals am Hinterkopf. Schwanger und Mitte fünfzig, geht das? Heutzutage ist ja fast alles möglich.

»Quatsch! Hansi hat ein Ei gelegt. Hier sieh mal. Er hat sich über Nacht einige Federn ausgezupft, ein kleines Nest gebaut und ein Ei darin abgelegt«, gab sie stolz und überglücklich zurück. Schwungvoll zog sie den Käfig hoch und hielt ihn Jensen unter die Nase.

»Hansi kann Eier legen? Seit wann können Hähne das? Habe ich noch nie gehört«, langsam zweifelte er an Ulrikes Verstand. Dann sah er genauer in den Käfig, Hansi blickte zu ihm hoch und piepte mehrmals.

»Tatsächlich, da liegt ein Ei drin«, staunte Jensen, »Ulrike, du solltest dir einen neuen Namen für deinen Kanarienvogel ausdenken, es ist ein Weibchen!«

Markus dachte, er wäre im Irrenhaus und nicht im K1 des Kieler Polizeipräsidiums. Was war in letzter Zeit bloß mit seinem Alten los?

»Und wer ist der Vater?«, rutschte es aus ihm heraus. Jensen und Ulrike blickten gleichzeitig Richtung Max, dem Kanarienvogel des Hauptkommissars, der in seinem Käfig auf der Stange herumhüpfte, als wenn ihn dies hier alles nichts anginge.

»Mein Max? Waren die beiden längere Zeit zusammen im Käfig?« Ulrike streckte ihre Unterlippe vor.

»Ja, als du im Urlaub warst«, antwortete sie schuldbewusst. Dann freute sie sich wieder.

»Ole, jetzt, wo wir Nachwuchs erwarten und du Opa wirst, sollen wir die Vögel nicht zusammen in einen Käfig stecken?« Jensen platzte fast der Kragen.

»Opa? Ulrike, bitte nimm Max mit und pack die beiden zusammen, ist mir egal. Ich habe hier Wichtigeres zu tun, als mich mit den Vögeln zu beschäftigen.« Ulrike zuckte die Achseln, nahm den Käfig aus Jensens Büro in die andere Hand und watschelte beleidigt aus dem Zimmer.

Markus schüttelte lächelnd sein blondes Haupt: »Ich habe mir doch den richtigen Beruf ausgesucht«, grinste er seinen Vater an, »Opa.«

»Hier, mein Sohn, hast du was zu lesen«, er reichte ihm die Akte Irina Jerkova rüber, »sieh dir in Ruhe den Fall an und lass dir Zeit. Ich möchte deine Meinung hören. Übermorgen trägst du übrigens Zivil, wir sind hier nicht bei der Trachtentruppe.« Markus stand auf und verkrümelte sich in der Sitzecke. Jensen sah auf die Uhr und tippte die Handynummer des Meppener Kollegen Winkler in die Tastatur. Opa? Die Meinders spinnt, wie werde ich nur die Frau wieder los, grübelte er, als der Kollege im fernen Emsland sich meldete.

»Winkler, KED Meppen.«

»Ole hier, guten Morgen, Dennis. Bist du im Büro?«

»So gut ist der Morgen nicht. Ich bin gerade von den verzweifelten Eltern der zweiten Brautleiche zurück«, erwiderte Winkler und gähnte. Die Nacht war kurz, kein Schlaf, erinnerte er sich und gähnte nochmals.

»Gleiches Muster?« Jensen ahnte die Antwort.

»Exakt. Also auch der gleiche Täter. Konntet ihr etwas in eurer Angelegenheit herausbekommen?«

»Nein, wir drehen uns im Kreis. Was ist denn passiert?«

»Ich schicke dir gleich einige Fotos vom Fundort der Leiche, du wirst staunen. Unser perverser Täter hat sich etwas ganz Neues einfallen lassen. Die anderen Ermittlungsergebnisse schicke ich dir. Wir können jetzt von einem Serientäter sprechen. Falls du Interesse hast und abkömmlich bist, komm vorbei. Unsere Chefs werden das regeln, da bin ich mir sicher. Ich gehe jetzt pennen, bis später dann«, beendete Winkler das Gespräch und legte sich in seinem Büro auf eine Notliege. Nach wenigen Sekunden fiel er in einen tiefen, wirren Schlaf.

Petra Vogt verzweifelte. Das tat sie immer dann, wenn sie fast unlösbare Aufgaben anging. Vor solch einer Aufgabe stand sie jetzt, die Listen mit den 419 Besitzern eines dunklen VW-Passat Kombi lagen ausgedruckt vor ihr auf dem Schreibtisch. Sie blätterte in dem Stapel Papier, während Thomas Bötcher ihr gegenüber am Schreibtisch ein Nickerchen eingelegt hatte. Genau wie sie hatte er in der letzten Nacht kaum ein Auge zugemacht. Der Kollege hing in seinem Stuhl, hatte die Füße auf dem Tisch abgelegt und schnarchte. Petra beobachtete ihn belustigt. Thomas´ Kopf hing auf seiner

Brust, mehrmals kippte er zur Seite, dann öffnete er seine Augen kurz und nickte wieder ein, so lange, bis sein Kopf wieder kippte. Der wird gleich mächtige Nackenschmerzen bekommen, wenn ich ihn nicht aufwecke.

»Thomas, aufwachen«, rief sie zu ihm rüber. Er öffnete die Augen, starrte sie an und nickte wieder ein. Zweiter Versuch, etwas lauter. »Thomas!«

»Ja, was ist?«, antwortete er erschrocken. Dann wurde ihm bewusst, dass er im Büro saß und nicht im Bett schlummerte.

»Bin ich eingeschlafen?« Neugierig sah er auf seine Uhr, halb elf, dann fuhr er mit den Händen durch sein Gesicht.

»Kann man sagen, eine Stunde habe ich dich schlafen lassen. Ich möchte nicht, dass du Nackenschmerzen bekommst, deswegen habe ich dich geweckt. Möchtest du einen Kaffee?«

»Ja, gerne. Wo ist denn Dennis?«

»Auf seiner Notliege im Büro nebenan«, sie bewegte sich zur Kaffeemaschine, machte dabei Lockerungsübungen und rollte mit den Schulterblättern, »ich soll ihn um elf wecken. Dann wollen wir uns zusammensetzen.« Mit einer dampfenden Tasse kehrte sie zurück und stellte sie vor ihrem Kollegen ab.

»Danke, Petra. Was hast du in der letzten Stunde so angestellt?«, fragte er und schlürfte den Kaffee.

»Zuerst war ich beim Lidl, Wocheneinkauf, dann beim Bäcker und beim Frisör«, sie fuhr mit den Fingern durch ihre Haarpracht.

»Verarsch mich nicht, nun sag schon!«

»Ich habe mit der Liste der vielen Kombis angefangen, bin jetzt im Ausschlussverfahren auf Platz 398 gelandet. Hurra!«, triumphierte sie und reckte die Arme in die Luft. Sie ließ sie oben und dehnte ihren Bizeps. Die

Frau muss beweglich sein wie eine Schlange, vermutete Bötcher, dann trank er die Tasse aus.

»Nach welchem Ausschlussverfahren?«

»Ich habe die Opis rausgestrichen, alle waren über sechzig, ich habe sie angerufen.« Thomas rechnete.

»Dann hast du zwanzig Gespräche in der Zeit geführt, als ich am pennen war, Donnerwetter!«

»Nein, nicht zwanzig, einundzwanzig«, belehrte sie ihn lächelnd, »Kopfrechnen fünf, Religion sehr gut, oder?«, lachte sie jetzt. Thomas grinste zurück.

»Soll ich dir helfen?«

»Das will ich schwer hoffen, ich gebe dir ein paar Blätter«, antwortete sie und warf ihm vier Bögen auf den Tisch, »müssten ungefähr hundert Namen sein, dann fang mal an. Telefonnummer raussuchen und anrufen.« Bötcher gähnte und las den oberen Namen auf der Liste. Pflaume hieß der erste Kandidat, Bötcher grinste und suchte seine Nummer im Telefonbuch.de.

In der halben Stunde vor der Besprechung hatten sie weitere zehn Besitzer von der Liste streichen können. Drei waren verstorben und Pflaume nicht im Lande. Der Mann weilte seit vier Wochen auf Mallorca, fiel also auch durch das Raster.

»Wir müssen Unterstützung bekommen, wenn wir mit dieser Methode etwas erreichen wollen«, stellte Petra ermüdet fest und verschränkte ihre Arme im Nacken. Bötcher blickte müde zu ihr rüber, trank gerade die vierte Tasse Kaffee und befand sich kurz vor einem Coffeinrausch.

»Merger soll uns Leute abstellen, anders geht es nicht, ich werde Winkler gleich auf den Pott setzen, er soll ihn weichklopfen oder sonst irgendwie vollquatschen, vielleicht hilft das?«, gab Kollege Bötcher von sich. Dann erhob er sich, ging in die Mitte des Raumes, legte sich rücklings auf den Boden und machte eine Kerze. Genau in dem Moment stand Oberrat Merger im Raum und zog die Stirn in Falten.

»Herr Bötcher, was machen Sie denn da? Dienstsport? Los hoch, das können Sie heute Abend noch machen, haben Sie denn sonst nichts zu tun? Wo ist Winkler?«, fragte er ärgerlich. Keiner hatte dem Dienststellenleiter mitgeteilt, dass eine Nachtschicht eingelegt worden war und ob er von der zweiten Leiche wusste, ahnte niemand im Raum. Damit der Chef den Kollegen Winkler nicht beim Schlafen antraf, klärte sie Merger über die nächtliche Aktion auf.

»Gut so. Ich bitte um Entschuldigung, Herr Bötcher, soll nicht wieder vorkommen. Wann ist die nächste Besprechung?«

»Jetzt«, hörten sie Winklers Stimme aus dem Hintergrund, »kommt rein.«

»Ich habe fast drei Stunden gepennt, die ganze Zeit träumte ich von der Frau zwischen den Bäumen, das Bild werde ich niemals vergessen«, begann Winkler zu reden, als es sich Merger, Bötcher und Petra in der Sitzgruppe bequem machten. Merger zog die Augenbrauen hoch, sagte aber nichts. Er mochte Winkler und seine Leute, schon so oft hatten sie, auch hin und wieder jenseits der Vorschriften, gehandelt. Der Polizeioberrat deckte diese Dinge und hielt ihnen den Rücken frei, Dienstschlaf war in solchen Situationen nun mal nötig.

»Wie kann ich Ihnen helfen?«, fragte er in die Runde.

»Wir brauchen dringend Unterstützung, Chef«, antwortete Petra und schlug ihre Beine übereinander.

»Ich kenne gute Schutzpolizisten, die uns helfen können, zum Beispiel den Kollegen Eckelhoff aus Geeste, dann muss Steinhort mal ein paar Tage alleine arbeiten.« Winkler sah seinen Chef müde an. Der nickte, sollte wohl heißen »geht klar!«

»Den können Sie haben, noch jemanden?«

»Ja. Wenn Sie mit Oberrat Buchner in Kiel sprechen, könnte Ole Jensen hier in seinem und unserem Fall aushelfen. Wie sehen Sie das?«

»Ich rufe ihn gleich an. Ich lasse die Sache über die Polizeidirektion Osnabrück laufen, die Polizeipräsidentin wird sich für uns einsetzen, das läuft dann länderübergreifend und muss vom Innenminister abgesegnet werden. Die Präsidentin arbeitete mal als Referentin im Ministerium, ich werde sie weichklopfen, mal sehen, was sich da machen lässt. Ich bin gleich zurück«, sagte Merger und verschwand zum Telefonieren.

»Wie weit seit ihr mit der Liste?«

»Noch am Anfang, das dauert. Es ist wie ein Sechser im Lotto. Außerdem ist es schwierig, den Täter so zu finden. Wir wissen überhaupt nicht, ob der, mit dem wir telefonieren, rothaarig ist und einen Schnäuzer trägt. Wir müssen die Leute vor Ort besuchen, von Angesicht zu Angesicht mit ihnen reden, nur das bringt etwas. Und dazu brauchen wir Unterstützung«, erwiderte Bötcher Winklers Frage.

»Ich versuche ein Phantombild von dem Kerl zu erstellen und fahre zu Frau Wächter nach Dalum, die hat den Fremden doch in der Kneipe ›Zum Moorblick‹ sitzen gesehen, als Dana Beckermeier entführt wurde. Einen Versuch ist das allemal wert«, Petra lehnte sich zurück, sie trank jetzt auch einen Kaffee, was sie sonst verpönte. Sie musste sich wach halten.

»Gut, Petra, mach das«, sagte Winkler und erhob sich, ging im Raum einige Schritte auf und ab.

»Wie bekommt der Mistkerl die Informationen? Woher wusste er zum Beispiel, dass Christine Mertens in dem abgelegenen Heuerhaus feierte? Es ist zum Verrücktwerden, ich sehe ihn vor mir, wie er die Frauen tötet und sich befriedigt. Ich kann keinen klaren Gedanken fassen, aber irgendwann komme ich darauf, da bin ich mir völlig sicher. Wir sehen den Wald vor lauter Bäumen nicht. Wir müssen ihn schnellstens fassen. Die Gastwirte des gesamten Emslandes rufen bei uns an und beschweren sich über die Absagen, kein Mensch will mehr kirchlich heiraten«, Winkler setzte sich wieder, »uns fehlt der Kollege Zufall.«

Sie saßen noch einige Minuten im Büro und ließen ihren Gedanken freien Lauf. Frust und das gesehene Grauen blockierten ihre Gedanken. Sie mussten raus und neue Energie tanken, ihre Akkus waren leer.

»Kommt, wir gehen ein Eis essen«, schlug Winkler vor, »dann machen wir weiter.«

*

Für die Fahrt nach Dalum benötigte Petra eine halbe Stunde. Unterwegs überholte sie reihenweise Radfahrer, die in kleinen Gruppen fröhlich lachend durch das schöne Emsland radelten. Sie erinnerte sich an eine dreitägige Radtour, die sie im Frühjahr mit zwei Freundinnen aus Haselünne unternommen hatte. Sie waren auf der Ems-Hasetour unterwegs gewesen, die von Osnabrück am Alfsee vorbei über Bersenbrück nach Löningen führte und in Meppen endete. Diese schöne Tour wollte sie im Spätsommer noch einmal mit ihrem Bruder fahren, sie hatte ihr sehr gut gefallen und konnte dabei den täglichen Stress vergessen. Noch ihren Erinnerungen nachhängend stoppte sie den Wagen und stieg am ›Zum Moorlick‹ aus. Vor dem Gasthof saßen wieder Radfahrer auf der Bank und pausierten, diesmal waren es keine Holländer, sondern Feriengäste eines Bauernhofes, erfuhr sie, als sie sich bei ihnen nach dem weiteren Weg erkundigte. Das ältere Ehepaar hatte sich zwei E-Bikes gemietet und sie erzählten begeistert von den Fahreigenschaften der modernen Fahrzeuge.

»Danke für die Unterhaltung, ich muss dann mal weiter«, verabschiedete sie sich von dem Paar und betrat den Thekenraum der Gaststätte. Tina Wächter stand hinter dem Tresen und spülte wieder Gläser.

»Hallo, Frau Wächter. Haben Sie eine halbe Stunde Zeit für mich?«

»Geht es wieder um den Mörder von Dana?«, erwiderte sie und stellte das Glas weg.

»Können wir uns dort an den Tisch setzen?«

»Ja. Warten Sie, ich komme zu Ihnen. Möchten Sie etwas trinken?« Sie füllte bereits ein Glas mit Wasser.

»Danke!« Petra setzte sich und legte das Notebook auf den Tisch. Sie öffnete den Deckel und fuhr das Gerät hoch, »ich habe auf dem Notebook ein Programm, mit dem ich Phantombilder erstellen kann. Ich möchte mit Ihnen und Ihren Erinnerungen versuchen, von dem fremden Gast, den Sie an dem besagten Freitag hier fast zwei Stunden bewirtet haben, ein Bild zu erstellen.« Frau Wächter nickte.

»Ich habe den aber immer nur kurz gesehen, Sie wissen ja, dass hier viel los war«, gab sie als Entschuldigung zu bedenken.

»Wir können es ja versuchen.« Petra Vogt startete das Programm, auf dem Bildschirm erschien ein Kopf ohne Haare, Ohren, Nase und Mund.

»Hatte er eine runde, ovale oder kantige Gesichtsform?« Frau Wächter lehnte sich zurück, kratzte sich im Nacken, dann beugte sie sich über das Notebook.

»Länglich. Er hatte ein längliches Gesicht.«

»So?« Petra veränderte den Kopf, bis Tine nickte.

»Gut. Wie sahen seine Augen aus?«

»Eng zusammenstehend, stechender Blick«, meinte Frau Wächter sich zu erinnern. Petra fügte die Augen ein.

»Und die Augenbrauen?« Tine überlegte.

»Schmal, nicht buschig, normal eben.«

»Die Nase, war die lang, kurz, breit, krumm? Oder normal?« Sie ließ eine Auflistung von Nasenbildern durchlaufen. Frau Wächter schüttelte den Kopf, als das Nasenprogramm endete und von vorne begann.

»Normale Nase halt.« Die Erstellung des Bildes ging in der Art weiter, bis Petra bei der Haarfarbe fast verzweifelte. Schließlich einigten sie sich auf ein rötliches Dunkelbraun, obwohl sie damals von knallroten Haaren gesprochen hatte. Also änderte sie die Haarfarbe auf rot.

»So sah er also aus? Hatte er nicht Sommersprossen?«, fragte Petra und blickte auf ein Bild, das jedem fünften deutschen Mann ähnlich war. Eben normal, hätte Frau Wächter hinzugefügt. Sie gab dem Gesicht einige Sommersprossen.

»Hatten Sie nicht gesagt, dass er einen Schnäuzer hatte, so einen dünnen Oberlippenbart?«

»Stimmt, jetzt, wo Sie danach fragen. Ich hätte es fast vergessen.« Frau Wächter war zufrieden, als Petra das Notebook in ihre Richtung drehte und fragte, ob er so ausgesehen hätte.

»Ja, so ähnlich. Es ist ja schon ein paar Tage her und ich habe nicht besonders auf ihn geachtet. Aber es könnte hinhauen«, erwiderte sie und trank ihr Wasserglas leer.

»Wissen Sie noch, was er an Klamotten anhatte?«

»Ich glaube, er hatte Jeans an und mehr weiß ich nicht«, sie erhob sich, »wir haben heute noch eine Großveranstaltung, ich muss noch einiges vorbereiten.« Tine war schon in der Küche verschwunden.

»Vielen Dank, Frau Wächter. Falls Ihnen noch etwas einfällt, das Bild ist schnell zu verändern«, rief sie ihr hinterher, legte einen Euro auf den Tresen und verließ die Gaststätte. Zwei Mofafahrer in Rockeruniform hatten zwischenzeitlich auf der Bank Platz genommen und grinsten die Polizistin an, als sie zum Wagen wollte.

»Na ihr zwei? Hat Heinz heute Ruhetag?«

»Ja, und?«, grollte der ältere der beiden.

»Nur so. Führerschein immer noch beim Kreis?«

»Noch drei Tage«, gaben sie gleichzeitig von sich und grinsten wieder. Diesmal von einem Ohr bis zum anderen. Petra lächelte und winkte den beiden zu, als sie sich Richtung Meppen in Bewegung setzte.

»Dann immer schön weit rechts fahren!«, rief sie aus ihrem geöffneten Seitenfenster.

*

Thomas Bötcher ging im Büro auf und ab. Dann blieb er stehen, sah auf die Uhr. Die Zeiger schienen zu stehen. Er nahm sie vom Handgelenk und hielt sie ans Ohr. Sie tickte. Noch drei Stunden bis zum Dienstschluss. Das bedeutete, noch mindestens sechs Namen auf der Liste, er suchte sich den nächsten Besitzer des mittlerweile von ihm gehassten Wagens heraus und griff zum Hörer, als Merger mit Eckelhoff im Schlepptau den Raum betrat.

»So, Herr Bötcher. Hier ist die versprochene Unterstützung. Hauptmeister Eckelhoff habe ich für zwei Wochen zu Ihnen abgestellt. Er kann bei der Liste helfen. Wo treibt sich Winkler rum?« Er blickte suchend durch den Raum.

»Der wollte eine Runde um den Block, nachdenken.« Bötcher zuckte mit den Achseln, stand auf und begrüßte den Kollegen aus Dalum, der seine Uniform mit einer

Jeans und sommerlichem T-Shirt getauscht hatte. Die Klamotten ließen ihn noch einige Jahre jünger aussehen. Fast ließ sich Bötcher zu der Aussage hinreißen: »Na, weiß deine Mama, wo du bist?«, er verkniff es sich aber. Stattdessen sagte er: »Hallo Erik, setz dich da an den freien Schreibtisch in der Ecke. Ich habe eine Liste, die wir abarbeiten müssen, ich weise dich gleich ein«, und klopfte dem jungen Kollegen auf die Schulter. Merger war schon wieder unterwegs, die Staatsanwältin hatte ihn zuvor angerufen und ihn gebeten, nach Osnabrück zu kommen. Sie brauchte Schützenhilfe, so sagte sie es am Telefon. Er hatte sofort zugestimmt und wollte sich durch Winkler in den aktuellen Stand der Dinge einweisen lassen. Anscheinend gab es seit heute Morgen nichts Neues, sonst hätte er es wohl erfahren.

Eine Stunde später, um halb drei, betraten Winkler und Petra Vogt das große Büro, das vier Beamten ausreichend Platz für ihre Arbeit bot, und staunten nicht schlecht, als sie Eckelhoff telefonierend am Schreibtisch entdeckten. Die Füße hatte er, wie so bei den anderen Kollegen üblich, auf dem Tisch liegen.

»Der Alte hat aber schnell reagiert und der Neue sich schon eingelebt«, stellte er fest.

»Hallo Dennis, Merger war gerade hier, er sucht dich wegen der Pressekonferenz.«

»Komm Petra, wir zeigen ihm das Phantombild.« Winkler nickte dem Neuen kurz zu und verschwand mit der Kollegin durch die Tür. Dass Eckelhoff ihnen nachwinkte, bekamen sie nicht mehr mit.

»Der sieht genau so aus, wie jeder zweite Mann in Deutschland, nur der Schnäuzer ist völlig out«, gab Merger von sich, nachdem er seinen besten Mann und Petra Vogt Sitzplätze angeboten hatte. Währenddessen hielt er den Telefonhörer in der Hand. Am anderen

Ende der Leitung wartete Tanja Grote auf etwas Verwertbares, was sie den Leuten der Presse mitteilen konnte.

»Frau Grote, wir haben ein Phantombild anfertigen lassen, allerdings glaube ich kaum, dass es uns weiterbringt. Einen Versuch wäre es wert, ich bringe es auf alle Fälle mit. Bis nachher«, beendete er das Gespräch und wandte sich den beiden zu.

»Habt ihr sonst Neuigkeiten?«

»Nein, die Liste bringt uns bisher nicht weiter. Und das Bild hast du ja gesehen, ich drucke es gleich aus.«

Winkler streckte sich und verschränkte seine Hände im Nacken.

»Wir machen gleich Feierabend, war ein langer Tag und der fehlende Schlaf blockiert unsere Gedanken.«

»Gut. Ihr könnt gehen. Haltet ein Auge auf Eckelhoff, ich glaube, der will zu euch. Verheizt mir den nicht, klar?« Winkler schüttelte seinen Kopf.

»Er ist hochmotiviert und ausgeschlafen, was man von uns zurzeit nicht behaupten kann. Ja, wir passen auf den Kleinen auf, Chef. Hat sich jemand wegen der Abstellung des Kollegen Jensen gemeldet?«

»Ja, ich hatte einen Anruf aus Hannover. Die haben Freigabe nach Kiel erteilt. So wie ich hörte, wollen sie Jensen morgen früh auf die Reise ins Emsland schicken. Wenn er hier auftaucht, sagt mir Bescheid.« Merger stand auf und zog sich die Uniformjacke über, in einem kleinen Wandspiegel überprüfte er den Sitz der Krawatte und fuhr sich mit der Hand durch die grauen Haare.

»Ich muss dann los, ihr seht mich heute Abend im Fersehen, nicht verpassen!«, sagte er und setzte sich die Schirmmütze auf.

»Darauf kannst du dich verlassen«, gab Winkler lächelnd zurück.

14

Mit einer solchen Medienpräsenz hatte Huber nicht gerechnet. Die dreißig improvisierten Sitzplätze im Presseraum der Osnabrücker Staatsanwaltschaft, der sonst als Speiseraum diente, waren in nur wenigen Minuten besetzt. Hinter den Sitzreihen standen Kameramänner an den Stativen. Um die Sitzplätze herum drängten sich weitere zwanzig Redakteure der örtlichen Presse, einige von ihnen kannte Huber. Der Oberstaatsanwalt, neben ihm saßen Tanja Grote und Oberrat Merger, blickte nervös durch den prall gefüllten Saal. Er hatte erst einmal vor so vielen Journalisten eine Pressekonferenz gehalten. Im Jahr 2009 wurde ein Serienvergewaltiger gesucht, der zehn Frauen in der Gegend um Osnabrück überfallen hatte und die Staatsanwaltschaft hatte die Medien damals um Unterstützung gebeten. Sie waren alle erschienen. So auch heute, zusätzlich noch zahlreiche Fernsehsender, die er an den Logos auf den Mikrophonen erkannte.

Huber räusperte sich und sofort hörte das Gemurmel im Saal auf. Er wartete eine kurze Zeit und blickte ernst in die Runde. Ruhe trat ein. Die Anspannung in ihm legte sich, der Oberstaatsanwalt war Profi.

»Meine Damen und Herren, ich begrüße Sie recht herzlich zur Pressekonferenz. Sie alle wissen, worum es geht. Bevor ich Ihnen eine Zusammenfassung der bisherigen Ermittlungsergebnisse geben möchte, stelle ich Ihnen die beiden Kollegen neben mir vor. Dies ist die zuständige Staatsanwältin Tanja Grote«, er zeigte in ihre Richtung.

Tanja fuhr sich verlegen durch ihre Lockenpracht, Blitzlichtgewitter kam als Antwort. Ihr gefiel es nicht, so auf dem Präsentierteller zu sitzen.

»Und das ist der Leiter des Polizeikommissariates in

Meppen, Polizeioberrat Lutz Merger. Er wird Ihnen gleich Antwort und Rede stehen.«

Huber blätterte in seinen Unterlagen. Papier raschelte. Dann sah er wieder in die Kameras.

»Das ist ein Profi, der lässt sich Zeit und baut eine Spannung auf, dass es knistert«, bemerkte Winkler, der mit seiner Ex im Wohnzimmer auf dem Sofa lag und die Pressekonferenz am Fernseher verfolgte. Er griff zu den Erdnüssen und zog Marie zu sich heran.

»Wir alle«, Huber streckte die Arme weit von sich, als wollte er die versammelte Presse umarmen, »sind schwer erschüttert. Da gibt es jemanden, der fährt zu Hochzeitsfeiern, wo fröhliche Menschen feiern, verschleppt die Bräute, tötet sie und stellt sie anschließend auf makabre Weise aus. Mir fehlen die Worte.« Kurze Pause. Ruhe im Saal, bis auf das Surren der Kameras und das Geklicke der Fotoapparate.

»Können wir Fotos von den Mordopfern bekommen?«, fragte ein junger Bursche aus der ersten Reihe, der sich als Martin Jesse von Sat 1 vorstellte und sich im Stuhl flegelte. Seine Hände steckten in den Hosentaschen, die Beine hatte er ausgestreckt und übereinandergelegt.

Huber warf ihm wegen seines Auftretens einen ärgerlichen Blick zu, fasste sich an die Nase und sagte: »Nein, können Sie nicht. Ich will Ihnen auch sagen, warum nicht. Der, der das den Frauen angetan hat, sucht die Öffentlichkeit. Die bekommt er nicht! Nicht von uns. Und mit Sicherheit werden wir keine Fotos von den Opfern im Fernsehen veröffentlichen lassen, auch nicht von Sat 1.« Der junge Bursche zog seine Beine ein.

»Frau Staatsanwältin, wie weit sind Sie mit den Ermittlungen? Gibt es bereits einen Verdächtigten?«, fragte ein älterer Reporter der Neuen Osnabrücker Zeitung. Tanja Grote kannte und schätzte ihn.

»Wir verfolgen einige Spuren bezüglich des Wagens, mit dem er die Frauen transportiert hat, leider kann ich Ihnen aus ermittlungstechnischen Gründen keine Einzelheiten dazu sagen. Die Polizei hat mit einer Zeugin ein Phantombild erarbeitet. Die Person, die wir suchen, muss nicht der Täter sein. Sie könnte uns bei der Aufklärung des Falles sicherlich helfen und soll sich bei uns melden. Ich gebe Ihnen gleich das Bild und bitte Sie alle, das, was ich gesagt habe, auch genau so an die Öffentlichkeit weiterzugeben. Haben Sie mich verstanden?« Tanja Grote blickte durch den Raum, einige Journalisten nickten.

»Oberrat Merger wird Ihnen nun die Abläufe der beiden Verbrechen schildern«, kündigte Huber an und gab das Wort weiter. Merger räusperte sich und berichtete vom Fund der beiden Leichen. Nach dreißig Minuten endete die Pressekonferenz.

*

Er saß auf seinem Bett und weinte wie ein Kleinkind, Tränen rannen ihm durchs Gesicht. Wie konnte ihm das passieren? War er zu unvorsichtig gewesen und hatte ihr zu viel Äther verabreicht? Bestimmt, sonst wäre sie nicht einfach so gestorben, gab er sich selbst Antwort auf seine Fragen. Er zermarterte sich das Hirn, schlug sich mit den Fäusten gegen die Schläfen, als wenn er dadurch etwas ändern könnte. Vergebens. Mit dem Handrücken wischte er die Tränen weg und legte sich auf den Rücken, streckte seinen Körper und verschränkte die Hände im Nacken. Er schloss die Augen und sofort traten die Bilder der letzten Nacht in sein Bewusstsein. Wie ein Film reihte sich Bild an Bild. Zuerst die blöde Fresse des Bullen. Er hätte sich fast in die Hose gepisst, als er die Kelle des Bullen sah. Es kostete ihn viel Mühe und Anstrengung, ruhig zu bleiben. Das war knapp. Dann trat das Bild der Braut vor seine Augen, wie sie vor ihm saß und wie er sie mit dem kurzen Seil erdrosselte, obwohl sie längst tot war. Es war ihm egal, aber es war anders als beim ersten Mal. Das Wimmern, das Flehen und die vor Angst geweiteten Augen fehlten ihm. Vor Wut hatte er mehrmals auf die Leiche eingetreten, nachdem er sein Spiel beendet hatte und nur mäßig erregt war. Sie hatte ihm den Spaß verdorben.

Er drehte sich auf die Seite und nahm die Digitalkamera vom Nachtschränkchen, sah sich die Fotos der Leiche an, wie sie zwischen den Bäumen hing. Auf die Idee, sie so aufzuhängen, war er gekommen, als er so etwas Ähnliches in einem amerikanischen Horrorfilm gesehen hatte.

»Diese Schlampe! Konnte sie nicht warten? Musste sie einfach so krepieren?«, schrie er. Er ballte seine Fäuste und beschloss, Chantal aus dem Versteck zu holen, er wollte ihr den neuen Schleier aufsetzen. Stören konnte ihn niemand bei seinem Spiel, die verhasste Mutter war mit einer Freundin unterwegs.

Das Spiel mit Chantal fand ein schnelles Ende, heftiges Klopfen an seiner Zimmertür riss ihn aus seinem Wahn. Eilig stopfte er die zu voller Größe aufgeblasene Puppe in das Versteck. Sie passte nicht hinein.

»Ja, Mama, Moment. Ich muss mich anziehen«, erwiderte er auf das Geklopfe an seiner Tür.

»Was machst du da? Tür auf!«, befahl sie und hämmerte mit den Fäusten gegen die Tür. Erschrocken über die plötzliche Störung und in Panik stach er mit einem Messer auf Chantal ein, sie fiel in sich zusammen. Er stopfte sie ins Versteck, trat an die Tür und drehte den

Schlüssel um. Vorsichtshalber strich er schnell mit der Hand seine Haare glatt.

»Was treibst du hier?«, brüllte sie in das Zimmer stürmend und schubste ihren Sohn zur Seite. Ihr Blick streifte durch den Raum, dann sah sie den Schleier über dem Stuhl hängen. Sie nahm ihn in die Hand.

»Wo hast du das her? Was willst du damit?«

»Äh …, der ist für eine Freundin«, rutschte es aus ihm heraus, »ich habe ihn unterwegs gefunden und will ihn morgen mit auf die Runde nehmen und ihn ihr bringen«, log er. Sie trat auf ihn zu und schlug ihm ins Gesicht, schrie ihn an.

»Du sollst mich nicht anlügen. So ein Blödsinn! Woher hast du den?« Sie hielt ihm den Schleier unter die Nase. Mit der anderen Hand schlug sie ihm noch einmal ins Gesicht.

In diesem Moment brach in ihm ein Stausee an Hass sich Bahn, er schlug zurück. Er wehrte sich zum ersten Mal, und zwar mit solcher Gewalt, dass seine Mutter rücklings zu Boden sackte. Sie starrte ihn mit offenem Mund und weit aufgerissenen Augen an, streckte ihre Arme zur Gegenwehr entgegen: zu spät. Er nahm das Messer vom Tisch und sprang auf sie. Wie ein Besessener stach er immer und immer wieder in ihren Körper. Bereits die ersten Stiche waren tödlich; trotzdem schnitt er ihr im Wahn die Kehle durch. Um ihren geschundenen Körper herum sammelte sich das Blut in riesigen Lachen und versickerte langsam im Teppich.

Nach einigen Minuten im Wahnzustand kam er endlich zur Besinnung und ließ von ihr ab. Er kniete neben der Leiche, das Messer in den blutverschmierten Händen. Mühsam und völlig verschwitzt erhob er sich und starrte seine Mutter an. Erinnerungen an seine Kindheit kamen in ihm hoch und zogen an seinem geistigen Auge vorüber.

Als Kind hatte er einiges zu ertragen, als er mit Vater, Postbeamter im einfachen Dienst, und Mutter, einer Haushaltshilfe, 1979 in dieses Haus zog. Weil er zu früh eingeschult wurde und zu stottern begann, nahm man ihn wieder von der Schule. Für den Kindergarten war er zu alt, also begann Mutter, ihn zu erziehen. Der Stock war ihr liebstes Erziehungsmittel, die Schläge auf den Rücken spürte er immer noch. Vater, das Weichei, sagte zu allem nichts. Er hatte nur Angst, dass die Leute über sie redeten. Er hatte sich zum Beamten im gehobenen Dienst hochgearbeitet und Mutter wurde mit ›Frau Inspektor‹ angeredet.

Er wischte sich den Schweiß mit dem blutverschmierten Ärmel aus dem Gesicht und sah die Leiche wieder an, die Erinnerung an seine Schulzeit kam zurück. Als er im folgenden Jahr eingeschult wurde, urinierte er aus Angst zu versagen fast jede Nacht ins Bett. Das Bettzeug wechselte sie trotzdem nur alle zwei Wochen. Der Uringeruch drang in seine Klamotten, und die Mitschüler, denen der Geruch schnell auffiel, nannten ihn deswegen ›Pisser‹. Zu der Zeit begann er mit Puppen zu spielen, die er heimlich vom ersparten Taschengeld gekauft hatte und vor seinen Eltern versteckte. Der Hauptschulabschluss gelang ihm erst im dritten Anlauf und er war bereits siebzehn und pubertierte, als er die Schule 1991 verließ.

Wieder musste er den Schweiß, der von seiner Nase tropfte, mit dem Ärmel abwischen. Gerda hieß eine frühreife Vierzehnjährige, die ihn in den Keller des Nachbarhauses lockte, an sie erinnerte er sich plötzlich. Gerda hatte den Pullover hochgezogen und ihre Brüste gezeigt. Er durfte sie berühren und streicheln. Dann küsste sie ihn und griff ihm an die Hose. Sie merkte sofort, dass er ejakulierte und verspottete ihn als Versager, der keinen hoch kriegt. Sie erzählte es in ihrer Mädchenclique und sie steckten ihre Köpfe zusammen und lachten, wenn sie ihn sahen. Das war zu der Zeit, als er begann, die Puppen, die mittlerweile zahlreiche Verstecke in seinem Zimmer füllten, zu quälen. Viele Jahre später, er arbeitete da schon lange bei der Post und hatte sich aufblasbare Sexpuppen für seine Spiele besorgt, traf er Gerda plötzlich wieder. Sie stand im Brautkleid vor ihm, als er ein Paket auslieferte. Sie erkannte ihn nicht, er sie sofort. Die Geschichten von früher hatte sie längst vergessen, er nicht. Gerda hatte alles erreicht, Abitur, Studium und einen reichen Zahnarztsohn zum Ehemann ausgewählt. Seit dieser Begegnung hasste er glückliche Bräute.

Als diese Erinnerungen in seinem Gedächtnis erwachten, blickte er noch verächtlicher auf die blutüberströmte Leiche der verhassten Mutter herab. Die Blutlachen um sie herum trockneten langsam, das Blut verfärbte sich schwarz und verdickte. Er legte das Messer auf den Tisch und ging ins Bad. Die warme Dusche holte ihn in die Wirklichkeit zurück; er erschrak fast, als er zurück in sein Zimmer ging und Mutter da liegen sah, dann überlegte er, was er machen sollte. Er legte sich auf sein Bett und schlief sofort ein.

Das Klingeln an der Haustür riss ihn zwei Stunden später aus wirren Träumen. Er hatte von der Nutte geträumt, die ihn verhöhnt hatte, weil er beim gekauften Sex versagt hatte. Er fror, sein Körper war ausgekühlt, weil er nackt eingeschlafen war. Es klingelte Sturm. Er warf sich den Bademantel über und ging nach unten, öffnete die Haustür.

»Ist Mia nicht da?«, wollte die beste Freundin seiner Mutter wissen und versuchte, die Tür aufzudrücken.

»Nein, die hat kurzfristig eine Kur bewilligt bekommen und ist heute Morgen abgereist«, gab er zurück und achtete darauf, dass sein Bademantel sich nicht öffnete, und hielt die Tür fest, »sie hat lange darauf gewartet, jetzt hat es endlich geklappt.«

»Komisch, davon hat sie mir gar nichts erzählt«, erwiderte sie misstrauisch und warf einen Blick in den Flur, »Mia!«, rief sie laut hinein.

»Sie ist nicht da, das habe ich doch gerade gesagt.« Er musste die Frau loswerden, also drückte er gegen die Tür, »sie wird sich bei Ihnen melden, ich verspreche es«, sagte er und drückte die Haustür zu. Die Frau sah noch einmal neugierig durch das Türglas, zuckte mit den Achseln und verschwand.

Er ging in den Keller hinunter und nahm die elektrische Kettensäge, die sein Vater zum Kaminholzsägen angeschafft hatte, aus dem Regal. Sieben Jahre wurde sie nicht mehr benutzt. Die blaue Plastikplane, die in einer Ecke unter den Umzugskisten lag, und einige Müllsäcke, die er im anderen Regal entdeckte, nahm er ebenfalls mit in sein Zimmer.

Zuerst zog er die Leiche auf die ausgebreitete Plane, dann wischte er mit einem scharfen Reinigungsmittel den Boden sauber. Widerwillig zog er ihr die Bekleidung aus und verstaute sie und ihre Filzpantoffeln in einem Müllsack. Sie lag nackt vor ihm, er hatte seine Mutter noch nie nackt gesehen, es berührte ihn, sie so zu sehen. Der blutgetränkte Teppich lag aufgerollt neben seinem Bett. Bevor er sich überlegte, wie er seine Mutter verschwinden lassen wollte, ging er nach unten, öffnete das Barfach im Wohnzimmerschrank aus deutscher Eiche und nahm die Flasche Korn heraus. Er öffnete sie, setzte an und trank zwei große Schlucke daraus. Er setzte die Flasche widerwillig ab und wartete, bis ihn der Schnaps etwas beruhigte. Dann ging er nach oben und setzte sich auf das Bett. Langsam wurde er ruhiger.

Er steckte das Kabel der Kettensäge in die Steckdose und setzte das Sägeblatt an ihrem Hals an. Er drehte sich weg, als er den Knopf drückte und die Säge anlief. Das Sägeblatt senkte sich und der Kopf rollte zur Seite. Obwohl die Säge sieben Jahre nicht gebraucht wurde, war sie scharf genug. Dann trennte er mit schnellen Schnitten Arme und Beine ab. Er nahm den Kopf, steckte ihn in einen Müllsack und ging nach unten in den Keller, öffnete die Gefriertruhe und verstaute ihn unter dem Tiefkühlgemüse. Mutter kaufte immer Sonderangebote, davon hatte sie reichlich angeschafft, dachte er, als er es zur Seite räumte. Er schloss die Truhe und ging zuerst ins Wohnzimmer, trank die Flasche Schnaps bis zur Hälfte aus, anschließend hoch in sein Zimmer. Er verstaute die restlichen Leichenteile in mehreren Müllsäcken, legte sich aufs Bett und schlief bis halb fünf am nächsten Morgen.

15

Nachdem er aufgestanden war, holte er als Erstes die Zeitung rein. Auf Seite eins stand der Bericht der Pressekonferenz, er überflog ihn und schmunzelte über das Phantombild. Obwohl das Gesicht des Mannes ihm überhaupt nicht ähnelte, ging er ins Bad und rasierte sich den Schnäuzer ab. Mit dem Haarfärbungsmittel, das er bei seiner Mutter im Bad gefunden hatte, färbte er seine Haare braun und betrachtete sich anschließend im Spiegel. Die Veränderungen gefielen ihm.

Bevor er das Haus verließ, zog er die Gardine zur Seite und blickte aus dem Küchenfenster. Die Straße war zu dieser Zeit um sechs Uhr morgens gewöhnlich menschenleer, trotzdem warf er einen kurzen, prüfenden Blick hinaus. Niemand war zu sehen. Er betrat das Treppenhaus und öffnete die Haustür. So wie jeden Morgen ging er zum Wagen, den er gestern Abend in aller Eile in der Hofeinfahrt vor der Garage geparkt hatte. Er schaffte den Weg in acht schnellen Schritten. An der linken Hand baumelte seine Aktentasche, mit der rechten trug er einen blauen Müllsack. Beim Öffnen der Heckklappe des Wagens bemerkte er das zerstörte Rücklicht. Verflucht! Ist das beim Einparken auf dem Friedhof passiert? Er verharrte kurz und überlegte, ob das auch woanders passiert sein könnte. Er erinnerte sich nicht. Langsam stieg die Panik in ihm auf. Wenn die die Splitter gefunden haben? Er zuckte mit den Achseln, beruhigte sich, fand schnell seine Fassung zurück. Mit Schwung warf er den blauen Sack mit Mutters rechtem Arm und der Hand, die er so oft im Gesicht gespürt hatte, in den Kofferraum. Mehrmals sah er sich um, durchfuhr die Siedlung und bog auf die Hauptstraße Richtung Lingen ein.

Die Auslieferung der Kataloge führte ihn später wieder am Elternhaus vorbei; die Route hatte er schon zu Beginn der Schicht genau geplant. Bereits auf der Hinfahrt zum verhassten Elternhaus hatte er den Sack mit der verhassten Hand an der Baccumer Mühle in einem Gebüsch unter einem Haufen Laub vergraben. Er setzte den DHL-Bulli rückwärts auf den Hof, fuhr dicht an das Garagentor heran und lud mühsam die restlichen vier Müllsäcke ein. Den größten und schwersten Sack mit dem Torso der Mutter musste er mehrmals absetzen.

Nass vor Schweiß setzte er sich hinter das Lenkrad und begab sich auf die Route, die ihn zuerst nach Andervenne führte. Dort kannte er in einem Wald einen kleinen, aber tiefen See, an dem er früher gerne baden ging. Den ganzjährig mit Wasser gefüllten See erreichte er über einen schmalen Zufahrtsweg, vorbei an hohen Büschen. Den Sack mit dem Großteil seiner Mutter steckte er in einen weiteren, weitaus größeren Müllsack, den er morgens im Keller gefunden hatte. Mit einigen Steinen, die er am Ufer des Sees aufsammelte, beschwerte er das Paket und warf es in hohem Bogen in das Wasser. Es klatschte und spritzte, dann versank es blubbernd in der Tiefe. Nicht eine Sekunde Mitleid empfand er für seine verstorbene Mutter, als er die aufsteigenden Luftblasen beobachtete.

Die restlichen Müllsäcke vergrub er in Langen, Gersten und Bawinkel, immer abseits der Städte in der Nähe von Wäldern, die ihm bei seiner makabren Arbeit Schutz boten.

Am frühen Nachmittag, die Kataloge und zusätzlichen Pakete waren ausgeliefert oder vergraben, suchte er zwei Schrottplätze auf. Erst beim zweiten Autoverwerter in Fürstenau wurde er fündig. Bevor er aus dem Wagen stieg, zog er die Perücke mit langen blonden Haaren über den Kopf. Er betrachtete sich abschätzend im Innenspiegel, dann entschied er sich, noch eine Brille aufzusetzen, die er im Handschuhfach liegen hatte.

»Hier, das müsste passen. Zwanzig Euro bitte«, verlangte der Mann für die Plastikabdeckung des Rücklichtes. Er bezahlte das Teil, steckte es ein und machte sich auf den Nachhauseweg.

»Komischer Kautz«, murmelte der Autoverwerter, blickte ihm nach und ging zurück in seine Halle, er hatte damit begonnen, einen VW-Golf in seine Einzelteile zu zerlegen.

Drei Stunden verbrachte er damit, sein Zimmer zu reinigen. Überall fanden sich Blutspuren. Bei der Zerstückelung der Leiche hatte er wie im Wahn gearbeitet und die Kette der Motorsäge hatte Blut- und Gewebereste im gesamten Raum verspritzt. Den blutbefleckten Teppich versteckte er im Keller und deckte ihn mit allerlei Gerümpel zu, das er im ganzen Haus zusammensuchte. Als er an der Tiefkühltruhe vorbeiging, fiel ihm ein, dass Mutters Kopf noch entsorgt werden müsste. Er bereute es, ihn nicht mit auf seine Tour genommen zu haben, jetzt hatte er ein Problem. Wohin damit? Er setzte sich auf einen Stuhl, der neben der Truhe stand, und überlegte. So saß er dort eine halbe Stunde, ohne eine Lösung zu finden, und nickte ein. Das Klingeln an der Haustür riss ihn aus dem Kurzschlaf. Er ging die Kellertreppe hoch und öffnete die Tür.

»Mia hat mich immer noch nicht angerufen, ist sie wirklich in Kur? Robert, da stimmt doch was nicht«, empörte sich Mutters beste Freundin, »nun sag schon, wo ist sie?« Sie zog erstaunt ihre Augenbrauen hoch, als sie die äußerlichen Veränderungen an ihm feststellte. Er überlegte kurz, dann bat er sie herein.

»Du kannst dich ja umsehen, die ist hier nicht.«

Jetzt hatte er ein neues Problem.

*

Der Morgen nach der Pressekonferenz verlief zunächst ruhig. Winkler hatte gut geschlafen und stand gegen seine Gewohnheiten schon um fünf Uhr auf. Er frühstückte und fuhr nach Meppen ins Kommissariat. Dort traf er als Erster ein und setzte sich hinter seinen Schreibtisch. Wie jeden Morgen fuhr er zuerst den Computer hoch und öffnete Outlook. Das Spamprogramm hatte reichlich Werbung und Pornoseiten ausgefiltert, er betrachtete sich den Posteingang. Drei neue Nachrichten. Die erste Nachricht kam von seiner Tochter Svenja aus London, er öffnete sie:

Hallo Paps, danke für die 500 Pfund für den Umzug in die Frauen-WG. Seit gestern gehört auch ein junger Franzose dazu, er heißt Michel. Er ist so süß, hat schwarze Haare und einen Dreitagebart. Hallo? Dreitagebart in der reinen Fauen-WG? Winkler kratzte sich am Kinn, dann am Hinterkopf, er las weiter:

Ich glaube, er mag mich, denn als wir gestern alle in unsere Betten verschwanden, klopfte er noch einmal an meiner Tür. Papa, nicht was du jetzt vielleicht denkst, er wollte sich nur bedanken, für alles, verstehst Du? Wir haben uns nur ganz kurz geküsst, dann ist jeder in sein Zimmer gegangen, ehrlich. So, Paps ich muss zur Uni. Kuss und LG. Deine Kleine! Er musste dringend mit der Mutter seiner Tochter sprechen, mal wieder. Er schloss die E-Mail, wollte sie später beantworten.

Die zweite Nachricht kam aus Kiel. Ole Jensen fragte nach ersten Ergebnissen in den Mordfällen und kündigte sein Kommen an. Winkler überflog seine Mail.

Hallo Dennis, ... leider konnte ich dich nicht erreichen, ich rufe morgen früh um acht an, bis dann. Ole

Die dritte Nachricht war anonym, zumindest nicht mit einem Namen unterzeichnet. Der Absender hatte sie wahrscheinlich in einem Internetkaffee geschrieben und um 19 Uhr am Vorabend abgeschickt. Winkler öffnete sie und las:

Ihr sucht doch das Schwein, das die Bräute umbringt. Bei uns im Nachbardorf wohnt ein Vergewaltiger, dem traue ich alles zu, auch das mit den Brautmorden! Ich habe gehört, dass der Mörder einen dunklen Kombi fährt, er hat auch so einen, diese Sau. Mann sollte ihm die Eier abschneiden, oder noch besser: Daran aufhängen. Schaut mal in eure Verbrecherkartei, er heißt Peter Nolte. Packt ihn euch! Ein besorgter Mitbürger.

Winkler druckte die E-Mail aus, las sie kopfschüttelnd noch einmal durch und legte sie zur Seite. Da sollen sich Bötcher und Eckelhoff drum kümmern. Dann antwortete er seiner Kleinen. Die Antwort fiel recht kurz aus: *Hallo Kleine, pass auf dich auf, die Franzosen wollen immer nur das Eine, verstehste? Dein Paps!* Er drückte auf Senden und erhob sich.

Während die Kaffeemaschine zischte und vor sich hin blubberte, trat er an die Pinnwand und sah sich die Fotos der getöteten Frauen an. An der Pinnwand hing seit gestern auch das von Petra angefertigte Phantombild, das jede Zeitung heute auf Seite eins abgedruckt hatte. Winkler betrachtete sich die Augen genauer, sein Blick war eiskalt. Er wusste, dass sich die Zeugen immer an die Augen der Leute erinnerten.

»Moin, Dennis. Schon so früh hier?«, polterte Thomas Bötcher laut in das Zimmer. Winkler drehte sich zu seinem Kollegen um.

»Moin, Thomas. Hast du dir mal die Augen auf der Zeichnung angesehen?«, er tippte mit dem Zeigefinger auf das Bild. Thomas trat zu ihm.

»Ja, habe ich. Der hat einen eiskalten Blick. Ich gehe davon aus, dass er diese Augen hat. In den meisten Fällen ...« Winkler legte die rechte Hand auf seinen Unterarm: »... ich weiß, Thomas.«

»Auf deinem Tisch liegt eine ausgedruckte E-Mail, ein anonymer Denunziant hat sie mir geschickt, sieh mal nach, ober der Denunzierte auf deiner Liste steht.« Bötcher setzte sich hinter den Schreibtisch und blätterte in der Liste mit den Passatfahrern.

»Ja, stimmt. Peter Nolte fährt so ein Fahrzeug, sollen wir da nachbohren?«

»Aber bitte genau so, wie bei den anderen. Ihr könnt ihm heute einen Besuch abstatten. Wo wohnt der?« Bötcher sah nach.

»In Lohne, direkt an der Hauptstraße. Ich suche im Register nach seiner Vorgeschichte«, er fuhr seinen PC hoch und begann zu lesen, als er ihn gefunden hatte.

»Nicht schlecht«, pfiff er durch seine Zähne, »der hat einiges angestellt. Zweimal bestraft wegen Vergewaltigung, einmal vier Jahre, dann sieben Jahre Gefängnis. Der hat von seinen achtunddreißig Jahren elf Jahre hinter Gittern gesessen. Beachtliche Karriere.«

»Zeig mal das Foto.« Winkler stand hinter Bötcher und sah ihm über die Schulter. »Kannste vergessen, sieh dir die Augen an. Glubschaugen wie ein Kaninchen mit dieser komischen Krankheit.«

»Myxomatose«, erwiderte Bötcher, blickte zur Tür und begrüßte durch ein kurzes Kopfnicken Petra Vogt und Erik Eckelhof, die zum Dienst erschienen. Winkler sah auf seine Uhr. Zehn vor acht.

»Hallo ihr beiden. Googelt ihr nach Kaninchenkrankheiten? Habt ihr Karnickel zu Hause?«, erwiderte Petra und hing die Jeansjacke über ihre Stuhllehne.

»Nee, schau dir den Kerl hier an, kommt der dir bekannt vor? Vergleich ihn mit dem Phantombild«, forderte Winkler sie auf.

»Keine Ähnlichkeiten. Die Augen passen schon gar nicht. Nein, das ist nicht unser Mann.«

»Wir überprüfen trotzdem routinegemäß sein Alibi und schicken eine Streife hin.«

»Guten Morgen nach Kiel«, sagte Winkler, der wieder hinter seinem Schreibtisch saß und pünktlich um acht Uhr den Telefonhörer abnahm. Kollege Jensen war in der Leitung, Winkler vernahm im Hintergrund lautes Vogelgezwitscher.

»Ole, was ist los? Sitzt du im Zoo?«

»Nein. Max, mein Kanarienvogel, wird Vater, der macht den Krach«, ein kurzes Poltern in der Leitung verriet, dass der Kieler Kollege den Hörer zur Seite gelegt hatte, nach zwanzig Sekunden war er wieder am Apparat, »ich habe ihm ein Leckerlie gegeben, jetzt ist er ruhig. So, nun zu unseren Fällen. Ich komme für ein paar Tage nach Meppen, habe ein ganz wichtiges Schreiben von meinem Oberrat erhalten. Der Minister persönlich hat uns geschrieben und mir grünes Licht gegeben, ich darf bei euch ermitteln.«

»Kommst du alleine?«

»Ja. Meine Kollegen haben einen neuen Fall, die sind ausgelastet. Ich werde heute Nachmittag bei dir eintreffen, kannst du mir ein Hotel besorgen?«

»Du kannst bei mir schlafen, ich habe zwei Gästezimmer und meine Ex ist unterwegs«, erwiderte Winkler und freute sich auf einen schönen Grillabend auf der Veranda.

»Prima! Besorge Grillfleisch und Bier«, gab er gedankenlesend zurück, »wir veranstalten heute Abend eine kleine Wiedersehensfeier. Ist heute nicht das Fußballländerspiel Spanien gegen Kroatien?«

»Ist es. Also, dann bis später.« Winkler legte auf, dann rief er seine Truppe zur Besprechung, Merger hatte sich für halb neun angekündigt.

»Der Täter hat unvorsichtigerweise auf dem Waldfriedhof eingeparkt, dabei ist ein Teil seines Rücklichtes abgesplittert. Das Rücklicht gehört eindeutig zu einem Passat, Baujahr zweitausendzwei. Wie viel haben wir davon auf der Liste?«, wollte Merger von Bötcher wissen, der den aufgeklappten Bericht der Spurensicherung vom Fundort der Leiche Christine Mertens vor sich auf dem Tisch liegen hatte. Der überflog die Blätter.

»Einhundertvierundachtzig. Aus dem Jahr stammen die meisten Fahrzeuge.«

»Dann könnt ihr den Rest der Liste durch den Reißwolf jagen, was ist mit dem Vergewaltiger?«, fragte nun Winkler.

»Baujahr zweitausenddrei, also fällt er raus.«

»Der Kreis wird enger«, bemerkte Merger, »Fakt ist nun, dass wir tatsächlich den Fahrer dieses Passates suchen. Wir haben nun endlich Klarheit. Achtet also auf die Rückleuchten«, er hob den Zeigefinger, »und nichts davon an die Presse.«

»Hat Kollege Lehnert sich das Phantombild angesehen?«, fragte Petra Vogt in die Runde. Achselzucken bei allen verriet ihr, dass niemand daran gedacht hatte.

»Ich frage ihn gleich«, sagte Eckelhoff eifrig, zog ein Handy aus der Tasche und wählte seine Nummer. Nach dreimaligem Tuten meldete er sich. Eckelhoff erhob sich und ging zum Fenster, blickte auf die Baustelle der MEP, die seit Tagen wegen einiger Knochen, die im Boden gefunden wurden, ruhte. Eigentlich sollten die Bauarbeiten des neuen Einkaufsviertels schon viel fortgeschrittener sein.

»Moin, Max. Hast du das Phantombild von dem Gesuchten gesehen? Hast du ihn erkannt?«

»Nein, keine Ähnlichkeiten. Es war sehr dunkel und ich habe ihn nur von der Seite gesehen, also im Profil. Einmal hat er mich kurz angesehen, die Augen, die erkenne ich wieder. Bist du jetzt bei den Kriminalern?« Max Lehnert kannte Eckelhoff sehr gut, sie waren ein Jahr zusammen Streife gefahren. Er hatte ihn ausgebildet, etwas Stolz schwang in seiner Stimme.

»Was ist denn nun?«, fragte Merger mit ärgerlichem Unterton. Max verabschiedete sich von seinem Lehrmeister und ließ das Handy in der Hosentasche verschwinden.

»Er hat ihn nicht erkannt. Aber die Augen auf dem Phantombild stimmen. Sie sind gut getroffen«, fügte er hinzu und setzte sich zurück auf seinen Platz. Nur nicht den Oberrat verärgern, Erik wollte sich bei der Kripo einen guten Namen machen, der Versetzungsantrag lag bereits bei ihm im Posteingangsfach. Winkler gab ihm etwas Schützenhilfe, er mochte Eckelhoff, schon seit der ersten Begegnung am Speichersee in Geeste.

»Gut. Danke, Herr Eckelhoff. Checken Sie die Liste der Fahrer nach Berufen durch, Frau Grote vermutet, dass unser Täter ein kleiner Beamter oder Angestellter ist.«

»Bin schon weg«, erwiderte Eckelhoff und wollte aufstehen. Petra Vogt hielt ihn am Arm fest. »Warte, die Sitzung ist noch nicht beendet.«

»Das ist ein guter Ansatzpunkt. Gibt es noch weitere Spuren?« Winkler zeigte auf den Bericht der Spurensicherung. Merger klappte ihn auf.

»Die Seile, mit der er die Leiche zwischen den Bäumen aufgehängt hat, sind handelsüblich, sie werden in jedem Baumarkt angeboten. Vielleicht solltet ihr da mal nachfragen, hier in der Umgebung gibt es doch reichlich Baumärkte.«

»Die kann sich jeder auch im Internet bestellen, das ist heute kein Problem mehr«, erwiderte Bötcher, »trotzdem werde ich die aufsuchen, möglicherweise haben die in letzter Zeit welche davon verkauft. Konnte der Hersteller ermittelt werden?« Merger schob ihm den Bericht über den Tisch.

»So genau habe ich den nicht gelesen, nur vorhin überflogen.« Bötcher legte die Hände auf den Stapel Papier und sah zu Winkler, der räusperte sich.

»Der Obduktionsbericht von der zweiten ermordeten Braut liegt vor. Klar ist, dass Christine Mertens bereits tot war, als der Täter sie strangulierte und zwischen den Bäumen aufhing. So wie die Rechtsmediziner schreiben, starb sie an einer Überdosis Betäubungsmittel. Den Finger hat er wie bei Dana Beckermeier mit einer Zange abgetrennt.«

»Das hat ihn aber nicht davon abgehalten, seine perversen Spielchen mit ihr zu treiben. Wie kann man nur so krank im Kopf sein«, stellte Petra Vogt die Frage in den Raum und blickte in die Runde. Unfassbarkeit las sie in den Gesichtern der Kollegen.

»Staatsanwältin Grote hat mir das letztens gut erklärt«, antwortete Winkler. »So ein Mörder, wie in unseren drei Fällen, ist ein Psychopath. Er wirkt sonst völlig normal, bis irgendwann etwas passiert, das seine Andersartigkeit auslöst. Psychopathie bedeutet, dass ein oder mehrere Charakterzüge des Betreffenden außergewöhnlich stark entwickelt sind, während seine Begabung, seine Auffassungsgabe normal ist. Solche Menschen, die plötzlich in dieser Art und Weise morden, ihre Opfer zur Schau stellen, werden von ihren Angehörigen als freundlich, rücksichtsvoll und gutartig beschrieben und gelten als die Letzten, denen man solche Taten zugetraut hätte. Es ist nicht außergewöhnlich, dass sie ihre Taten damit begründen, berühmt zu werden und in die Schlagzeilen zu geraten. In fast allen Fällen handeln sie aus Hass und Geltungssucht.« Winkler überlegte, ob er weiter erzählen sollte, schließlich hatte er gespannte Zuhörer. Er entschied sich, es bei den letzten Worten zu belassen.

»Wir haben eine Menge zu tun, alle an die Arbeit.«

*

Frau Gerber war so um die sechzig Jahre alt und eine zierliche Person. Ihre Neugierde war krankhaft, außerdem hatte sie, genau wie Mutter, einen Putzfimmel. Sie wohnte schräg gegenüber, ihr Mann hatte vor einem Jahr das Zeitliche gesegnet und Nachkommen gab es keine. Eine ältere Schwester lebte in Paderborn. Nach dem Tode ihres Mannes zog es sie zu seiner Mutter hin, sie wurden fast unzertrennlich, unternahmen viel und lebten gut von den Renten ihrer Gatten.

Ohne groß zu fragen, trat sie in den Flur und nahm sofort den scharfen Geruch von Reinigungsmitteln wahr. Neugierig drängte sie an ihm vorbei und betrat die Küche. Er ließ sie widerspruchslos gewähren. Sie warf einige prüfende Blicke durch den Raum und stellte fest, dass alles in bester Ordnung war. Alles stand an seinem gewohnten Platz, sie kannte Mia und ihren Ordnungstick. Trotzdem öffnete sie den Kühlschrank. Der war gut gefüllt und es sah nicht danach aus, als ob ihre gute Freundin die Wohnung für längere Zeit verlassen hätte. Er stand mit vor der Brust verschränkten Armen in der Tür und lehnte sich an den Rahmen, beobachtete die neugierige Frau.

»Deine Mutter hat aber reichlich eingekauft, bevor sie in Kur gefahren ist«, stellte sie fest und schloss den Kühlschrank.

»Ich muss ja auch was essen, es ist für mich«, gab er zurück. Sie dreht sich zu ihm.

»Du siehst so anders aus, neue Frisur?«

»Ja, und?«

»Nur so. Wo ist denn Mia in Kur?«

»In Bad Oeynhausen«, rutschte es aus ihm heraus. Sofort bereute er seine Worte.

»Warum das denn? Deine Mutter war kerngesund und in Bad Oeynhausen werden doch Herzkranke operiert, oder?« Sie lehnte sich mit dem Rücken an die Kühlschranktür und blickte ihn misstrauisch an.

»Ich meinte ja auch Bad Nenndorf, sie ist da in der Orthopädie, schon lange plagten sie starke Rückenschmerzen. Nun ist sie dort für drei Wochen. Wenn sie dir das nicht gesagt hat, dann solltest du es auch nicht wissen, oder?«, versuchte er sie zu überzeugen und blickte zur Küchenuhr. Sie schüttelte ungläubig ihren Kopf. Dann verspürte sie ein komisches, mulmiges Gefühl in ihrer Magengegend, das bekam sie immer dann, wenn sie sich fürchtete. So, wie er sie mit eiskalten Augen anstarrte, machte er ihr plötzlich Angst. Obwohl sie ihre Angst nicht zeigte, spürte er sie. Schon vor ihrer nächsten Frage hatte er beschlossen, die Frau aus dem Weg zu räumen.

»Robert, du lügst. Was hast du hier im Haus angestellt? Es riecht stark nach Reinigungsmitteln. Außerdem habe ich gesehen, wie du einige Müllsäcke in den Bulli geworfen hast. Hast du ihr etwas angetan?«, erwiderte sie mit etwas zittriger Stimme und ahnte nicht, dass sie damit ihr Todesurteil gesprochen hatte.

Zwei schnelle Schritte und er stand vor ihr, streckte die Arme nach vorne und seine Hände umfassten ihren Hals. Sie zappelte und versuchte seinen Würgegriff zu lockern, kratzte an seinen Unterarmen. Vergebens. Vier Minuten dauerte es noch, dann brach ihr Blick.

16

Bötcher nervte das laute Gedudel, das aus den Lautsprechern der zahlreichen Videogeräte in seine Ohren drang, als er hin und her schauend durch die engen Gänge des dritten Baumarktes spazierte. Er hatte bereits zwei Baumärkte in Lingen abgefragt und suchte nach dem Verkäufer des Seiles, mit dem Christine Mertens zwischen den Bäumen aufgehängt wurde. Die junge Verkäuferin im Praktiker-Baumarkt lächelte, als er ihr das Seil zeigte.

»Da auf den Rollen sind bestimmt noch hundert Meter des gleichen Herstellers drauf«, erkannte sie den Strick und zeigte in Richtung des Regals mit Seilen, Bändern und Ketten. Bötcher ließ sich nicht abwimmeln. Er ging zu den Rollen, verglich das Seil in seiner Hand mit denen auf den Rollen und stutzte, als er endlich auf einer ziemlich leeren Rolle einen Rest fand, der seinem Seil absolut glich.

»Wurde es hier bei Ihnen verkauft?«, er hielt sein mitgebrachtes Beweisstück in ihre Richtung.

»Möglicherweise, ja«, erwiderte sie, »allerdings beliefert der Hersteller alle Baumärkte in Deutschland. Das könnte also überall verkauft worden sein.«

»Das Seil ist einmal zerschnitten worden und hatte eine Gesamtlänge von zwanzig Metern. Ich vermute, dass es in Lingen oder in der näheren Umgebung verkauft wurde. Könnten Sie mal nachsehen, ob die Artikelnummer bei den Verkäufen der letzten, sagen wir mal zwei Monate, auftaucht?«

»Versuchen kann ich es ja«, sie kritzelte die Artikelnummer auf einen Notizzettel, »kommen Sie mit.« Mit schnellen Schritten eilte sie quer durch den Baumarkt zu den Kassen, bog dann bei den Werkzeugen nach rechts ab, verschwand hinter einer Wand mit bunten

Tapeten und wollte eine Bürotür öffnen. Bötcher lief fast im Laufschritt hinterher, kam sich irgendwie blöd vor. Als er sie wieder einholte, hielt er sie am Arm zurück.

»Ich bin, wie Sie vielleicht an meinen Fragen bemerkt haben, von der Kriminalpolizei. Bötcher ist mein Name, Thomas Bötcher«, er zeigte ihr seinen Ausweis.

»Ach was?«, gab sie keck zurück, betrat das Büro und setzte sich an einen Schreibtisch. Nachdem sie die Artikelnummer eingetippt und auf Suchen gedrückt hatte, lehnte sie sich im Stuhl zurück und lächelte Bötcher an.

»Das kann jetzt etwas dauern, möchten Sie was trinken? Ein echter Kommissar? Sie sehen gar nicht wie einer aus. Die im Fernsehen sehen ganz anders aus.«

»Das sagen viele. Nein, danke, nichts zu trinken«, gab er zurück, »ich muss noch fahren.« Ihr verdutztes Gesicht verriet ihm, dass sie den Witz nicht verstanden hatte. Bötcher schritt mehrmals durch den Raum, während sie, nach ihrer Ansicht unbeobachtet, in der Nase bohrte. Dann blickte sie auf den Monitor.

»Wir haben den Artikel am zweiten Mai verkauft, Sie hatten recht, der Kunde hat zwanzig Meter gekauft.«

»Hatte er eine Kundenkarte?«

»Nein, hatte er nicht.«

»An welcher Kasse wurde das Seil bezahlt, und bitte, wer hat kassiert?«

»Das muss ich im Dienstplan nachsehen«, erwiderte sie und erhob sich schwerfällig, bewegte sich in Zeitlupe zu einer großen Tafel an der Wand. Bötcher trat zu ihr, sah ihr über die Schultern. Sie strich mit dem Finger über die Listen, dann fand sie den 2. Mai.

»Frau Renner hatte Dienst an der Kasse.«

»Ist die heute im Baumarkt?«

»Ja, ich habe vorhin noch mit ihr gesprochen, möchten Sie auch mit ihr sprechen?«

»Wenn es keine Umstände macht, gerne«, sagte er und trat einen Schritt zur Tür. Von der Frau hatte er genug, sie ging ihm gefährlich auf den Geist. Er folgte ihr zurück zu den Kassen, an denen sich lange Schlangen gebildet hatten. Es war Ferienzeit in Nordrheinwestfalen und viele Camper aus Hanekenfähr nutzten den naheliegenden Baumarkt, um für kleinere Reparaturen Baumaterialien zu besorgen. Dort, wo die Ems und der Dortmund-Ems-Kanal sich trennten, befand sich seit vielen Jahren ein Campingplatz, der vorwiegend von Leuten aus dem Ruhrgebiet aufgesucht wurde. Frau Renner scannte gerade ein Paket Nägel in ihre Kasse ein, als sie durch ihre Kollegin auf Bötcher aufmerksam gemacht wurde, der abseits der Schlangen auf sie wartete. Sie übergab die Kasse kurzfristig und nickte Bötcher von Weitem zu. Sie wies zum Ausgang, er solle ihr folgen. Bötcher trat aus dem Baumarkt und füllte seine Lungen mit Frischluft. Er hasste den typischen Geruch, der im Innern eines jeden Baumarktes vorherrschte. Frau Renner stand vor dem Eingang und rauchte eine Zigarette, sie hielt ihm die Packung hin.

»Hallo, auch eine?«, begrüßte sie ihn und blies den Qualm in kleinen Wölkchen Richtung Himmel.

»Nein, danke. Frau Renner, dieses Seil wurde am 2. Mai hier in der Filiale verkauft. Sie haben an der Kasse den Kunden abkassiert. Ich habe eine Zeichnung mit, vielleicht kommt Ihnen der Mann auf dem Bild bekannt vor«, sagte er und reichte ihr das Bild. Sie sah es sich genau an, zog an der Zigarette.

»Der sah anders aus. Ich kann mich recht gut an den Käufer erinnern, denn als er mit dem Seil in der Schlange stand, hantierte er damit herum. Dabei sah er sich immer um, als wenn er sich verfolgt fühlte. Als er dann bezahlen wollte, fiel ihm eine Karte aus dem Portemonnaie. Die Karte war von einem Sexversand, das erkannte ich sofort. Ihm war das peinlich, er wurde knallrot und ganz verlegen, als ich ihm die Karte wieder zusteckte. Dabei habe ich ein Auge zugekniffen, verstehen Sie?« Bötcher verstand.

»Könnten Sie die Zeichnung mit mir so verändern, dass wir sein Aussehen realistischer bekommen?«

»Ja, wäre möglich. Soll ich bei Ihnen vorbeikommen?«, fragte sie zurück und schnippte die Kippe von sich.

»Das brauchen Sie nicht, ich habe mein Notebook im Wagen, mit einem Programm verändern wir das Bild nach Ihren Vorgaben. Hätten Sie jetzt Zeit?«

»Na klar. Meine Kollegin hat mich abgelöst, soll sie doch eine halbe Stunde kassieren, mir egal. Die Polizei geht vor. Lassen Sie uns in die kleine Cafeteria gehen«, schlug sie vor. Bötcher ging zum Wagen, verstaute das Seil im Kofferraum und folgte, die Tasche mit dem Notebook unter dem Arm, der Frau, von der er sich viel versprach.

Innerhalb einer Stunde und drei Zigarettenlängen später hatten sie gemeinsam ein neues Phantombild erstellt, Frau Renner hatte wohl ein fotografisches Gedächtnis. Sie erinnerte sich an viele Einzelheiten, an die roten Haare mit Kurzhaarfrisur, die Sommersprossen und an den Schnäuzer.

»Ja, das ist er, so sah er aus, der das Seil gekauft hatte. Ich würde ihn sofort wiedererkennen«, behauptete sie, »konnte ich Ihnen helfen?«

»Ja, das konnten Sie. Vielen Dank Frau Renner«, er packte sein Notebook zusammen und verließ die Frau, die sich die fünfte Zigarette ansteckte.

Petra Vogt und Dennis Winkler suchten die Kfz-Werkstätten in Lingen und Umgebung auf, erkundigten sich nach einem Käufer, der eine neue Rücklichtabdeckung bestellt oder gekauft hatte. Sie wurden nicht fündig. Als sie bei einem Autoverwerter in Meppen eintrafen, klingelte Petras Smartphone. Bötcher hatte ihr eine SMS geschickt. Sie öffnete die Datei und zeigte Winkler das Bild des Mannes, der ein identisches Seil beim Praktiker-Baumarkt in Lingen gekauft hatte.

»Der sieht ja völlig anders aus«, stellte er fest und klopfte an die Eingangstür zur Werkstatt. Da niemand öffnete, traten sie in die Halle. Unter einem Opel Astra erblickten sie zwei Beine in blauer Montur herausragen. Winkler stieß ein Bein leicht an.

»Hallo, ist da wer?«, fragte er unnötigerweise.

»Ja natürlich, oder denken Sie, hier liegt eine Leiche unter dem Wagen«, kam zur Antwort. Dann kroch der Monteur unter dem Wagen hervor.

»Wer will das wissen?«, fragte er und putzte sich die ölverschmierten Hände an einem Lappen ab.

»Wir sind von der Kripo Meppen und suchen jemanden, der ein neues Rücklicht braucht. VW-Passat Kombi, Baujahr zweitausendzwei.« Der Monteur dachte nur kurz nach.

»Habe ich gestern für zwanzig Euro verkauft.«

»An den hier?«, fragte Petra und hielt ihm das Smartphone mit dem Phantombild unter die Nase.

»Nein, der sah völlig anders aus. Er hatte einen Dreitagebart und lange blonde Haare. Und so viele Sommersprossen hatte er auch nicht, außerdem trug er eine Brille.«

»Hat der Kunde seinen Namen gesagt?«

»Nein, er hat bar bezahlt und weg war er.«

»Konnten Sie das Kennzeichen des Wagens erkennen?« Petra erhoffte sich, dass er ›ja‹ sagen würde.

»Nein, das konnte ich nicht erkennen. Darf ich jetzt weiter arbeiten?«

»Gerne, wir haben sonst keine Fragen mehr. Ich benötige nur noch Ihren Namen und Ihren Wohnort. Wir werden Sie vielleicht noch als Zeugen vernehmen müssen, dann melden wir uns wieder.« Petra notierte sich die Personalien, dann ging es zurück nach Meppen.

Sie trafen Bötcher am neuen Kaffeeautomaten im Flur des Kommissariates. Der alte Kasten, der untrinkbare Flüssigkeiten gegen Geld produzierte, wurde am Vormittag gegen einen neumodernen Automaten ausgetauscht. Was das Herz so begehrte, wurde per Knopfdruck hergestellt und in Pappbecher gefüllt. Bötcher studierte gerade die Bedienungsanleitung und verzweifelte.

»Der Fahrkartenautomat der Deutschen Bahn ist schon schwer zu bedienen, aber für dieses Monstrum brauchst du einen Hochschulabschluss. Scheiße, ich will doch nur einen Kaffee.«

»Da das Geld reinwerfen. Kaffee dort wählen und warten«, erklärte Petra, warf eine Fünfzigcentmünze in den Schlitz, drückte die zwei Knöpfe, dann arbeitete die Maschine.

»Hier, bitte!« Sie reichte ihm den Becher mit dem dampfenden Kaffee. Bötcher zuckte mit den Achseln, dann probierte er das Getränk, er war begeistert.

»Der schmeckt super. Endlich mal ein Apparat, der funktioniert.«

»Wie im Fernsehen«, sagte Winkler, »in jedem Tatort im Ersten haben die Kommissare Probleme mit dem Kaffeeautomaten. Kommt mit, wir haben Wichtigeres zu tun.«

»Thomas, das Phantombild, das du mit der Frau aus dem Baumarkt erstellt hast, passt nicht zu dem Typen, der sein Rücklicht kaputt gefahren hat. Der Schrotthändler hat ihn anders beschrieben. Er war blond, hatte keinen Schnurrbart und trug eine Brille. Mit dem Bild von dir hat er keine Ähnlichkeit«, bemerkte Petra und setzte sich auf die Ecke von Winklers Schreibtisch.

»Trotzdem bin ich dafür, dass wir das Bild an die Zeitungen weitergeben. Wir müssen jedem Hinweis nachgehen. Wie weit seit ihr mit der Liste?« Winkler hatte die Zahl 184 im Kopf, als sie heute Morgen losgefahren waren. Er glaubte nicht, dass sie über die Listen irgendetwas Verwertbares erfahren würden.

»Einhundertundachtzig noch. Ich denke, das bringt uns hier nicht weiter, aber wir sind dran.« Auch für Bötcher ging diese Art der Ermittlung, die fast nur vom Schreibtisch aus zu bewältigen war, in die falsche Richtung. Sie hatten morgens zwei Besitzer dieses Fahrzeugtyps telefonisch nicht erreicht und schon beschlossen, die Leute aufzusuchen. Gleich, nach einer kurzen Pause, wollten Bötcher und Eckelhoff die Halter der Fahrzeuge aufsuchen. Eckelhoff nickte, als Bötcher ihm ein Zeichen zum Aufbruch gab.

»Bevor ihr abhaut, schicke bitte das Phantombild zur Osnabrücker Zeitung. Und gib ein paar Informationen dazu weiter. Irgendwas müssen die ja auch zu dem Bild sagen können. Und schicke ein Foto zur Staatsanwältin.« Winkler lehnte sich im Stuhl zurück und begann zu grübeln. Die Sache mit dem Seil, das im Lingener Baumarkt verkauft wurde, dann das Phantombild, das Bötcher erstellt hatte, das nicht zu dem Typen mit dem Rücklicht passte. Scheiße, das bringt uns alles nicht weiter.

»Moin, Dennis, na, wie sieht es aus?«, vernahm er die Stimme von Jensen, der seine Reisetasche abstellte und sich vor den Schreibtisch setzte. Ole Jensen hatte das Büro leise betreten und bemerkte, wie sein Kollege tief in Gedanken versunken zur Pinnwand blickte. Er reichte ihm über den Tisch seine Hand zur Begrüßung.

»Hallo, Ole. Wir kommen nicht weiter. Eigentlich wissen wir nicht viel über den Täter. Wir suchen nach einem VW-Passat, möglicherweise hat er so einen Wagen. Am zweiten Tatort sind Teile eines Rücklichtes gefunden worden, das er beim Einparken beschädigt hat. Vielleicht war es auch ein Besucher des Friedhofes. Alle Ermittlungen konzentrieren sich auf diesen Kombi. Ansonsten treten wir auf der Stelle. Du hast ja die Bilder der zweiten Leiche gesehen, sie wurde mit Seilen zwischen den Bäumen aufgehängt. Das Seil wurde genau in dieser Länge im Praktiker-Baumarkt in Lingen verkauft. Die Verkäuferin hat den Käufer beschrieben, morgen ist sein Bild in der Zeitung.« Winkler war leicht frustriert, man sah es ihm an.

»Mir ist etwas ganz anderes aufgefallen. Es hört sich zwar bescheuert an, aber die ermordeten Frauen hatten das gleiche Sternzeichen. Sie waren alle Widder. Die Jerkova, Beckermeier und Christine Mertens. Sie hatten alle Ende März Geburtstag. Ist doch komisch, oder?« Winkler kratzte sich an der Nase.

»Echt? Das ist uns bisher nicht aufgefallen. Ist das denn von Bedeutung? Das kann Zufall sein. Was dir alles auffällt.« Er konnte sich darauf überhaupt keinen Reim machen und schrieb vorsichtshalber ›Widder‹ auf seine Schreibtischunterlage. Man kann ja nie wissen.

»Wie war denn die Anreise?«, wechselte Dennis das Thema und lehnte sich zurück.

»Eigentlich habe ich kaum Zeit, euch zu unterstützen. Wir haben gestern einen toten Obdachlosen gefunden, riesiges Loch im Hinterkopf. Ich kannte den Mann, arme Sau, er hatte mir vor ein paar Monaten gute Tipps gegeben, als wir eine erschlagene Frau aus einem

Kellerloch gezogen hatten. Sie ging auf den Strich, hatte wohl einen Freier, der sie nach billigem Sex entsorgt hatte. Wir konnten den Mörder wegen seiner Hinweise fassen, er war ein angesehener Bürger mit vielen Beziehungen. Jetzt, kurz vor dem Prozess, ist unser bester Zeuge tot. Inga und Kollege Erpenbach sind dran.«

»Ich möchte dich hier in unseren Fällen als Berater zur Seite haben. Das Klinkenputzen übernehmen die Kollegen. Lass uns heute Abend die Brautmorde chronologisch durchgehen. Auch dass dir das mit den gleichen Sternzeichen aufgefallen ist, zeigt doch, dass du Dinge siehst, von denen wir null Ahnung haben.« Jensen fühlte sich geschmeichelt.

»Das war jetzt reiner Zufall, muss ja nichts bedeuten. Gut, machen wir es so, wie du gesagt hast. Ich habe Fisch aus der Ostsee im Auto, die Kühlbox ist gut gefüllt, lass uns den Grill anschmeißen und reden.«

*

Jetzt hat sie das bekommen, was sie schon seit Jahren verdient hatte. Nur zu genau erinnerte er sich an das Geschwätz über seinen Vater, das sie von sich gab, als er noch ein kleiner Junge war. Schon damals hatte er gedacht, da war er zehn Jahre alt, sich dafür an ihr zu rächen. Jetzt war es passiert. Drei Stunden saß er vor dem Küchentisch, trank Kaffee und aß zwei Brötchen. Erst jetzt fiel ihm die Handtasche auf, die in der Ecke am Kühlschrank lag. Er stand auf, nahm die Tasche, setzte sich wieder an den Küchentisch und kippte den gesamten Inhalt auf den Tisch. Sie hatte reichlich Bargeld dabei, er nahm die Scheine aus dem Portemonnaie, es waren circa dreihundert Euro, und steckte sie in die Hosentasche. Geld brauchte sie nicht mehr. Den übrigen

Krempel, außer dem Schlüsselbund, steckte er wieder in die Tasche. Sie hatte einen Mercedes S-Klasse in der Garage und er beschloss, seinen Kombi in der nächsten Zeit stehenzulassen.

Er wartete noch zwanzig Minuten, dann, als es richtig dunkel war, ging er in das Nachbarhaus. Es muss ungefähr fünf Jahre her sein, dass ich hier in der Wohnung war, dachte er und betrat das Wohnzimmer. Er staunte über die teure Ausstattung, teure Teppiche, stilvolle Möbel und vollgestopfte Vitrinen mit Swarowski-Glasfiguren. Die Frau hatte Geld. Er durchsuchte den Wohnzimmerschrank, außer einer Menge Geschirr und Vasen fand er nichts, was er gebrauchen konnte. Dann ging er ins Schlafzimmer, durchwühlte die Schränke und wurde fündig. Eine Rolle aus Einhundert-Euro-Scheinen lag unter fein säuberlich gefalteter Bettwäsche versteckt. Das Geld steckte er ein, ging in den Flur und nahm den Autoschlüssel vom Haken.

Mit dem Mercedes fuhr er rückwärts in die Hofeinfahrt, betrat den Flur, holte die im Teppich eingewickelte Leiche und verstaute sie im Kofferraum. Die Schaufel und den Spaten aus der Garage legte er dazu. Anschließend ging er zurück in das Haus, runter in den Keller. Vor der Kühltruhe verharrte er einige Minuten. Er öffnete sie, wühlte zwischen den Tiefkühlpizzen und nahm den tiefgefrorenen Kopf heraus. Den Plastikbeutel mit dem letzten Rest seiner Mutter legte er neben sich auf den Beifahrersitz. Bevor er losfuhr, tauschte er die Kennzeichen am Mercedes aus. Er hatte sich schon vor langer Zeit einen Satz Kennzeichen anfertigen lassen. Die zugehörigen Plaketten hatte er sich auf dem Schwarzmarkt besorgt.

Ziellos fuhr er mit dem Mercedes durch die Dunkelheit. Noch hatte er keine Idee, wo es hingehen sollte.

Auf der B 214 bog er rechts ab Richtung Fürstenau, dort lag ein nicht mehr genutzter Truppenübungsplatz. Ideal für sein Vorhaben. Die angrenzende ehemalige Kaserne der Bundeswehr, die ein holländischer Investor zum Freizeitpark umbauen ließ, erreichte er um Mitternacht. Vor der Kaserne bog er links ab zum Gelände und parkte den Mercedes auf einem Waldweg. Mit dem Beutel in der einen und dem Spaten in der anderen Hand streifte er durch eine Tannenschonung. Dann blieb er stehen, horchte. Alles ruhig. Er grub ein tiefes Loch, warf den Beutel hinein und verschloss es wieder. Niemand würde hier suchen. Die Leiche der verhassten Nachbarin vergrub er, eingewickelt in dem blutgetränkten Teppich, zweihundert Meter weiter auf einer Lichtung. Nassgeschwitzt erreichte er den Wagen, dann fuhr er nach Hause und duschte sich. Chantal wartete bereits.

Ein Augenpaar hinter einem Feldstecher beobachtete in der mondhellen Nacht, wie der Mercedes auf dem Waldweg davonfuhr.

17

Jochen Möller wohnte in Emsbüren, nahe der Ems. Er war mit Leib und Seele ein Familienmensch, glücklich verheiratet und Vater von zwei kleinen Töchtern. Heute sollte er über das Emsland hinaus Berühmtheit erlangen. Möller war früh aufgestanden, saß in der Küche und frühstückte. Seine Frau und seine Kinder schliefen oben in ihren Betten. Er las in der Tageszeitung und blätterte zum regionalen Teil, fast wäre er vom Stuhl gefallen, so erschrak er, als er sein Bild in der Zeitung entdeckte. Der Artikel mit dem Phantombild war recht knapp gehalten, die Polizei suchte dringend den Mann auf dem Bild für eine wichtige Zeugenaussage im Zusammenhang mit den Brautmorden. Möller schluckte. Dann ging er die Treppe zum Schlafzimmer hoch und weckte seine Frau.

»Claudia, wach auf, ich muss dir was zeigen.«

»Was ist denn, Jochen, ist was mit den Kindern?«, antwortete sie im Halbschlaf.

»Ich werde gesucht, hier, sieh mal«, er hielt ihr die Zeitung vors Gesicht. Sie setzte sich auf.

»Tatsächlich, gut getroffen«, kommentierte sie das Foto, »und warum suchen sie dich?«

»Keine Ahnung. Jeder hier in Emsbüren und auch auf der Arbeit wird das Gleiche fragen. Sie suchen mich im Zusammenhang mit den Brautmorden, als Zeuge.«

»Ruf bei der Arbeit an und melde dich krank, dann fahr direkt zur Polizei. Ich stehe auf.«

Möller meldete sich krank, setzte sich ins Auto und fuhr nach Meppen. Er wartete zehn Minuten im Flur des Kommissariates, blickte sich neugierig um und las zwei Fahndungsplakate, die an der gegenüberliegenden Wand hingen, dabei trank er einen Kaffee aus dem Automaten. Bötcher und Petra Vogt begannen gleichzeitig ihren Dienst und begrüßten sich draußen vor dem Gebäude, dann betraten sie den Flur und stießen auf den Gesuchten, der ihnen förmlich in die Arme lief.

»Morgen, Sie suchen mich?«

»Wer sind Sie?«, erwiderte Petra, dann erkannte sie den Mann, zumindest sah er dem Phantombild sehr ähnlich. Auch sie hatte beim Frühstück den Artikel in der Zeitung gelesen.

»Jochen Möller, ich wohne in Emsbüren und bin sofort hierhin gefahren, als ich mein Bild in der Zeitung sah. Ich habe fast einen Herzinfarkt bekommen. Verstehen Sie?« Möller war stinksauer.

»Herr Möller, kommen Sie bitte, wir haben einige Fragen an Sie«, sagte Bötcher und schob ihn vor sich her in sein Büro. Er fand das gar nicht lustig, wie der Polizist mit ihm umging.

»Nehmen Sie Platz, Herr Möller.« Böttcher setzte sich an den Schreibtisch Petra gegenüber. Der Gesuchte saß links von den beiden und starrte die Polizisten abwechselnd an.

»Was sollte das mit dem Foto? Jeder meint jetzt, ich hätte etwas mit den Brautmorden zu tun. Weshalb suchen Sie mich?«

»Herr Möller, ruhig bleiben«, sagte Petra, »wir tun auch nur unsere Pflicht. Haben Sie beim Praktiker-Baumarkt am zweiten Mai ein Seil gekauft?« Möller schluckte.

»Deswegen machen Sie so einen Wind? Ist es verboten, Seile zu kaufen? Natürlich habe ich das Seil gekauft, es war zwanzig Meter lang, und?«

»Was haben Sie mit dem Seil gemacht?«, fragte Böttcher.

»Für meine Mädchen eine Schaukel im Garten gebaut, ist das auch verboten?« Möller dachte, die haben sie nicht alle, jetzt wird man schon über ein Foto in der Zeitung gesucht, weil er eine Schaukel für seine Kinder gebaut hatte. Er zweifelte am Verstand der beiden Polizisten.

»Herr Möller, mit diesem Seil wurde die zweite Braut aufgehängt«, er nahm es vom Boden und legte es auf den Schreibtisch. Möller stellte fest, dass es genauso aussah wie das, was er gekauft hatte. Dann schüttelte er den Kopf.

»Sie können gerne bei mir zu Hause nachsehen, das Seil, was ich gekauft habe, hängt im Garten im Baum.«

»Sind Sie mit dem Wagen hier?« Petra lehnte sich zurück und betrachtete sich Möller genauer, er hatte nicht die eiskalten Augen, sondern warmherzige. Sie bereute schon jetzt, dass sie das Bild zur Zeitung weitergegeben hatten.

»Ja, warum?«

»Was für einen Wagen fahren Sie?«

»Einen alten, klapprigen Opel. Wir können uns momentan keinen anderen leisten, wir haben letztes Jahr gebaut. Er steht vor der Tür. Warum fragen Sie?«

»Haben Sie noch einen anderen Wagen? Vielleicht einen dunklen Kombi?« Böttcher sah ihn freundlich an, er hatte ebenfalls innerlich bereut, das Foto in die Zeitung zu stellen. Jetzt versuchte er, den Mann zu beruhigen.

»Nein, wie sollte das denn gehen? Der Opel ist unser einziges Auto. Haben Sie sonst noch ein paar blöde Fragen?« Möller fühlte sich verarscht und erhob sich.

»Herr Möller, ruhig bleiben«, wiederholte Petra sich und stand ebenfalls auf, »wir mussten der Spur folgen, das Seil ist ein wichtiges Beweisstück. Es wurde bei einem Mord benutzt und wir gehen jeder Spur nach. Es tut uns leid, dass Sie in der Zeitung gesucht wurden, wir werden das richtigstellen. Außerdem steht in dem Bericht, dass wir Sie als Zeugen suchen.«

»Gut, war´s das?« Böttcher nickte. »Ich hoffe, dass Sie mich jetzt in Ruhe lassen. Ein kleiner Hinweis in der Zeitung würde mir als Wiedergutmachung reichen, wäre nett, wenn ich das morgen so lesen würde. Auf Wiedersehen!« Möller verließ den Raum und fuhr zur Arbeit. Petra schaute aus dem Fenster und folgte mit ihren Blicken einem klapprigen Opel.

»Scheiße«, sagte sie, »das ist ja voll in die Hose gegangen, ich rufe gleich bei der Zeitung an und lasse einen kleinen Artikel verfassen. Wir werden vorläufig keine Phantombilder mehr in der Zeitung veröffentlichen lassen.« Böttcher begrüßte Eckelhoff und beide beugten sich wieder über ihre Listen.

Um neun Uhr betraten Winkler und Jensen das Meppener Kommissariat, beide sahen nicht ganz taufrisch aus, der gestrige Abend wurde doch feuchter, als sie es vorhatten. Außer gegrilltem Fisch gab es reichlich Weißwein. Winklers Weißweinbestände gingen gegen null. Sie hatten lange über die Brautmorde geredet, Winkler berichtete von den Vermutungen der Staatsanwältin und erzählte Jensen, wie sie sich den Mörder vorstellte. Kleiner Beamter, kräftig und so weiter. Jensen hatte, als Winkler auf das Thema, wie der Täter an die Informationen kommt, spontan gesagt: »Der arbeitet bei der Post. Da hat er alle Möglichkeiten, Einladungskarten zu den Hochzeitsfeiern zu bekommen.« Winkler schlug vor, der Sache morgen auf den Grund zu gehen.

»Moin«, begrüßte Winkler seine Kollegen, die sich komplett in seinem Büro zur morgendlichen Gesprächsrunde eingefunden hatten. Petra hatte die Tageszeitung auf den Tisch geworfen und schüttelte den Kopf.

»Das war ein Schuss in den Ofen, vorhin war der Gesuchte aus der Zeitung bei uns. Der war natürlich stinksauer darüber, dass wir ihn über die Zeitung gesucht haben. Na ja, wir konnten ja nicht wissen, dass er für seine Kinder eine Schaukel gebaut hat. Das Seil hatte er gekauft, um seinen Kindern eine Freude zu machen, mit den Morden hat er so wenig zu tun wie der Papst in Rom.« Winkler zog die Augenbrauen hoch.

»Wo gehobelt wird, fallen Späne. Wie weit seit ihr mit den Listen?« Böttcher sah zu Erik rüber, der zuckte mit den Achseln.

»Wir haben fünf weitere überprüft, negativ.«

»Ich habe gestern mit Hauptkommissar Jensen lange über die Fälle geredet, er denkt, dass unser Mann bei der Post arbeitet.« Er blickte in die Runde.

»Das würde einiges erklären«, sagte Petra, »so käme er an Informationen über die Feiern. Er checkt die Einladungen der Brautleute, dazu greift er einfach ein paar Briefe, die leicht als Einladungen zu erkennen sind, aus dem Regal. Dann weiß er, wo gefeiert wird, und spioniert die Umgebung aus.«

»Ihr macht mit der Liste weiter. Jensen und ich fahren nach Lingen und sprechen mit der Post.« Doch daraus wurde vorerst nichts.

»Ich habe gestern Nacht etwas beobachtet, das ich melden muss«, erzählte der Mann am Telefon, der in der Nacht durch den Truppenübungsplatz gewandert war. Der Polizeimeister der Station Fürstenau schrieb mit.

»Was haben Sie denn gesehen?«

»Der Typ hat, so vermute ich, eine Leiche vergraben. Oder meinen Sie, der fährt spät in der Nacht in einen Wald, um einen Teppich zu verbuddeln? Ich vermute, da war eine Leiche drin. Außerdem hat er davor noch etwas anderes vergraben, ich kann Ihnen die Stellen zeigen.« Der Schutzpolizist wurde hellhörig.

»Sagen Sie mir bitte, wo wir Sie treffen können, ich schicke einen Streifenwagen.«

Nur fünfzehn Minuten später zeigte er den beiden Schutzpolizisten einen frisch aufgehäuften Erdhügel.

»Hol mal die Schaufel aus dem Auto«, sagte der Streifenführer zu seiner Kollegin. Wenn da eine Leiche vergraben liegt, fresse ich einen Besen, dachte er. Einige Minuten später, sie hatten etwa einen halben Meter tief gegraben, stießen sie auf den Teppich. Der zeigte deutliche Blutspuren und ein leichter Verwesungsgeruch stieg aus dem Loch. Den Besen hatte er nicht gefressen, sondern beim KED in Meppen angerufen.

Das KED rückte mit Winkler, Jensen und Petra Vogt an. Bötcher und Eckelhoff saßen weiter an ihren Listen. Die Spurensicherung und ein Gerichtsmediziner aus Oldenburg trafen fast zeitgleich ein, die Streifenbesatzung hatte den Fundort abgeriegelt, der Finder der Leichen saß im Schatten eines Baumes und beobachtete mit einem Fernglas eine Gruppe Rehe, die auf einer entfernten Wiese ästen.

»Haben Sie heute Nacht den Mann beobachtet?« Winkler und Jensen setzten sich zu ihm unter den Baum.

»Ja, ich bin häufig nachts unterwegs, es ist einfach herrlich, bei Dunkelheit durch die Wälder zu streifen und Tiere zu beobachten. Ich bin pensionierter Forstrat, habe Zeit im Überfluss. Guten Tag, Groß, Herman Groß, heiße ich«, stellte er sich vor und reichte Winkler die Hand.

»Das ist mein Kollege Jensen, ich bin Dennis Winkler von der Kripo in Meppen. Können Sie den Mann beschreiben, der die Leiche vergraben hat?«

»Nein, er hatte dunkle Kleidung an und eine Mütze auf, die tief ins Gesicht gezogen war. Außerdem bin ich nicht so nahe an ihn herangetreten, sonst hätte er mich bemerkt.«

»Hatte er einen Wagen mit, konnten Sie das Fabrikat erkennen?«

»Als er wegfuhr, habe ich seinen Mercedes gesehen, schätze S-Klasse. Der Wagen sah sehr teuer aus.«

»Kennzeichen erkannt?«, mischte Jensen sich ein.

»Ja. Als er wegfuhr, habe ich durch den Feldstecher geschaut. EL – TM 179.«

»Sehr gut! Das hilft uns eine ganze Ecke weiter.« Während Jensen sich mit dem Mann weiter unterhielt, telefonierte Winkler mit der Zulassungsstelle; am Ende des Gesprächs war er frustriert.

»Die Nummer wurde nicht vergeben, die Kennzeichen sind gefälscht, verflucht. Sie sagten zu unserem Kollegen, dass der Mann heute Nacht zwei Löcher ausgehoben hat.«

»Ja, das stimmt. Ich habe den Kollegen in Uniform die Stelle gezeigt. Ich konnte aber nicht sehen, was er da vergraben hat.«

Nur wenige Minuten später wussten sie es: den Kopf einer Frau. Der Kopf lag neben dem gegrabenen Loch auf einer Plane, mit einer Decke zugedeckt, als Winkler und Jensen gerufen wurden.

»Herr Hauptkommissar, können Sie mal kommen?«, rief ein Kollege der Spurensicherung und winkte mit der rechten Hand. Er steckte in einem Ganzkörperkondom, so nannten die Kollegen die weißen Anzüge.

»Sieht nicht so schön aus, aber Sie müssen sich das ansehen.« Er zog die Decke zur Seite. Winkler und Jensen hatten in ihrem Polizistenleben so einiges an Leichen gesehen, daher schockte sie ein abgetrennter Kopf weniger. Für sie war es normal, mit Leichenteilen in Berührung zu geraten, gehörte zum Job.

»Ein Frauenkopf, sehr gut erhalten, lag wahrscheinlich vorher in der Tiefkühltruhe. Die Plastiktüte sorgte dafür, dass der Kopf nicht vergammelte«, bemerkte der Mann der Spurensicherung, für ihn war ein abgetrennter Kopf nichts Besonderes.

»War sonst noch etwas in dem Loch?«

»Nein, nur der Kopf.«

»Gut, mach mir ein paar Fotos, dann den Kopf zum Rechtsmediziner.« Der Kollege nickte und winkte einen Schutzpolizisten herbei.

Petra Vogt winkte die beiden zum nächsten Fundort. Die Leiche, auch eine Frau, lag auf dem Rücken auf dem ausgerollten Teppich. Sie wies, außer den Würgemalen am Hals, sonst keine Verletzungen auf. Der Gerichtsmediziner maß gerade ihre Temperatur, als sich Jensen und Winkler neben Petra Vogt stellten.

»Kann man schon was sagen?«, fragte Jensen.

»Nicht viel. Die Frau wurde wahrscheinlich erwürgt«, er zeigte auf ihren Hals, »sehr lange tot ist sie auch nicht, denn sie hat noch fast fünfzehn Grad. Ich schätze, sie wurde gestern umgebracht, vielleicht vor fünfzehn bis zwanzig Stunden.«

»Hatte sie irgendetwas dabei?«, wollte Jensen von einem Kollegen der Spurensicherung wissen. Der schüttelte den Kopf.

»Nur ihre Sachen, die sie am Körper trägt.«

»Und sind hier in der Umgebung Spuren gefunden worden?«

»Ja, Reifenabdrücke, wir sichern sie gerade. Außerdem ist der Teppich voller Blut, obwohl die Leiche keine Stichwunden aufweist. Das bedeutet, dass das Blut von einer anderen Person sein muss.«

»Herr Doktor, wenn Sie hier fertig sind, wir haben einen abgetrennten Frauenkopf gefunden, können Sie sich den gleich mal ansehen?« Der Arzt blickte zu Petra Vogt hoch und kniff ein Auge zu.

»Wenn Sie ihn mir hierhin bringen könnten?«

»Am besten auf einem Silbertablett?«, gab sie schnippisch zurück. Dann trabte sie los. Der ist ja gut drauf heute, sagte sie zu sich, und griff sich bei dem Schutzpolizisten, der das Loch zuschaufelte, die Kiste mit dem Kopf.

»Der Rechtsmediziner möchte ihn sich ansehen, du bekommst ihn gleich zurück«, sagte sie.

»Da ist er«, jetzt kniff sie ein Auge zu und stellte die Blechkiste neben der Frauenleiche ab. Jensen und Winkler unterhielten sich gerade über ihr Vorhaben, noch beim Postamt in Lingen vorzusprechen, als Petra sich zu ihnen gesellte.

»Er sieht sich jetzt den Kopf an, wollt ihr ihm dabei über die Schulter schauen?«

»Wenn es sein muss? Petra, ruf mal in Meppen an und kläre, ob zwei ältere Damen vermisst werden. Wir wissen nichts über ihre Identität. Versuch die Namen der Frauen rauszubekommen«, erwiderte Winkler und trat mit Jensen hinter den Gerichtsmediziner, der den Kopf untersuchte.

»Der Kopf lag in einer Tiefkühltruhe, der ist teilweise noch gefroren, oder hatten wir gestern Nacht Bodenfrost?«, sagte er zu sich selbst, als er die Haut am Hals untersuchte.

»Kettensäge«, bemerkte er und drehte den Kopf.

»Mit einer Kettensäge abgetrennt, meinen Sie?«

»Ja, das ist an den Wundrändern zu erkennen und an der durchtrennten Wirbelsäule«, er zeigte in den Nacken.

»Können sie uns den Todeszeitpunkt sagen?«, Jensen stand etwas abseits und blickte über das Gelände, dann sah er wieder zum Rechtsmediziner.

»Nein, keine Ahnung, ich muss ihn erst genauer untersuchen.« Dann legte er den Kopf wieder behutsam in die Kiste und erhob sich.

»Ich muss dann los, die Leiche und den Kopf bitte nach Oldenburg. Morgen weiß ich mehr, bis später«, sagte er im Weggehen, stieg in seinen VW-Golf und fuhr los.

»Komischer Typ. Wahrscheinlich wäre ich auch so abgestumpft, wenn ich seinen Job machen müsste. Irgendwo muss der Rest der Leiche sein. Der gesamte Körper fehlt. Ist ja schon unnormal, dass einer Leiche der Kopf abgetrennt und dann vergraben wird.« Winkler kratzte sich im Nacken.

»Ich habe mit Thomas gesprochen, es liegen noch keine Vermisstenmeldungen über zwei ältere Frauen vor«, teilte Petra Vogt Winkler mit, der mit Jensen vor seinem Wagen stand, »ich bleibe dran.« Er hatte auch noch nicht damit gerechnet.

»Es ist ja eine Menge los bei euch im Emsland. Gleich vier Leichen in zwei Wochen«, stellte Jensen fest, »komm, wir wollten doch zur Post.«

Sie wurden an der Anmeldung im Postverwaltungsgebäude in Lingen an die Personalabteilung verwiesen, da der Amtschef nicht im Hause weilte, er befand sich auf Dienstreise nach Hannover. Der Chef der Personalabteilung, ein älterer Herr mit Halbglatze und kleinem Haarkranz, empfing sie freundlich und bat ihnen in seinem recht komfortablen Büro Sitzplätze an. Sie setzten sich, stellten sich vor und tauschten ein paar allgemeine Floskeln über dies und das aus, wollten nicht sofort mit der Tür ins Haus fallen.

»Herr Teuber, wir sind bei Ihnen wegen einer recht heiklen Angelegenheit. Wie Sie sicherlich aus den Medien wissen, ermitteln wir in der Mordsache an den beiden Bräuten«, er legte eine Pause ein, Jensen sah sich derweil im Zimmer um, »wir müssen davon ausgehen, das ist aber eine reine Vermutung, dass der Täter die Opfer ausspionierte, indem er ihre Post geöffnet hat.«

»Sie kennen doch das Postgeheimnis, Herr Winkler?« Teuber setzte sich etwas aufrechter hin, vorher lag er fast in seinem Sessel, jetzt ging es um Amtsangelegenheiten und darin war er Profi. Vom Postzusteller des einfachen Dienstes hatte er sich in dreißig Jahren Postdienst bis zum Personalchef und Beamter des gehobenen Dienstes hochgearbeitet. Er bekleidete das Amt eines Amtmannes. Jensen, in der gleichen Gehaltsgruppe wie er, überlegte, wie er den Postbeamten auf seine Seite bekam.

»Ich will nicht lange um den heißen Brei herumreden, wir Schleswig-Holsteiner reden immer frei weg und geradeaus, keine Schnörkeleien. Kennen Sie den Mann auf dem Bild?«, er legte das erste Phantombild, das Petra Vogt mit Tine Wächter erstellt hatte, auf den Tisch. Teuber nahm das Foto und sah es sich nur kurz an. Dann legte er es zurück auf den Tisch.

»Es könnte möglich sein, dass ich jemanden kenne, der so ähnlich aussieht, Herr Jensen.« Teuber tat geheimnisvoll und strich mit seiner Hand über die Glatze, dann stand er auf und ging zwei Runden durch das Zimmer. Dabei schien er krampfhaft zu überlegen, ob er den Namen des Mannes nennen sollte. Er blieb stehen.

»Und wenn er jetzt nicht der ist, den Sie suchen, was dann? Wie stehe ich als Personalchef da, ich muss die Rechte meine Leute beachten, verstehen Sie? Sie stellen Vermutungen an, haben nichts in der Hand.« Winkler verhielt sich ruhig und überließ Jensen das Reden, er war der Erfahrenere. Jensen stand auch auf und machte ein paar Schritte im Raum, umrundete den Postbeamten. Dann blieb er vor ihm stehen.

»Das ist mir völlig scheißegal, verstehen Sie? Ich nehme Sie mit zu den Eltern von Christine Mertens, erzählen Sie ihnen doch, dass Sie hinter Ihren Leuten stehen und sie decken. Das nenne ich übrigens Behinderung bei der Ausübung polizeilicher Untersuchungen, das ist sogar strafbar. Also, wie heißt der Kerl, der dem Bild dort ähnlich sieht?« Teuber hatte die Gesichtsfarbe zweimal gewechselt, von rot auf grau. Er schluckte merklich, dann fuhr er sich wieder mit der Hand über seine Glatze und räusperte sich. So hatte schon seit Jahren keiner mehr mit ihm gesprochen.

»Herzog. Er heißt Robert Herzog und arbeitet als Post- oder Paketzusteller im Landbereich. Ich kannte seinen Vater ganz gut, der hatte hier gearbeitet. Er sieht dem Bild ähnlich.« Jetzt wurde Winkler sauer.

»Wieso haben Sie sich nicht bei uns gemeldet, als wir das Foto in der Zeitung veröffentlicht haben?«

»Na, hören Sie mal, es hätte ja auch jemand anders sein können, Herzog sieht dem ähnlich, sonst nichts«, gab er kleinlaut zurück, während sich auf seiner Halbglatze sich Schweißperlen bildeten. Teuber ging zum Schreibtisch, trank einen Schluck aus der Wasserflasche, die darauf stand, und griff zum Telefon.

»Frau Hollering, bringen Sie mir bitte die Personalakte von Robert Herzog.« Teuber setzte sich hinter den Schreibtisch und putzte mit einem Taschentuch mehrmals über die Glatze. Er saß da völlig zusammengesunken und kam sich vor wie ein Verräter. Einer meiner Leute soll der Brautmörder sein? Und dann auch noch der Sohn eines verstorbenen Freundes und Kollegen? Für ihn brach eine Welt zusammen.

»Hier, bitte, Herr Teuber.« Seine Sekretärin brachte die gewünschte Akte herein. Winkler und Jensen standen die drei Minuten, bis die Akte gebracht wurde, am Fenster und sahen auf die Straße, unmerklich hatte Winkler Jensen in die Seite gekniffen und ihm zugezwinkert. Saubere Arbeit, Ole! Teuber sprachen Sie nicht an, der saß wie gelähmt an seinem Schreibtisch und starrte ins Leere.

»Danke. Hier meine Herren ist die Akte von Herzog. Sie können sie mitnehmen.«

»Ist Herzog heute im Dienst?«

»Warten Sie, ich kläre das ab«, er telefonierte, »ja, er ist unterwegs und hat gegen drei Uhr Feierabend. Er ist in der Gegend um Fürstenau unterwegs.«

»Sie kennen ihn doch etwas näher, welchen Typ Auto fährt er, ich meine privat, nicht die Postautos«, fragte Jensen am Fenster stehend.

»Er fährt schon einige Jahre einen Passat-Kombi, Sie wissen ja, dass Postbeamte einfachen Dienstes …«

Winkler schnitt ihm das Wort ab: »Farbe?«

»Schwarz, glaube ich.« Teuber grübelte, weshalb das wichtig ist. »Wieso?«, fragte er zurück.

»Weil der Gesuchte so einen Wagen fahren könnte, die Aussagen einiger Zeugen lassen uns das annehmen.« Winkler blickte auf seine Uhr, kurz vor zwei. Also in einer Stunde würde Herzog hier auftauchen, die Zeit reichte, um einige Maßnahmen zu treffen, er zog sein Handy aus der Tasche und rief in Meppen an. In der Zwischenzeit lasen sie die Personalakte von Herzog durch. Das in der Akte eingefügte Foto von Herzog, es könnte schon ein paar Jahre alt sein, hatte Jensen in der Hand, es zeigte einen jungen Mann mit roten Haaren, einem kleinen Oberlippenbart und eiskalten Augen.

Innerhalb einer dreiviertel Stunde war das Postgebäude in Lingen mit zivilen Kräften gesichert, zwei Polizeibeamte verschanzten sich in der Nähe des Parkplatzes. Steinhorst, der sich auf dem Parkplatz versteckt hatte, blickte auf den dunklen Passat, auf der Heckklappe entdeckte er den Aufkleber vom BVB 09. Sein junger Kollege hatte recht behalten und gute Augen. Über Funk wurde er über das Ankommen des DHL-Bully unterrichtet. Steinhorst ließ den Bully auf den Parkplatz fahren und rannte auf ihn zu, als der stoppte und er in seinem Ohrhörer »Zugriff« hörte.

»Herr Herzog, Sie sind vorläufig festgenommen. Ihre Hände bitte«, rief er ihm zu, als sich die Tür öffnete und der Fahrer des Wagens ausstieg. Widerstandslos und völlig perplex hielt er ihm die Hände hin und Steinhorst legte ihm Handschellen an. Ein Streifenwagen fuhr auf den Hof. Winkler und Jensen kamen über den Seitenausgang auf den Platz, sie hatten die Aktion vom Fenster aus beobachtet und Dennis das Kommando für den Zugriff gegeben.

»Herr Herzog? Den Ausweis bitte!«, befahl Winkler.

»Wie soll ich Ihnen den geben, meine Hände sind gefesselt, er ist in meiner Jackentasche.« Steinhorst tastete ihn ab, griff in die Jacke und reichte die Brieftasche weiter. Winkler suchte nach dem Personalausweis und zog ihn raus.

»Sie sind also Robert Herzog, die Papiere stimmen.«

»Ja, bin ich. Was werfen Sie mir vor? Weshalb bin ich festgenommen?«, fragte er und zeigte sich gelassen. Jensen trat hinzu, sah ihm in die Augen.

»Waren Sie im Jahr zweitausendfünf vielleicht zufällig in Kiel?« Jensen bemerkte ein Zucken in Herzogs Gesicht.

»Nein, was sollte ich da?«

»Das werde ich aus dir herausbekommen, da sei dir mal ganz sicher. Ich zeige dir nachher ein paar Fotos von Irina Jerkova, der Polin, und dann werde ich dich fragen, warum du ihr den Finger abgetrennt hast«, wurde Jensen persönlich und duzte ihn. Herzog begann zu lächeln.

»Das Lächeln wird Ihnen noch vergehen, Herr Herzog, spätestens dann, wenn wir Ihnen nachweisen, dass sie zwei glückliche Frauen, die kurz zuvor geheiratet haben, auf bestialische Weise umgebracht haben. Bringt ihn nach Meppen«, sagte er zum Kollegen Steinhorst.

»Wir haben ihm Dinge an den Kopf geworfen, die noch gar nicht bewiesen sind. Was ist, wenn er überhaupt nicht der Gesuchte ist?«, fragte Jensen Winkler, der mit einem Kollegen der Spurensicherung den Passat untersuchte. Winkler zeigte mit dem Daumen auf den Beifahrersitz.

»Siehst du auch, was ich sehe? Das sind Blutflecken, wir werden die Kiste zerlegen und ich bin mir sicher, dass wir von den beiden Frauen irgendwelche DNA-Spuren finden. Das Blut auf dem Beifahrersitz ist bestimmt nicht von ihm, darauf wette ich. Dann werden wir seine Wohnung auseinandernehmen, ich habe einen Spezialisten, der findet alles.«

»Wo wohnt Herzog eigentlich?«, fragte Jensen.

»In Freren, so steht es im Ausweis. Unsere Leute sind schon unterwegs.«

»Ist das sehr weit von hier entfernt?«

»Nein, circa eine halbe Stunde. Wieso?«

»Ich würde mir gerne seine Wohnung ansehen, vielleicht finden wir Beweismittel, die uns bei der Vernehmung hilfreich sind.«

»Gut, wir fahren über Freren nach Meppen. Es ist kein großer Umweg, außerdem kann Herzog in der Zelle schmoren, bevor wir ihn uns vorknöpfen. Ich informiere Petra und lass Bötcher mit Eckelhoff ebenfalls zur Wohnung kommen.«

18

Die kleine Zufahrtsstraße vor dem Einfamilienhaus in Freren stand voller Polizeifahrzeuge. Ein Wagen mit Osnabrücker Kennzeichen parkte direkt in der Garageneinfahrt, also hatte Tanja Grote es sich nicht nehmen lassen, hier zu erscheinen. Gerade, als Jensen und Winkler das Haus erreichten, stieg sie aus und winkte Winkler zur Begrüßung zu. Jensen kannte die Frau noch nicht, er pfiff leise durch die Zähne, als er sie erblickte.

»Das ist Tanja Grote, die Staatsanwältin, ich habe Petra gesagt, dass sie Frau Grote informieren soll. Bestimmt hat sie die nötigen Papiere mit.«

»Hallo Tanja, das ist Ole Jensen, ich hatte dir doch von ihm erzählt.« Jensen staunte, als Winkler die Frau zur Begrüßung in den Arm nahm.

»Tach, ich bin Tanja Grote. Schön, Sie mal persönlich kennenzulernen. Allerdings ist der Anlass nicht so gut. Ich habe den Durchsuchungsbeschluss in der Tasche, wir können anfangen«, sie reichte Jensen die Hand.

»Ich freue mich auch, hallo Frau Grote.« Jensen musste zweimal schlucken, als er sich die Frau betrachtete. Nachdem er sich gefasst und noch drei belanglose Sätze über seinen Job in Kiel erzählt hatte, gingen sie gemeinsam zum Haus. Die Kollegen der Spurensicherung, Bötcher und Eckelhoff standen in einer Gruppe zusammen und warteten, dass sie mit der Hausdurchsuchung beginnen konnten. Winkler hatte sich ausgebeten, auf ihn zu warten.

»Erst klingeln, dann aufmachen«, gab er das Kommando. Auf das Klingeln wurde nicht geantwortet. Schnell hatte der Kollege der Spusi das Schloss geknackt und sie konnten eintreten.

»Thomas, du nimmst dir mit Eckelhoff den Keller vor, die Spusi kümmert sich um das Erdgeschoss,

Staatsanwältin Grote und ich gehen in die Oberwohnung. Ole, du kannst dich frei bewegen.«

Die Stufen knarrten, als sie die Treppe zur Oberwohnung hinaufstiegen.

»Wir haben Herzog nicht gefragt, ob er hier alleine wohnt. Gibt es keine Verwandten, was ist mit seiner Mutter?« Jensen stellte die Frage, Winkler hatte schon das Handy aus der Tasche gezogen und die Nummer der Meldebehörde gedrückt. Er blieb im oberen Flur stehen und telefonierte. Dann beendete er das Gespräch und zog die Augenbrauen hoch.

»Hier ist eine Mia Herzog gemeldet, wahrscheinlich seine Mutter, aber sie ist nicht da. Möglicherweise ist sie einkaufen oder unterwegs, auf unser Klingeln hat niemand geöffnet.« Winkler zuckte mit den Schultern. Dann öffneten sie die rechte Zimmertür nach dem Treppenaufgang. Eine Abstellkammer voller Gerümpel, Winkler schloss die Tür wieder.

»Da schauen wir gleich nach. Wo ist das Zimmer von Herzog?« Tanja Grote zeigte auf eine Tür links von ihr.

»Da vielleicht?« Sie betrat als Erste den Raum, »hier ist ein Bett, ein Schrank und ein Fernseher, das wird sein Zimmer sein, kommt rein.« Winkler und Jensen folgten ihr, allen stieg der Geruch nach scharfem Reinigungsmittel in die Nasen.

»Der muss einen Sauberkeitsfimmel haben, so sauber und clean habe ich schon lange kein Zimmer mehr gesehen«, sagte Jensen und blickte sich weiter im Raum um. Der Kerl hat nicht nur einen Sauberkeitswahn, er ist auch für Ordnung, dachte Jensen, dann fiel ihm ein schief hängendes Bild an der Wand auf. Das passte überhaupt nicht in das Gesamtbild, alle anderen Bilder hingen an der Wand, als wenn sie täglich mit der Wasserwaage ausgerichtet würden. Er ging zum Bild und wollte es wieder ausrichten, dann stutzte er.

»Sieh mal an, ein Hebel hinter dem Bild, was soll das denn?« Tanja Grote, die sich mit Winkler an einem Regal die Bücher ansah und eins nach dem anderen in die Hand nahmen, drehten sich zu Jensen um.

»Was gefunden?«, fragte Winkler. Jensen drehte an dem Hebel und ein kleiner Raum unter dem Fenster öffnete sich. Sie blickten in das Areal und erstarrten.

»Scheiße«, sagte Winkler, »was ist das denn?«

»Eine Sexpuppe ohne Luft«, erwiderte Tanja und zog die Puppe heraus, »habe ich nicht schon vor ein paar Tagen von solchen Puppen gesprochen?«

»Hast du«, sagte Winkler und bückte sich hinab, sah hinein, »da stehen drei Gläser in der Ecke.« Er nahm eins heraus hielt es hoch und fast traf ihn der Schlag; in dem Glas schwamm ein Finger mit Goldring in einer klaren Flüssigkeit. Er stellte das Glas auf den Tisch. Dann stellte er die anderen Gläser dazu.

»Wir haben ihn«, kam es über Tanjas Lippen. Sie setzte sich auf das Bett und starrte auf die Finger in den Gläsern.

»Drei Finger, zwei von den Bräuten, sie tragen Ringe, und einer ist wohl von der Polin, der ohne Ring.« Winkler blickte zu Jensen, dann zur Staatsanwältin.

»Ich schlage vor, wir fahren nach Meppen, die Kollegen kommen hier alleine klar. Wir nehmen uns Herzog vor. Die Gläser nehme ich mit und werde sie ihm später unter die Nase halten, für den Untersuchungsrichter reicht das hier locker, um ihn festzusetzen.«

19

Die ersten Stunden in Unfreiheit lagen hinter Robert Herzog. Er lag auf der Pritsche und blickte an die Decke. Die Zelle in Meppen gehörte nicht zu den komfortableren. Ein Bett, ein Stuhl, ein Tisch und die Bibel. Von der Bibel ließ er die Finger, sie hätte ihm sowieso nicht helfen können. Herzog wandte seinen Blick von der Decke nach rechts, in der Ecke befand sich ein Waschbecken, daneben das WC. Ihm war klar, dass sie ihn gleich in die Zange nehmen. Natürlich würden sie sein Haus durchsuchen und Chantal entdecken, auch die abgetrennten Finger würden sie finden. Scheiße, weshalb konnte ich nicht warten, machte er sich nun Vorwürfe. Eine Taktik für die Vernehmung legte er sich nicht zurecht, er wollte alles abstreiten. Und die Finger? Sollte er sagen, dass er sie gefunden hätte? Es wäre eine Möglichkeit, die sollen erst einmal beweisen, dass ich sie abgeschnitten habe. Er grübelte weiter vor sich hin und schlief ein.

»Hallo, aufstehen!«, rüttelte ihn ein uniformierter Polizist an der Schulter aus dem Kurzschlaf, »und mitkommen. Zum Pennen bekommen Sie noch genug Zeit. Wenn Sie sich frisch machen möchten?« Der Polizist wies Richtung Waschbecken. Herzog schüttelte verneinend den Kopf. Mit hängenden Schultern ging er voraus, der Polizist hatte ihm wieder Handschellen angelegt und bugsierte ihn vor sich her.

»Da entlang.« Er führte ihn in den Vernehmungsraum.

»Herr Herzog, nehmen Sie bitte Platz«, sagte Winkler, der neben Jensen am Tisch saß und auf den Stuhl gegenüber zeigte. »Sie können ihm die Handschellen abnehmen.« Winkler betrachtete sich nun sein Gegenüber etwas genauer. Herzog trug noch seine Postuniform, gelbes Sweatshirt mit dem DHL-Logo auf der Brust und eine kurze, blaue Hose. Seine Füße mit blauen Socken steckten in weißen Turnschuhen. Winkler richtete seinen Blick nun in das Gesicht. Herzog hatte kurze braune Haare, gefärbt, erkannte Winkler sofort, eng stehende, kalte, blaue Augen. Diese Augen konnten einem Angst einjagen, sie hatten etwas Unnatürliches. Seinen Schnäuzer hatte er abrasiert. Herzog rieb sich an den Handgelenken und setzte sich.

»Was wollen Sie von mir?«, fragte er und strich sich durchs Haar. Sein Blick traf dabei den von Jensen.

»Herr Herzog, hier auf dem Tisch liegen Ihre Ausweispapiere«, Jensen tippte mit dem Finger darauf, »die Adresse stimmt? Sie wohnen in Freren an der Kolpingstraße?« Herzog nickte.

»Gut.« Die Kommissare verhielten sich einige Sekunden ruhig und sahen ihn an.

»Und? Weshalb fragen Sie?«

»Ich frage Sie das, weil wir in Ihrem Haus einige Dinge gefunden haben, die Sie uns erklären müssen. Das hier zum Beispiel«, er bückte sich und stellte ein Glas auf den Tisch. In dem Glas schwamm ein Finger ohne Ring. Die Haut des Fingers war sehr spröde und dunkel, gealtert. Herzog starrte auf das Glas.

»Das Glas habe ich gefunden.«

»Aha, wo denn?« Jensen grinste ihn an.

»Lassen Sie mich mal überlegen …, das habe ich in Langen gefunden, auf einem Parkplatz. Dort hatte ich eine Pause eingelegt, weil ich Pinkeln musste. Da lag es im Gras und ich habe es aufgehoben.« Herzog grinste zurück. Das blöde Grinsen wird ihm gleich vergehen, dachte Winkler und stellte ein weiteres Glas auf den Tisch.

»Und das hier lag daneben?«

»Nein, das habe ich in Lingen gefunden.«

»So, so. In Lingen. Lag es auch im Gras?«

»Nein, es stand neben einem Altglascontainer. Ich habe es dort gefunden, als ich Flaschen weggebracht habe. Ich habe das Glas mit dem Finger mitgenommen, wollte es zur Polizei bringen. Hätte ich das gemacht, säße ich jetzt nicht hier. Ich habe es vergessen abzugeben, kann ja passieren.« Er strich sich wieder durch sein gefärbtes Haar. Als Jensen das dritte Glas auf den Tisch stellte, überlegte er sich schon die nächste Ausrede.

»Das stand übrigens daneben, ich habe es auch mitgenommen.«

»Sie haben also in kürzester Zeit drei Gläser gefunden, in denen abgeschnittene Finger steckten. Das ist ja ein Ding. Gewinnen Sie auch jede Woche im Lotto? Bei so viel Finderglück müssten Sie Millionär sein. Herr Herzog, verarschen können wir uns alleine. Wissen Sie, wem die Finger gehörten?« Jensen ging das Gelaber des Postboten auf den Sack, er wurde ärgerlich.

»Nein. Woher soll ich das wissen?«

»Einer gehörte Irina Jerkova, der da«, er zeigte auf das Glas mit dem dunklen Finger, »und die beiden gehörten zwei jungen Frauen, die kürzlich geheiratet haben. Dana Beckermeier und Christine Mertens. Allen drei Frauen haben Sie die Finger abgetrennt. Mit einem Seitenschneider. Und ich sage Ihnen, den Seitenschneider finden wir bei Ihnen im Haus, selbst wenn wir die Bude dafür auf links krempeln müssen, aber wir finden das Teil mit Ihren Fingerabdrücken.« Jensen hatte sich erhoben und über den Tisch gebeugt, sein Gesicht war nur zehn Zentimeter von Herzogs entfernt.

»Und das reicht dann, dich für lange Zeit einzubuchten«, schrie er ihn an. Winkler zog Jensen zurück. Petra Vogt betrat den Raum. Sie warf einen verächtlichen Blick auf Herzog und beugte sich zu Winkler hinunter.

»Könnt ihr kurz unterbrechen? Ich muss dich dringend sprechen.« Der Schutzpolizist, der das Verhör in der Ecke sitzend verfolgt hatte, zog die Handschellen heraus und legte sie dem verdutzten Herzog an.

»Wir machen eine kleine Pause.«

»Dennis, ich habe gerade mit Thomas gesprochen. Im Keller des Hauses von Herzog fanden sie eine Kettensäge mit Blutspuren. Ich denke, damit wurde seiner Mutter der Kopf abgesägt.«

»Wieso seiner Mutter?«

»Wir haben Fotos gefunden, auf denen sie eindeutig als seine Mutter identifiziert werden kann. Der gefundene Kopf gehört Mia Herzog und das war seine Mutter.«

»Das ist ja ein Ding«, sagte Jensen erstaunt und pfiff leise durch die Zähne, »jetzt haben wir ihn endgültig. Der kann uns das Blaue vom Himmel herunterlügen. Petra, besorge einen Termin beim Haftrichter.« Sie nickte und ging.

»Herr Herzog, wo waren Sie am Freitag, den achten Juni? So gegen zweiundzwanzig Uhr?«, fragte Winkler im Hereinkommen und setzte sich mit Jensen wieder hinter den Tisch. Herzog saß weiter mit gefesselten Händen vor ihnen.

»Könnt ihr die wieder abmachen? Zu Hause, ich habe vor der Glotze gesessen.« Er hielt seine Hände hoch.

»Kann das jemand bezeugen? Die Handschellen bleiben vorerst, wo sie sind.«

»Natürlich. Meine Mu..., nein, ich war alleine.«

»Ihre Mutter? Sie kann das bezeugen?« Winkler machte eine lange Pause, Herzog trat der Schweiß auf die Stirn. Mit den gefesselten Händen wischte er sich über das Gesicht.

»Ja, das kann sie.« Herzog wechselte wieder seine Gesichtsfarbe, sein Adamsapfel sprang hoch und runter.

»Kann ich etwas zu trinken bekommen?« Der Schutzpolizist stellte ihm ein Glas mit Wasser auf den Tisch. Herzog griff danach und trank es hastig aus, Wasser lief an seinem Mund vorbei und tropfte auf den Tisch.

»Das kann sie nicht, Herr Herzog. Ein Kopf ohne Körper kann nicht sprechen. Ihre Mutter ist tot.«

»Mama ist tot?«, stammelte er und begann zu schluchzen. Jensen bemerkte sofort seine Scheinheiligkeit.

»Ja, deine Mama ist tot. Wir haben ihren Kopf ausgegraben, in Fürstenau, im Wald. Wo du den Rest deiner Mutter verbuddelt hast, wirst du uns heute noch erzählen, darauf kannst du einen lassen.« Winkler legte die Hand auf Jensens Arm. Der beruhigte sich.

»Herr Herzog. Das mit dem Alibi für den achten Juni hat sich ja nun erledigt. Wo waren Sie eigentlich eine Woche später, am Fünfzehnten?«

»Kein Kommentar«, erwiderte er, »ich sage nichts mehr. Ihr könnt mich alle beide.« Er lehnte sich zurück und starrte an die Decke. Jensen klappte seinen Aktenordner auf und legte fein säuberlich mehrere Fotos vor Herzog auf den Tisch. Die Fotos vom Fundort der Leiche Jerkova.

»Jetzt starre nicht an die Decke, schau mal hier«, er zeigte auf die Bilder, »sieht nicht gut aus, oder? Die tote Frau saß einige Tage bei großer Hitze im Wald. So sieht das dann aus, wenn die Fliegen ihre Arbeit verrichten und ihre Eier ablegen. An der Leiche wurden Spermaspuren sichergestellt, du hättest nicht abspritzen sollen.

Wir haben die DNA, und ich bin mir so sicher, dass die zu deiner passen. Schau dir ruhig die Bilder an. Den Mord an der Prostituierten werde ich dir nachweisen«, er zog ein Wattestäbchen aus der Tasche, »mach den Mund auf!« Herzog öffnete den Mund, wollte etwas sagen, da schmeckte er bereits das Wattestäbchen, »ich hätte es sonst mit Gewalt gemacht, darauf kannst du dich verlassen.«

Jensen steckte das Stäbchen in einen Behälter, sammelte die Bilder wieder ein und blickte zu Winkler. Jetzt war er an der Reihe. Winkler blätterte in seinen Unterlagen, dann legte er ein Foto auf den Tisch, das der Gerichtsmediziner in Oldenburg von Dana Beckermeier gemacht hatte. Es zeigte den Fötus, den der Arzt ihr entnommen hatte.

»Das ist das Kind, was Frau Beckermeier erwartet hatte, sie können es jetzt sehen, Dana nicht. Es war ein Mädchen, vier Monate alt, Sie haben es auf dem Gewissen. Sie müssen damit leben, dass Sie nicht nur drei Frauen und ihre Mutter umgebracht haben, sondern auch ein kleines unschuldiges Mädchen. Ungeboren. Und warum das alles? Haben die Puppen nicht gereicht?« Winkler sprach ganz ruhig. Herzog zeigte keine Regung, er sah auf das Foto, dann blickte er wieder starr an die Decke und Winkler schaltete die Tonaufzeichnung aus. Die Zeiger der Uhr auf Jensens Arm zeigten halb sieben an.

Petra saß gerade mit Kopfhörern vor ihrem PC und tippte das Vernehmungsprotokoll von Herzog ab, als ihr Telefon geklingelt hatte.

»Frau Vogt?«, der Polizist am Telefon hatte ihre Nummer gewählt, »wir haben eine Frau Westphal am Telefon, ich stell durch.«

»Vogt, Kripo Meppen«, sagte sie und speicherte das Geschriebene ab.

»Westphal, ich bin die Schwester von Hannelore Gerber. Ich bin bei ihr zu Hause, sie ist aber nicht da. Seit gestern suche ich sie. Ich melde sie vermisst.«

»Da sind Sie bei mir eigentlich nicht richtig, Frau Westphal. Aber wie kann ich Ihnen helfen? Von wo rufen Sie an?«

»Das wurde mir auch schon gesagt. Meine Schwester wohnt in Freren an der Kolpingstraße und da bin ich jetzt …«, sie wurde unterbrochen.

»Dort, wo die Herzogs wohnen?«

»Ja, Mia Herzog ist die beste Freundin von Hannelore. Wieso fragen Sie?«, die Frau hustete, dann nieste sie in den Hörer, »Entschuldigung, bin erkältet, das Wetter.«

»Frau Westphal, können Sie dort auf mich warten? Ich komme zu Ihnen, bin in einer halben Stunde da.« Petra legte auf und machte sich auf den Weg.

Gegen zwanzig Uhr traf sich die Kommission ›Braut‹ im Büro von Dennis Winkler. Eine Erleichterung in ihren Gesichtern war nicht zu übersehen. In großer Runde hatte sich neben Oberrat Merger und Tanja Grote das gesamte Team eingefunden, Pizza ließ er auf seine Kosten kommen und er war vom schnellen Erfolg der Ermittlungen beeindruckt. Petra Vogt stieß kurz zuvor zur Gruppe. Sie hatte die Schwester von Hannelore Berger aufgesucht und ihr ein Foto der gefundenen Leiche im Teppich in Fürstenau gezeigt. Unter Tränen erkannte sie ihre Schwester.

»Ich glaube, wir haben genug Beweismittel, um Robert Herzog anzuklagen. Der Haftrichter war mit mir der gleichen Meinung und hat ihn in Untersuchungshaft genommen«, sagte die Staatsanwältin. Petra Vogt biss herzhaft in ihre Pizza und blickte den Oberrat an. Der lächelte in die versammelte Runde und zeigte mit dem Daumen nach oben.

»Herr Eckelhoff, Ihre Versetzung zum KED wurde von mir befürwortet, Sie bleiben hier in Meppen«, sprach der Oberrat mit halbvollem Mund und Eckelhoff grinste von einem Ohr zum anderen.

Über den Autor

Detlef Krischak wurde September 1954 in Gelsenkirchen geboren. Er ist verheiratet und Vater von drei erwachsenen Kindern und lebt mit seiner Frau in Lingen an der Ems. Nach der Schule und Lehre wurde er 1974 zur Bundeswehr eingezogen. Dort wurde er Fahrlehrer und später Berufsoffizier. Nach der Pensionierung arbeitete er acht Jahre beim TÜV-Nord als Führerscheinprüfer. Seit dem Frühjahr 2010 schreibt er Kriminalromane.

Bisher erschienen:

»**Witwentod**« Roman mit dem Kieler Hauptkommissar Ole Jensen. Veröffentlicht im Dezember 2011.
ISBN: 978-3-8472-3492-0 (Taschenbuch) Neuauflage 2012.
ISBN: 978-3-8472-3513-2 (e-book) Neuauflage 2012.

»**Viererbande**« Roman mit dem Kieler Hauptkommissar Ole Jensen. Veröffentlicht im April 2012.
ISBN: 978-3-8472-8564-9 (Taschenbuch)
ISBN: 978-3-8491-1685-9 (e-book)

Weitere Informationen auf der Autoren-Homepage unter www.detlef.krischak.de